ちくま文庫

安吾さんの太平洋戦争

半藤一利

筑摩書房

目次

安吾さんの太平洋戦争

はじめの章

「特攻隊に捧ぐ」との出会い

二〇〇〇（平成十二）年五月に、あるPR雑誌に頼まれて〝読書日誌〟みたいなものを書いた。その日記からこの連載をはじめる。

なぜ、「坂口安吾と太平洋戦争」（連載タイトル）を書こうという大それた気になったか、また何を主題にして書こうとしているかを、とりあえずわかってもらうためには、それがいちばんいいと考えたからである。

なにはともあれ、大幅に加筆しながら日記を写すことにする。

五月四日

昨日、新刊雑誌『TITLe』第二号に、坂口安吾のまぼろしのエッセイ「特攻隊に捧ぐ」発見の記事あり。ナヌ、ほんとか、と驚く。

その記事によれば、昭和二十二年、雑誌『ホープ』に掲載予定でありしが、あのころ猛威を振るいおりしGHQ（連合国軍総司令部）の検閲で、全文削除となってしまいし原稿の由（よし）。そして、筑摩書房が発行をつづけている『坂口安吾全集』最新刊の第十六巻に、本邦初めて収録されるなりという。即座に入手方を依頼せしものが編集部よりいま届けらる。むさぼるように読む。

《数百万の血をささげたこの戦争に、我々の心を真に高めてくれるような本当の美談が少いということは、なんとしても切ないことだ。それは一に軍部の指導方針が、その根本に於て、たとえば「お母さん」と叫んで死ぬ兵隊に、是が非でも「天皇陛下万歳」と叫ばせようというような非人間的なものであるから、真に人間の魂に訴える美しい話が乏しいのは仕方がないことであろう。》

《私は戦争を最も呪う。だが、特攻隊を永遠に讃美する。その人間の懊悩苦悶とかくて国のため人のためにささげられたいのちに対して。……（略・以下引用内……すべて同）

私のごとく卑小な大人が蛇足する言葉は不要であろう。私の卑小さにも拘らず偉大なる魂は実在する。私はそれを信じうるだけで幸せだと思う。》

などなどと、安吾さんはかなり力をこめて書き、特攻は「強要によって起りはしたが」「凡人も亦かかる崇高な偉業を成就しうるということは、大きな希望ではないか」と結論づけ、その上にて、幸運にも生き残りし、また戦後に生まれし青年たちにかく語りかける。

《青年諸君よ、この戦争は馬鹿げた茶番にすぎず、そして戦争は永遠に呪うべきものであるが、かつて諸氏の胸に宿った「愛国殉国の情熱」が決して間違ったものではないことに最大の自信を持って欲しい。

要求せられた「殉国の情熱」を、自発的な、人間自らの生き方の中に見出すことが不可能であろうか。》

安吾好きのわたくしには、内容おそらくかくかくならんと想定せし、そのとおりの文章でありしことに心から安堵す。ことのついでにと同じ二十二年発表の、太平洋戦争開戦の十二月八日のことを書いた「ぐうたら戦記」を書庫から引きだす。ここにもかかる文字ありき。

《国の運命は仕方がない。理窟はいらない時がある。それはある種の愛情の問題と同様で、私は国土を愛していたから、国土と共に死ぬ時がきたと思った。》

さらにはもう一つ、「ぐうたら戦記」の戦中版といえる「真珠」をも書架から出してみたり。昭和十七年六月発表のこの小説を、これまでにもなんど引っ張り出して読み返せしことかわからず。たしか、ここにも「理屈はいらない時」という言葉がありしはずなりと思いおりしが、それは、ちょっと表現の違いはあれど、たしかにありたり。

《(宣戦の詔勅を聞いて)涙が流れた。言葉のいらない時が来た。必要ならば、僕の命も捧げねばならぬ。一兵たりとも、敵をわが国土に入れてはならぬ。》

そうなんだ、余計な理屈はいらない、言葉はいらないと、安吾さんは戦争に正面から向き合って、一日本人として懸命に戦ったのである。

かくの如く、安吾さんの戦争観は、戦中戦後一貫して変わりがなかりしなり。もっともこんなことは再確認する要もなきことならん。安吾さんは時代の風潮がいかに変じようとも、民心いかに浮動しようとも、自己を偽ることなく、二枚舌を使うことなく、国を愛する心の大事さを強く言いつづけしなり。

五月五日

安吾さんのエッセイに刺激され、特攻につき昨日からひたすら愚考を重ねつづけたり。いわゆる左翼史観にある「犬死に論」にはとうてい与するわけにはいかぬが、さりとてあんまり精神的な高揚すなわちヤマトダマシイを賛美するのはいかがなるものかとも思う。その背後に秘されある昭和の日本人の品性のいやしさ、狡猾さ、無責任さ、言行の欺瞞に眼をむけざれば、亡くなりし若者たちの霊魂、永遠に浮かばれぬことにならんか。

たしかに特攻隊員の行為は崇高である。安吾さんも書いている。

《彼等は自ら爆弾となって敵艦にぶつかった。否、その大部分が途中に射ち落されてしまったであろうけれども、敵艦に突入したその何機かを彼等全部の栄誉ある姿と見てやりたい。母も思ったであろう。恋人のまぼろしも見たであろう。自ら飛び散る火の粉となり、火の粉の中に彼等の二十何歳かの悲しい歴史が花咲き消えた。……彼等は愛国の詩人であった。いのちを人にささげる者を詩人という。唄う必要はないのである。》

安吾さんがそうはいえども、詩人になりたくなかったのに、詩人いや死人にならされた若者も多数ありしことならんか。と、とつおいつ考えつつ悩みつつ、また思い出し、大岡昇平『レイテ戦記』（中公文庫）のもっとも辛く、哀しい「神風」の章を読み直してみる。

大岡さんは長いこと戦没学生の手記を集めた『きけわだつみのこえ』（東京大学出版会）を痛ましくて読めなかったと告白している。それを『レイテ戦記』を書く必要から読み、若者が死という極限に直面してなお護持している日常的な姿や、狂気を克服する力に打たれた。突っ込む操縦だけを教えられ、生死の問題を自分で解決し克服していくその言葉に感動した。そしてその心構えについての理解が深く及んだとき、大岡さんは限りなく優しくなった。

《想像を絶する精神的苦痛と動揺を乗り越えて目標に達した人間が、われわれの中にいたのである。これは当時の指導者の愚劣と腐敗とはなんの関係もないことである。今日では全く消滅してしまった強い意志が、あの荒廃の中から生れる余地があったことが、われわれの希望でなければならない。》

こうして、今日まで、あれほどの自己犠牲の決意と勇気とをもち、国のために一身を捧げたものはいない、という賛嘆をもって、安吾さんと大岡さんとが限りなく精神的に結び合うのである。

さらに勇をふるい、大岡さんが痛ましくて読むことができなかったという『きけわだつみのこえ』を、十数年ぶりに読むこととせり。老来情けないほど涙腺はゆるみ、テレビでも小説でも、日本男児のサムライ的犠牲精神、ヤマトナデシコの身を捨てたけなげさ、優しさ、そんなはなしになると、たちまちホロホロとなりぬ。とくに書物がいけません。活字が熱くにじんで読めなくなれり。老骨、まことに哀れなる次第なり。

　こんどの読書で、わが骨髄に徹せし出陣学徒の感動の一節。

《新聞は如何なる新聞でも、例えば私物の泥靴を包んでおいたぼろ〳〵の新聞まで読み尽くしてしまった。……食事時間の数分前、食事番が配食の準備にごった返している食卓の固い木の長椅子に坐って、メンソレータムの効能書を裏表丁寧に読み返した時などは、文字に飢えるとは、これ程まで切実なことかとしみじみと感じた。》

竹田喜義。東大文学部出身で二十年四月済州島沖にて戦死。二十二歳。

ちかごろの、本も新聞も読まなくなりし怠けものの、とくにヤングどもの面に、このページを叩きつけてやりたしとシミジミ思う。

五月六日

まだ特攻について考えている。

もういっぺん「特攻隊に捧ぐ」を読み返したり。あらためて安吾さんがすごいことを言っていることに胸打たる。

そのへんにいるふつうの青年が、人のためにいのちをすてるということは、人として最高のことである。《戦争は凡人を駈って至極簡単に奇蹟を行わせた》と書きながら、安吾さんはすぐに反省してこう書いている。

《戦争が奇蹟を行ったという表現は憎むべき偽瞞の言葉で、奇蹟の正体は、国のためにいのちを捨てることを「強要した」というところにある。奇蹟でもなんでもない。無理強いに強要されたのだ。これは戦争の性格だ。その性格に自由はない。かりに作戦の許す最大限の自由を許したにしても、戦争に真実の自由はなく、所詮兵隊は人間ではなく人形なのだ。》

人が自由であることの大切さを生涯追求しつづけた安吾さんらしい言葉なりき。

それにつけても、「志願による」という名目をつけての十死零生の体当たり攻撃は金輪際許してはならないことなり。何度でも強調したし。崇高さや潔さや哀れさの、感動や情緒に流されて眼を曇らせてはならぬ。自分が責任をとって、つまりおのれの命を懸けて命令できぬことを部下に強制するのは、人間としてしてはならぬことなり。「志願によって」という名目で、ただし事実は半分以上は作戦命令によって、無残な死を死んでいった若者は、海軍二千六百三十二人、陸軍千九百八十三人、合わせて四千六百十五人。

真の人間悪をこれほど多くの若者たちの清純な精神のオブラートで包んで誤魔化して

はならぬのである。心底よりかく思いき。〔終〕

左様、いまにして思えば、いつか「坂口安吾と太平洋戦争」をきちんとまとめてみようと考えたのは、七年前の五月、まぼろしのエッセイ「特攻隊に捧ぐ」に行き当たり、この〝読書日記〟を書いたときであったのである。

天衣無縫、自由奔放、大悟徹底のみを生涯もとめつづけて生きたと思われる安吾さんにして、不法な検閲で全文カットされたとはいえ、「私は戦争を最も呪う。だが、特攻隊を永遠に讃美する」の言があったのである。

よかろう、この坂口安吾という巨人の魂のありどころをよりよく理解するためにも、ここは一番、戦時下の自分の体験やタンテイ的調査をもふくめながら、この人とともに昭和史を闊歩してみることにするか、そう思ったのである。いま、その時がきた。

「堕落論」についても一言

「一億総特攻」のはずの戦争が、エッ、こんなにあっさり、ホントニ？　の叫びとともに終結したとき、わたくしは新潟県立長岡中学校の三年生であった。十五歳。そして、空襲で死ぬことを辛うじて免れて、空きっ腹をかかえながら、さしたる生き甲斐を見出せない敗戦後の日々を送っているとき、文学者の思いもかけない発言がいくつもつづいた。

　昭和二十一年の総合雑誌『改造』四月号に載った志賀直哉の「国語問題」がその一つ。これはわれら田舎(いなか)中学生の間でも話題となった。

　敗戦日本の将来を考えれば、日本文化の進展を阻害してきた国語問題の解決こそが緊要である。不完全で不便な日本語を何とかしなくて、日本がほんとうの文化国家になれる希望はない。じゃあ、どうするのか。

《私は此際、日本は思い切って世界中で一番いい言語、一番美しい言語をとって、その儘(まま)、国語に採用してはどうかと考えている。それにはフランス語が最もいいのではないかと思う。》

　これにはア然となった。教科書なんかで日本語の名文中の名文として教えられてきた文学の神様・志賀直哉大センセイのご託宣(たくせん)である。

「これからは日本語を廃止してフランス語だとよ。おらあ、おめえが好きだなあ、って言うかわりに、何とクッチャベルことになるンかなや」

「アイ・ラブ・ユーじゃねえのか」

「バカあ、そりゃイイゴじゃろうが」

「日本語もろくにシャベレねえがに、大丈夫かなや。シンペエだなや」

そんな愚にもつかない会話を、ポカポカの春の光を浴びて、仲間とかわしたものであった、ように覚えている。

同年の、総合雑誌『世界』十一月号に発表された桑原武夫の「第二芸術──現代俳句について」にも、このフランス文学の大学者が本気で言っているのかなと、腰の蝶つがいがガクッとなった。わが国独特の短詩と誇る五七五の俳句芸術が、つまりは老人や病人の余技であり、暇つぶしの道具にすぎない、と喝破して、桑原さんは言いきったのである。

《かかる慰戯を現代人が心魂を打ちこむべき芸術と考えうるだろうか。小説や近代劇と同じように、これにも「芸術」という言葉を用いるのは言葉の乱用ではなかろうか。》

ウヒャー、芭蕉も蕪村も一茶も、みんなヘナチョコなんだってよ、と俳句づくりを飯を食うより楽しみとしているクラスメイトが大嘆きに嘆く。これにたいしては慰めようもなかったし、オレだって試験のため一所懸命に「蚤しらみ馬の尿する枕もと」（芭蕉）、「大徳の糞ひりおはす枯野かな」（蕪村）、「屁くらべがまたはじまるぞ冬ごもり」（一茶）と暗記したものであったのによと、ひどく情けない想いを味わった。

いまとなれば、どちらの説も敗戦国日本人の戦勝国への賛美と、日本への自虐的な断罪の風潮に乗ったもの、早く言えば〝敗戦ボケ〟の産物ということになろう。たしかに伝統的な日本文化は〝封建的〟の名のもとに、つぎつぎに見直しをせまられていた。そんな軽薄な時代であったと言える。であるからといって、神様の大センセイや大学者がボケルなんて……。

しかし、同じ二十一年の文芸雑誌『新潮』四月号の、安吾さんの「堕落論」はそれとはまったく違っていた。

《醜の御楯といでたつ我は。大君のへにこそ死なめかへりみはせじ。若者達は花と散ったが、同じ彼等が生き残って闇屋となる。ももとせの命ねがはじいつの日か御楯とゆかん君とちぎりて。けなげな心情で男を送った女達も半年の月日のうちに夫君の位牌にぬかずくことも事務的になるばかりであろうし、やがて新たな面影を胸に宿すのも遠い日のことではない。》

しかも、これは戦争に敗けたからって人間が変わったのではない。人間は元来そういうものなんだ、と安吾さんは言い切る。

《人間は生き、人間は堕ちる。そのこと以外の中に人間を救う便利な近道はない。》

《堕ちる道を堕ちきることによって、自分自身を発見し、救わなければならない。政治による救いなどは上皮だけの愚にもつかない物である。》

すなわち、戦時下の異常な緊張感のうちにあった精神の純粋さはフィクションそのもので、すべてマボロシなり。大義名分だの、不義はご法度だの、忠君愛国だの、あらゆるニセの着物を脱ぎ捨て、好きなものを好きだと言い切れる赤裸々な心になろう。日本人よ、支配者が強要したタテマエ論を棄（す）てよ。薄っぺらなイデオロギーをぽん投げよ。安吾さんの言うのはそういうことであり、それこそが人間再建の第一歩、ということなのである。まことに颯爽（さっそう）として、爽快きわまりない発言であった。

その基礎に、日本国と日本人にたいするリアリスティックな認識があったことは書くまでもない。戦争中の日本人の〝魔性〟や〝狂気〟にたいする完膚（かんぷ）なきまでの批評があったからにほかならない。安吾さんはじつに冷静で正確に現実を生きる文人であった。そりゃあ、いまになれば、ごく常識的なご意見とみえるところもあろう。しかし、だれがあの戦後の虚脱と絶望の時、堕落せよ、堕ちきって自分自身を発見せよ。人ばかりではない、日本国家も堕落せよ、そして新しい国家の生きる道を探せ、と叫び得たか。

とはいうものの、残念ながらリアルタイムで、中学生のわたくしが「堕落論」を読んで胸打たれたわけではなかった。じつは二年後の昭和二十三年、旧制高等学校の寮で初めて読んだのである。そして、鮮明に記憶しているのであるけれども、堕ちよ、人間は堕ちて初めて本物の人間になる、といった刺激的な言葉よりも、当時のわたくしはむしろ別なところではげしい衝撃を受けたのである。それは安吾さんの説く「天皇制について」であった。

《天皇制は天皇によって生みだされたものではない。天皇は時に自ら陰謀を起したこともあるけれども、概して何もしておらず、その陰謀は常に成功のためしがなく、島流しとなったり、山奥へ逃げたり、そして結局常に政治的理由によってその存立を認められてきた。社会的に忘れた時にすら政治的に担ぎだされてくるのであって、その存立の政治的理由はいわば政治家たちの嗅覚によるもので、彼等は日本人の性癖を洞察し、その性癖の中に天皇制を発見していた。それは天皇家に限るものではない。代り得るものならば、孔子家でも釈迦家でもレーニン家でも構わなかった。ただ代り得なかっただけである。》

ああ、生まれてこのかた、現人神としてただ最敬礼するのみであったわが天皇陛下。その〝神様〟のような存在がもっぱら政治的都合によって表に出たり裏に潜んだり、力をもったり無力になったり、という日本歴史における事実の指摘には、真実眼からウロコの落ちた感があった。

これもいまになれば常識的で、何の変哲もない話であろうけれども、敗戦後のゴタゴタの当時にあっては、驚天動地の快（怪?）論であったことはたしかである。

《彼等は本能的な実質主義者であり、自分の一生が愉しければ良かったし、そのくせ朝儀を盛大にして天皇を拝賀する奇妙な形式が大好きで、満足していた。天皇を拝むことが、自分自身の威厳を示し、又、自ら威厳を感じる手段でもあったのである。》

彼等とは、政治権力者たち。豈いにしえの源平藤橘のみならんや、軍国日本の軍閥どもとその取り巻きたちもまた然り。われら戦時下の日本の民草はずいぶん馬鹿げたものを拝まされたもので、大小の主義者たちはその馬鹿げたことに自分の威厳と存在意義を感じていたのである。そしていま、それをあざ嗤うわけにもいかない。われら民草の多くも何かにつけて似たようなことをしていたこともまたタシカであったのである。

　しかしながら、と安吾さんはいう。

《天皇制自体は真理ではなく、又、自然でもないが、そこに至る歴史的な発見や洞察に於て軽々しく否定しがたい深刻な意味を含んでおり、ただ表面的な真理や自然法則だけでは割り切れない。……美しいものを美しいままで終らせたいという小さな希いを消し去るわけにも行かぬ。》

　旧制高校の小汚い寮内でも、天皇の戦争責任論と、それにともなう退位論の声々がますますかまびすしくなりつつあったときである。「堕落論」をめぐってわれら高校生どもは口角泡を飛ばしてやりあったものであった。いまになると恥じ入るくらいにお互いが真剣であり純粋であったなと、ただただ懐かしく想いだすのである。

　なお、当時はまったく存じなかったが、同じ年の六月一日発行の『文学時標』第九号に安吾さんは「天皇小論」という短いエッセイを寄せている。そこでは「堕落論」の論旨の流れを汲みながらもっと堂々たる論を展開している。

《日本的知性の中から封建的偽瞞をとりさるためには天皇をただの天皇家になって貰うことがどうしても必要で、歴代の山陵や三種の神器なども科学の当然な検討の対象としてすべての神格をとり去ることが絶対的に必要だ。科学の前に公平な一人間となることが日本の歴史的発展のために必要欠くべからざることなのであり、科学の前に裸となりただの人間となっても、尚(なお)、日本人の生活に天皇制が必要であったら、必要に応じた天皇制をつくるがよい。》

まことに明快な正論である。

と書いてきたとたん、夏目漱石が明治四十五年六月十日の日記にハッキリ記していることを想いだした。それは卓越した文明批評家としての漱石先生の唯一ともいえる〝皇室論〟である。

《皇室は神の集合にあらず。近づき易く親しみ易くして我等の同情に訴えて敬愛の念を得らるべし。それが一番堅固なる方法也。それが一番長持ちのする方法也。》

漱石先生と安吾さんは同じことを言っているのである。

――以上が、坂口安吾という作家とつき合って、戦時下の昭和という時代をあちこち散歩するにさいしての、長すぎる前口上なのである。はたして楽しくこの怪物とつき合って昭和史を踏みしめていけるかどうか、あまり自信はないが……。いざ、いざ、いざ……。

第一章

恋の炎と革命の嵐

――昭和十一年

慌てふためいた著名人

昭和十一年（一九三六）、とくれば、昭和史で特筆大書される二・二六事件のあった年である。この年の二月二十六日朝まだき、千四百人もの陸軍将兵による重臣・要人の襲撃、さらに都心占拠から、これを討伐せんとする陸軍部隊との同士討ちの危機をはらみながら、二十九日の叛乱部隊の無抵抗の帰順そして原隊復帰までの、日本中が震撼した四日間の大事件であった。

このとき、われらが安吾さんはいったいどこで何をしていたものか。また、時代の流れを根底から覆そうとする大動乱を、はたしてどう観じていたか。歴史探偵としては、安吾文学がどうのこうのとはおよそ関係なしに、心を躍らせてただ事実だけを探ってみたくなる。

知るかぎりでも、この日、多くの著名人はアタフタと周章狼狽していた。たとえば、当時の文壇の大御所たる菊池寛である。その日夕刻に行われる新進作家寺崎浩と徳田秋聲の次女喜代子との結婚式の媒酌人を頼まれていたのに、叛乱軍の襲撃目標のブラック・リストに菊池の名があるという風聞を耳にして、これを頭から信じて朝から家を出ず、サザエが蓋をしめたようにブルブル震えて籠もっていた。お蔭で結婚式場の内幸町大阪商船ビルの地下のレインボー・グリルでは、キチンと式服に身を固めた河上徹太郎や丹羽文雄や舟橋聖一や吉屋信子や永井龍男や中島健蔵の面々が、外で何事が起こったのかとヒソヒソと話し合いながら、といって戸外に偵察にゆくものとてなく、媒酌人の到着を今や遅しとひたすら待ちわびていた。

哲学者の三木清は危難の身に及ぶのを恐れて、新橋駅から倉皇として三重県に旅立っていったし、随筆家の高田保は夫人に「あなたは厄年だし、野次馬で危険だから」とせきたてられるようにして、熱海に避難させられた。財界の顔役で王子製紙の藤原銀次郎社長は動いていれば安全と、東京市内のあちこちへと自動車を乗りまわし、本社にときどき電話を入れてその後の情報を確認していた。三井総本家の大番頭の池田成彬も狙われていると思って一日中雲隠れして連絡途絶。

ほかにも本宅に気兼ねも遠慮もなく、妾宅にしけこむ政財界人も多かったなどなど、わが調べは相当についているのであるけれども、ここは二・二六事件のおかしい裏話を書く場ではないので筆を省くことにする。

されば、われらタンテイの元祖の安吾さんは？　と、大いに張り切って探索のスタートを切ったのであるが、いやはや、出端を挫かれるとはまさにこのこと、走り出した途端にレースを棄権したくなった。まったくツマラナイのである。が、ともかく気をとり直して、まずはその日前後の動静を示している安吾の手紙を引用する。

《お手紙ありがとうございました。矢口にいて始め二日は何も知りませんでしたが、東京へでてみて物情騒然たる革命騒ぎに呆れました。今日、左記へ転居しました。

　本郷菊坂町八二

　菊富士ホテル（電話小石川六九〇三）

　僕の部屋は塔の上です。愈々屋根裏におさまった自分に、いささか苦笑を感じています。まだ道順をよくわきまえませんのでどういう風に御案内していいか分りませんが、本郷三丁目からは近いところで、女子美術学校から一町と離れていないようです。どうぞ遊びにいらして下さい。お待ちしています。

　仕事完全にできません。でも今日から改めてやりなおしの心算なんです。

　御身体大切に。立派なお仕事をして下さい。》

　日付は、二・二六事件が皇軍相撃の悲惨をみることなく無事に収束された翌日の三月一日である。宛てさきは女流作家の矢田津世子。ご存じ、坂口安吾の人と文学を論じて彼女にふれざるものなしの、若き日の安吾の恋人中の恋人。[*1] しかも昭和七年夏に知り合ってからすでに三年余、という長い歳月をへているのにいまだに手を握ったこともなし、正真正銘の精神的な恋人、プラトニック・ラブの妄想上の女神でもあった。いいかえれば、永久に神聖にして犯すべからざる偶像であったという。もっとも、その間の昭和八、

九、十年には、安吾さんは酒場〝ボヘミヤン〟のマダムお安さんと同棲して、お安さんの亭主に「あの野郎、ぶっ殺してやる」と追いかけられているというややこしいことをやっていた。

片や精神的、片や肉体的と、若い安吾さんは正直なはなしデカダンスの破滅の色濃い忙しい日々を送っていたのである。けれども、色模様のほうにはしばし目をつむっておきたい。

ついでに説明しておくと、ホテルは木造の三階建てで、その上に時計塔のようなものが頭をだしていた。安吾が陣どったのがこの時計塔下の三畳で、部屋代はいちばん安くて四円。ただしベッド一つが置いてあるだけの殺風景さ。

徹底的に打ちのめされて

そんなことよりもここで注目すべきは、手紙の文中にある「物情騒然たる革命騒ぎ」と見抜いた炯眼である。事件が起きたときは遠く大森区矢口（現・大田区東矢口）の自宅にあって、何事が起こったのか知らなかったが、本郷まで出てきた途端に、きわめて冷静に、たちまちにしてこれを〝革命騒ぎ〟と見てとったのである。ことの本質をただちに見抜く洞察眼と、それにつながる巨大な文明論を展開できる理解力と判断力、のちに安吾さんを歴史タンテイ教祖たらしめた偉大な能力の片鱗を、すでに示している。

事実、いまになれば、側近を排除して天皇親政のうるわしい国家をつくるとか、貧しい人々のために旧態依然たる政治レジウムを革新するとか、耳に心地よく響きカッコいい大義名分つきの軍の蜂起なんかではなかったことはハッキリしている。要するに、自分たちの思うようになる軍事政権をつくるため、強硬に大部隊による宮城占拠を企て、場合によっては天皇その人をとり替えてもいいとまで考えていた陸軍の陰謀は、「革命」と呼ぶにふさわしい蹶起であった。ただし、その策謀は緻密さを完全に欠いた杜撰きわまりないもので、成功の確率はかぎりなくゼロに近かった。結果的には、そんな浅はかな目論見で成功を確信して起ったのかと、安吾さんのいうとおり、ただ「呆れ」るほかのない大騒ぎであったのであるが……。

それにつけても心残りなのは、ここでタンテイ眼を光らせて、東京中央部への勇んでの安吾出動となれば、話は俄然面白くなるはず。ところが、そのときの安吾さんの心魂を大薙ぎに薙いで揺さぶっていたものは烈しい恋の嵐のほうであって、革命騒ぎなど安吾の精神に微風ほどの影響も与えていなかったのである。

つまり、昭和十一年二月の坂口安吾には、おのれの精神を託せるものは時勢の疾風怒濤なんかではなく、ひとりの女の優しい微笑みであり、彼女との恋のささやきであった。それゆえに、いっそう、お安との腐れ縁を断々固として断ち切るため、そしてまた、片想い的にだらだらとつづいて、いまや三年越しともなって実らざる矢田津世子への「愛」にも何らかの決着をつけんと、安吾は本郷まで眦を決して乗り込んできたところなのである。

というわけで、二・二六事件との関係でのわが探索はいささか竜頭蛇尾になったが、ということの成り行きからして、ここではこの恋の顚末を書かねばおさまりがつかぬ、という妙な気分になっている。それで目をつむったはずの色模様の話を、このさきつづけることにする。

さて、安吾はかの手紙を国家的大騒動をよそに一心不乱に書いた。ああ、それなのに、肝腎の矢田津世子の胸にドカンとは届かなかったようなのである。送った手紙にたいして返報をよこしはしたらしいが、この心の恋人はすぐに屋根裏の塔の上に姿をみせようとはしなかった。しかし、安吾はひるまない。三月十六日にさらに彼は催促の手紙を書いている。

《御手紙なんべんも読み返しました。然し分らなかったのです。ただ勝れて荘厳な、むしろ冷たくそして寂寥にみちた一つの姿勢に心を打たれたことだけが分ったのです。泣くには余りに苛酷な、冷然たる悲劇の相をみつめましたが、それは同時に、矢張り私の姿勢でもあるかも知れません。》

このように、安吾は何やら打ちのめされている。ショゲきっている。「冷たくそして寂寥にみちた」、そして「泣くには余りに苛酷な、冷然たる悲劇の相をみつめ」ざるをえなかった、なんて、悲痛な叫びというほかはない。
《信頼ははかない虚構だという貴方のお言葉は真実です。》
とも悲鳴はつづいて、最後は、
《手紙はやっぱりいけない。会って下さい。僕は色々話さなければならないような気がします。
矢田さん。貴女の文学は、いいえ生活は、貴女が私に下すったあの手紙のような冷然たる知性の謎(なぞ)から出発してはいませんでした。
それが第一いけないのです。
生活があすこから出発しなければいけないのです。そうして文学も。
思っていることを、うまく書くことができません。会って下さい。そして話しましょう。御身体に気をつけて下さい。》
当事者でなければ正確にはわからない意味不鮮明なところがあるが、とにかく男がイノチガケで誠意のありったけを示して口説(くど)いているのに、女のほうは思いもかけぬほど冷やかな態度をとったらしいことは察せられる。なぜか?
そのなぜの解答の一つではあるまいか、と思われる事実がたしかにある。彼女は、以前から妻子ある新聞記者(時事新報の学芸部長)和田日出吉との秘したる情事が暴露されジャーナリズムの好個の話題となったり（もちろん、安吾はそれを存じている）、日本共産党への資金カンパのかどで戸塚警察署に留置されたり、なにかと話題の多い美貌の作家であったのである。その上、注目すべき作品を矢継ぎ早に発表し、読者一般にも大いにもてはやされ、雑誌社からの注文もふえ、順風満帆、いまや新進気鋭の閨秀作家として文壇的な地位を築きつつある、まさにそのときであったのである。[*2]

　悲しいかな、対して安吾さん、昭和六年の「風博士」や「黒谷村」で華々しくデビューを飾ったものの、その後の行雲流水的な、ハチャメチャな生活もあって、作品はときどき発表しているけれども、いまひとつ文名があがらず、むしろ消えかかりつつあるのである。しかし、そんなことは安吾の念頭にはなかった。文壇やジャーナリズムなんかはどうでもいい。ただヒタスラなのである。彼にとってはひとりの女との愛が重大であった。文壇的成功や自分の文学作品が受ける受けないなんて、どうでもよかったのである。

　これじゃ、何事であれ現世的・現実的・計算的である女が、バイバイと遠ざかっていくのもやむをえない。冴えない男には用がない。といったら、酷な言い方となるであろうか。超リアリスティックな男と超ロマンティックな女とをならべてみると、男より女の方がずっと現実的なものなのである、と昔からいうではないか。女というものは……。

悲しすぎる恋の結末

で、長びいた恋の成り行きはどうなったのか、と問われれば、真相は雲霞（うんか）の向こうに隠されて透かし見ることはできぬ、と答えるほかはない。はたして屋根裏の塔の上に彼女が来たものやら来ないやら。いや、ついに姿を現さなかったのではないか。すべては曖昧模糊（あいまいもこ）のままである。わずかにわかっているのは、六月十七日付けのかなしい絶縁を告白した安吾の手紙だけ。これとても「別れの手紙」とするには、少々戸惑ってしまう。まるで少年が少女に差し出したような控えめなラブ・レターなのである。長いものなので、全文をというわけにはいかない。勘どころのみを書き写す。

《小生、今月始めから漸く（ようや）仕事にかかりました。この仕事を書きあげるために命をちぢめてもいいと思っています。今の仕事は、存在そのものの虚無性（存在そのものの、と言うよりほかに今のところは仕方がないのですが）を知性によって極北へおしつめてみようとしているのです。この小説が終ったら、僕の生活には飛躍がくるかも知れません。

……

僕の虚無は深まるところまで深まったようです。おしつまるか、ぬけでるか、もう仕方がないのです。……僕はあくまで知性にたよるほかありません。そして知性が、虚無を割りきった後に尚（なお）、文学の形に於（お）て何物か建設しうるかどうか、もはや文学をすてて

行動に走る以外に道はないか、僕のとる道はその結果へおしすすむほかに仕方がなくなりました。》

この手紙は、自分の生命を賭したつもりの燃える恋を空しく失った男ならば、だれもが書くような追いつめられた絶望的な、しかし何とか立ち直りたいとする純な気持の吐露である、といってもいいであろう。こんなミジメなことを書いたところで、多分、同情や憐憫はおろか、女からはきつく軽蔑されるのがオチであろうとわかっていても、やむにやまれない。ほんとうは仕事なんかやりたくもないのにかえってこんな風に強がらねばならない男というものは、まったく純情無垢、可哀想な存在であるな。

《仕事は秋の終るまでに出来るでしょう。僕はもうただ生きなければならないのです。真実を知ることだけ。そして今必要なのは書斎だけです。世間に魅力がありません。色々の病気のために身体がいくらか衰弱していますが、精神は生れて以来はじめて健康だと思っています。そして、いわゆる世間的な悲哀が感じられなくなりました。》

そして最後に、自分の決意をしたためる。

《僕の存在を、今僕の書いている仕事の中にだけ見て下さい。僕の肉体は貴方の前ではもう殺そうと思っています。昔の仕事も全て抹殺。》

安吾さんについて書かれたさまざまな論説や研究をパラパラすると、この手紙をもって彼女と絶縁し、いらい安吾は矢田津世子に会うことはなかった、と書かれている。作家の杉森久英は「彼の中の、何かが死んだ」とも説いている。左様、あまり劇的ではないけれども、大いなる愛を失ったとき、何か大きなものが死んだことであろう。

ところが、ドッコイ、ここに死なないもう一つの存在があったのである。お安さんである。こっちは絶縁したつもりでも、向こうはそう簡単に問屋が卸してたまるものかと、追いかけてきた。男が本郷に隠れ住んだと知って、ただちに神田駿河台下の三省堂横に酒場をひらく。かくて、失恋の安吾さんはまたまた混沌淪落の坩堝のなかに身を投じなくてはならなくなる。

いやはや、せっかく一念発起して知性を武器に新たに生きるためにと決然として筆をとった長編小説も、先行きが見えなくなっていく。安吾さん、これからどうしたらいいのであろうか。

書き忘れていた。ときに明治三十九年（一九〇六）生まれの安吾さんは三十一歳。そして矢田津世子は一歳下で三十歳、お安さんは生没年、出身など不詳で正確なところはわからないが、安吾よりも二、三歳上であったらしい。ついでに書いておく。二・二六事件で叛乱軍を指揮し、軍事法廷で死刑の判決をうけ、七月十二日に刑を執行された青年将校たち、たとえば「天皇陛下万歳。秩父宮殿下万歳」と叫んで死んだ安藤輝三大尉は三十二歳で、「天皇陛下万歳　霊魂永遠に存す。栗原死すとも維新は死せず」の栗原安秀中尉が二十九歳と、安吾とほぼ同年代である。恋の炎に身を焦がすもの、革命の嵐に投じて身を滅ぼすもの、青春とは何をするのもイノチガケであることよ。

生涯たった一度のキス

ところで、二・二六事件にからんだ安吾さんの話はこれで終わったわけではない。戦後の、超流行作家となった昭和二十三年五月に発表の自伝的小説「三十歳」に、いちばん最後に矢田津世子と会ったときのことが詳しく書かれている。小説ではあるけれども、矢田津世子と実名である。そして、これがなんと「たそがれに別れたのだが、あのときはまだ雪は降っていなかったようだ」と、いとも思わせぶりの書きようでその日の出会いが始まるのである。

二人は東京大学前のフランス料理店で食事をした。

《私は、矢田津世子に暴力を加えても、と思い決していた。むしろ、同意をもとめて、変にクズレた、ウワズッたヤリトリなどをしたくはなかった。問答無用、と私は考えていたのだ。》

そして、食事を終えると、二人は菊富士ホテルの塔の部屋に行ったことになっている。狭い部屋で自然に津世子はベッドに腰かけることになる。気負っていた「私」は、しかし、さすがに躊躇(ためら)った。そして辛(かろ)うじてできたのは彼女の肩を抱いて、唇と唇とを合わせることだけであった。ところが——。

《矢田津世子の目は鉛の死んだ目であった。顔も、鉛の、死んだ顔であった。閉じられた口も、鉛の死んだ唇であった。》

これじゃ、もはやそれまでである。「私」は茫然（ぼうぜん）と彼女から離れた。そして叫んだ。

「出ましょう。外を歩きましょう」と。

外へ出るとタクシーをとめて、「私」は彼女に乗るようにとすすめた。「じゃァ、さよなら」。彼女はかすかに笑顔をつくって、「おやすみ」と軽く頭を下げた。

それでオシマイなんである。

そしてそのあとで「私」が彼女への絶縁の手紙を書き終えたのは午前二時ごろ。

《私たちには、肉体があってはいけないのだ、ようやく、それが分ったから、もう我々の現身（うつしみ）はないものとして、我々は再び会わないことにしよう、という意味を、原稿紙で五枚ぐらいに書いたのだ。》

つまり六月十七日付けの、実物の手紙の「僕の肉体は貴方の前ではもう殺そうと思っています」の意は、右のとおりであったのであろう。そして小説のその後がすこぶる興味深い記述になっている。

《翌日、それを速達でだした。街には雪がつもっていた。その日、昭和十一年二月二十六日。血なまぐさい二・二六事件の気配が、そのときはまだ、街には目立たず、街は静

かな雪道だけであったような記憶がする。》

ハハーン、安吾さんは、現実ではさっぱり劇的でない別れを、フィクションにおいては、背景にだれもが記憶する歴史を揺るがした劇的な事実をおいて、ちょっとばかりドラマチックにこしらえておるわいと、これを読んだとき思わずガハハハとなった。

さらに可笑(おか)しかったのは、このあとに「一しょに竹村書房へも手紙をだした」として、数日後、竹村書房でその手紙が戒厳司令部の検閲を受けて、開封されていることを知った「私」はしみじみと思うのである。

《してみれば矢田さんへ当てた最後の手紙も開封されたに相違ない。むごたらしさに、しばらくは、やるせなかった。》と。

まことに論理的かつ印象的な書きっぷりながら、残念でした、というほかはない。戒厳令が公布されたのは翌二十七日午前三時五十分で、「戒厳司令部告諭第一号」がやっと公示されたのは午前八時十五分。大混乱のなかでの応急手当てである。というわけで、前の日の朝に出された市民の手紙をいちいち検閲するなんてことは、それでなくともテンテコマイの司令部では、頼まれたってできっこない。

あらためて考えるまでもなく、想像力を存分に働かせて、効果的な場面を設定することに長(た)けている、そんな特殊の才能をもっているのが、そもそも小説家というものなのであろう。惚(ほ)れた女との永遠の別れを、嘘(うそ)っぱちを承知で、昭和史を飾る最大の事件と同日に設定するとは、見事なテクニックである。その人生の悲壮な転換点が、昭和史の転換点である二・二六事件その日であった、とは安吾ファンには一度覚えたら忘れることなんかできっこない日となる。それにしてもあっぱれな作劇術よ。

そういえば、ほかにも、ウム、お見事！　と感嘆したくなる話がある。同じく自伝的小説の「いづこへ」（昭和二十一年十月発表）で紹介されているお安さんの亭主である。コキューにされた仕返しで、安吾を追いかけ回すかのオッカナイ人物である。

《この女には亭主があった。兵隊上りで、張作霖（ちようさくりん）の爆死事件に鉄路に爆弾を仕掛けたという工兵隊の一人で、その後の当分は外出どめのカンヅメ生活がたのしかった、とそんな話を私にきかせてくれた。無頼の徒で、どこかのアパートにいるのだが、（以下略）》

昭和史をあらぬ方へと動かしていった昭和三年の張作霖爆殺事件が、日本陸軍の陰謀による暗殺であったことを、安吾さんは洒々（しやあしやあ）として書いている。実物のお安さんの亭主がはたして関東軍の工兵隊員であったのかどうか、それとも単なる思いつきの産物なのか、つまびらかにはしない。でも、昭和史タンテイにはかかる微妙な話にぶつかると、一瞬、ハッと息を呑（の）みこんで思わず目を見張ってしまう。

安吾さんを師匠と仰ぐユエンである。

はじめから勝負あった！

さらに、蛇足ながら、二・二六事件に関連した秘話を。登場するは、矢田津世子を〝情人〟としている時事新報の和田日出吉である。

この日、蹶起（けっき）した叛乱部隊によって首相官邸をはじめ東京の中心部は占拠され、交通はすべて遮断された。関係のない人間がその内側に入ることなどおよそ考えられないことである。しかし、部隊を指揮する青年将校が何を意図しているのか、新聞記者としては命がけであろうと知りたいこと。青年将校のリーダー格の栗原安秀中尉と面識のあった和田記者は、そこで前後のことも考えずに叛乱部隊が司令部としている首相官邸に乗り込んでいった。

昭和二十九年七月発売の『文藝春秋』臨時増刊号「昭和メモ」に、和田は「雪の叛乱司令部一番乗り」を寄稿している。そこに記されている栗原中尉との緊迫した、まことに興味深い一問一答を、カッコの注をつけながら、長く引用してみる。

《「後はどうするんだ」

「どうにかなりますよ。僕達はただ国家改造の癌（がん）を取り除いたんですから、後はさっぱりよくなっていきます」

「だが、君達は君達なりに、どんな内閣ができたらいいとか、そうあってほしいという希望や期待もあるだろう」

「さあ……」と云って彼（栗原中尉）は同僚を顧みたりしていたが、

「小畑（敏四郎）や、柳川（平助）……いろいろいますよ」

「真崎（甚三郎）は」

「それは後じゃないですか。とにかく今度できるのは、できたところでケレンスキー内閣ですからね、本物はその後からでしょう」（以下、ちょっと中略）

「高橋（是清）蔵相は負傷だけですんだそうだ」と、私は、社から得たニュースを伝えると、

「いえ、亡くなられました」

と、近衛の徽章をしたただ一人の中尉が口を挟んだ。この寒いのに外套を着けず大身の刀を吊し巻ゲートルの姿であった。中橋（基明）とかいう名ではなかったか。

「しかし新聞の方では負傷したと云っているが」

「この、私がやったのですから、違いはありません」》

これだけでも当時にあっては大特ダネである。叛乱軍将校たちが、さしたる青写真をもたずに蹶起したこと、その後の成り行きを至極楽観していたこと、またやったことにたいする罪の意識のなかったこともよくわかる。危険きわまりない哨兵線を単身で突破して、よくぞこれだけの取材に成功したものとびっくりする。

この和田記者はこれ以前にも、いわゆる帝人事件（昭和九年）の口火をつけた敏腕記者として知られ、後に満州に渡り、女優の木暮実千代（こぐれみちよ）と結婚し幸せな艶福家（えんぷくか）としても有名であり、大金と美人妻をもって人生を見事に完結した。とうてい食うや食わずで虚無の極限をつきつめる文学を書こうとしている安吾さんがかなうはずがなかった。哀れ、勝負ははじめからついていた。

＊1　矢田津世子への惚れっぷりについて、はなはだ愉快な安吾さんみずからの告白がある。死の直前に書かれた「世にでるまで」（『小説新潮』昭和三十年四月号）にある。《私が桜の同人になったのは矢田津世子に惚れていたからだ。ぞっこん、という言葉はこういう時に用いるのであろう。矢田津世子以外の女は目につかぬくらい惚れてしまった。ダラシのない惚れ方である。》

これぞ、勝手にしやがれ、といいたくなるような惚れ方であります。

＊2　これまでに安吾さんについて多くの評論書や研究書が出版されているが、面白いほど共通して、矢田津世子は作品「神楽坂（かぐらざか）」で第二回芥川龍之介賞（昭和十年下半期）の候補になったと書かれている。したがって翌十一年三月（『文藝春秋』四月特別号）に受賞作の発表となり、安吾が屋根裏部屋から一心不乱でお会いしたいと手紙を送っているときと重なる。これじゃ津世子にすれば安吾どころじゃないなと思っていた、と考えたくなる。

ところが、正しくは「神楽坂」が候補作品になったのは第三回（十一年上半期）で発表は十一年八月（同九月号）である（ただし落選）。七月の永遠の別れのとき、津世子の心のうちの安吾の存在は、二月ごろよりもっと遠いものになっていたことであろう。

ちなみに「神楽坂」についての選考委員の選評は、菊池寛「なかなか巧（うま）くなっている。ただ、書いている世界に、新味がないのが欠点である」。室生犀星（むろうさいせい）「うまいところもあったが、作がらが小さく鋭さが不足していた」。佐佐木茂索（ささきもさく）「うまいものだ。こんなにうまいとは思っていなかった。しかし、やや硬い、それに登場人物がやや死んでいる」。その他の佐藤春夫、小島政二郎、川端康成、瀧井孝作の各委員はまったく無視である。まずはさしたる作にあらず、というところか。

第二章 京都でのデカダンの日々——昭和十二年

「四年前」と「もう少し早く」

　前章で、坂口安吾と彼の三年余にわたる恋人の矢田津世子との永別の場面を、自伝的小説「三十歳」にそって、すこぶる簡潔明解に書いてしまった。が、のちのちのことを考慮にいれると、アッサリしすぎたなと思わざるをえなくなった。そこでちょっぴり時間を戻すことにして、さらにその少し前の二人のラブ・シーン的なところを付け加えておく。

　すなわち、同じ「三十歳」の、若き男女が燃え狂う情熱をぶつけ合うコッテリとした場面。それは決定的な別れのくる前の月日不明のある日のこととなる。大森の安吾の家を津世子のほうから訪れたとき、という。「テーブルをはさんで椅子にかけて、二人は睨みあって」という情景のもとに、こんな愛の告白が交わされたのである。全文そのままの引用ではなく、戯曲風にこしらえて書いてみると――。

《女　私はあなたのお顔を見たら、一と言だけ怒鳴って、扉をしめて、すぐ立去るつもりでした。私はあなたを愛しています、と、その一と言だけ。

男　僕もあなたを愛していました。四年間、気違いのように、思いつづけていたのです。この部屋で、四年前、あなたが訪ねてこられた日から気違いのようなものでした。いわばそれから、あなたのことばかり思いつめていたようなものです。

女　四年前に、なぜ四年前に。（と変にだるく、くりかえして）なぜ、四年前に、それを仰有（おっしゃ）って下さらなかったのです。（そして、かすかに、つけ加える）四年間……。》

——さて、これが新劇かなにかのお芝居ならば、まさしくクライマックス、切羽詰（せっぱつ）まった言葉の切り結びというところである。恐らく現実にこんなやりとりがあったわけではなく、多分にフィクションであろう。まったく、愛というものは追い詰められれば見境いなく狂気そのものと化し、自分で自分の始末をどうつけたらいいのやらわからなくなるものよ。と、老骨となったわたくしも、わが青春時代、ひとりの女を想って無我夢中であったときのことを想い起こして、ますますその感を深くする。

　ところが、さすがにジジイともなると、安吾さんの至芸に酔い痴（し）れてばかりいるわけにもいかず、つまらぬところで冷静になってタンテイ眼を光らせる。このセリフ、つまり「四年前に、なぜ四年前に」という女の男を責めるような言葉、その昔どこかで一度お目にかかったことがある、と、そのことがえらく気になってくるのである。もちろん、そっくりそのままではなく、正確にいえば、それにごくごく近い言葉として、であるが……。

　そしてたちまちに頭に浮かんできたのは、夏目漱石の『それから』のこれまた名場面。

訪れてきた人妻の三千代に代助が突然に告白をする。「僕の存在には貴方が必要だ。何うしても必要だ。僕はそれだけの事を貴方に話したい為にわざわざ貴方を呼んだのです」。これを聞かされた三千代のふるえる睫毛の間からは、涙がポロポロとこぼれ落ちる。そしてかすかな声で「残酷だわ」という。けれども、しばしあって三千代は沈んではいたが落ち着いていうのである。「ただ、もう少し早く云って下さると」と。さらにまた、しばらくたって、彼女の口からは低くて重い言葉が、一語一語発せられるのである。「仕様がない。覚悟を極めましょう」と。

いかがなものか、「三十歳」を読んだとき、わたくしがとっさに『それから』を連想したとしても、決して無理筋ではないのではあるまいか。安吾さんは間違いなく『それから』に目を通していたと見立てる。

なお、念のために書いておくけれども、わたくしがもっとも敬愛する漱石先生と永井荷風さんにたいして、安吾は残念なことにきわめて辛い点をつけている。漱石は「軽薄な知性のイミテーション」（「戯作者文学論」）であり、荷風は「戯作者を衒い、戯作者を冒瀆する俗人」（「大阪の反逆」）であるという。しかし、そうはいいつつも、確たる証拠はないが、安吾はこの両作家の作品をまったく無視していた、というわけではないのではあるまいか。

そんなどうでもいい議論はともあれ、さきの「四年前……」と「もう少し早く……」

には、その言葉の底に同じ心の叙情が流れている。いや、女の吐息にも似た怨み節がある。違うのは、三千代のほうは「覚悟」をきめたのに、津世子はなぜかフンギリが悪かった。安吾の胸に飛びこんでいこうとはしなかった。安吾の悲劇はそこにあった。

結果として、安吾は想いをパッと断ち切って、津世子に永遠の別れを告げざるをえなくなる。安吾さんは深く一途な、本気で悲壮な別れの決意を固めたのであるが、人間の情というものはそうは簡単に理屈どおりにはいかないもの。好きな女を塵紙でも棄てるようにかくもあっさりポイすることができたら、古今東西、恋愛小説なんかだれも読まないからおよそ存在しないことになる。ましてや、安吾ときに三十一歳。若いがゆえの煩悶憂愁が津波のようにあとからあとから彼の心を襲い叩きのめしたにきまっている。

宇垣一成内閣流産の夜に

昭和二十三年九月発表の「死と影」という自伝的小説に、安吾は悲痛なことを書いている。

《新しく生きるためには、この一人の女を、墓にうずめてしまわねばならぬ。この女の墓碑銘を書かねばならぬ。この女を墓の下へうめない限り、私に新しい生命の訪れる時はないだろう、と思わざるを得なかった。

そして、私は、その墓をつくるための小説を書きはじめた。書くことを得たか。否、否。半年にして筆を投じた》

書かれているように、昭和十一年の後半の安吾は、ひたすら矢田津世子への妄想ないし幻想を葬るために、あるいは逆にいえば妄念からおのれを救い出し、新たな自己を生き返らせんがために、長編小説の執筆に全身全霊を打ちこみ明け暮れていたらしい。が、十一月ごろにはそれも行き詰まって「筆を投じた」という。当たり前である。津世子とは別れたが、お安さんがベタベタとそばにくっついている。起死回生の小説どころではなかったと想像できる。はたしてほんとうに長編を書き出したものやら、眉唾のところがある。

孤独、失意、絶望、自暴自棄、頽廃、とこんな言葉をいくつ並べても足りない精神の状況下、これじゃならんと、若き安吾はあらためてフンドシを締め直す覚悟を固める。奮起一番、想を新たにして脇目もふらずに長編『吹雪物語』にとりかかることにした。ある年譜によると十一月二十八日起筆とある。でも、お安さんとのベタベタした淪落の毎日のなかでは思うようにはまかせない。筆が進まなかったとみるほかはない。そして昭和十二年が明けた。

ここで安吾は一大決心をする。こうなれば東京にオサラバを告げねばならない。ここにいたのでは何も書けぬ。遠い荒野にひとり身を曝さなくては真の新生はあるまじと。

とにかく、お安から逃げねばならぬ。

折りもよし、知人隠岐和一が京都の帯地問屋の実家に戻っているとわかり、彼を頼ることを思いつく。この決意にただちに賛同してくれたのが作家尾崎士郎。[*3] さっそく両国橋のたもとの、ももんじゃ（猪の鍋で有名な店）で送別の宴をひらいてくれた。その夜のこと、昭和十七年発表の自伝的小説「古都」にはこうある。

《自動車が東京駅の前を走る時、警戒の憲兵が物々しかった。君が京都から帰る頃は、この辺の景色も全然変っているだろう、と、尾崎士郎が感慨をこめて言ったが、昭和十二年早春、宇垣内閣流産のさなかであった。》

さらに「古都」には、同じ夜の、こんな一景も丁寧に描かれている。尾崎と別れて、東京駅で終列車に乗る安吾と、見送りにきたお安さんとの、情緒纏綿たる（?）別れの場なのである。駅にはこないほうがいいというのに、お安さんはわざわざ見送りにきた。長く引用してみたい。

《「……会わない方が良かったのだ。どうせ最後だ。二度と君と会う筈はないのだから、暗い時間を出来るだけ少くしなければならない筈だったのに」

「分ってるのよ。二度と会えないと思うし、会わないつもりでいるけど、別れる時ぐらい甘いことを一言だけ言って。また、会おうって、一言だけ言ってよ」

僕は、それには、返事ができなかった。

「君も、どこか、知らない土地へ旅行したまえ。たったひとりで、出掛けるのだ。そうすれば、みんな、変る。人はみんな、自分と一緒に、自分の不幸まで部屋の中へ閉じこめておくのだ。僕なんかが君にとって何でもなくなる日が有る筈だというのに、その日をつくるために努力しないとすれば、君の生き方も悪いのだ。ほんとの幸福というものはこの世にないかも知れないが、多少の幸福はきっとある。然し、今、ここには無いのだ。特に、プラットフォームで、出発を見送るなんて、やりきれないことじゃないか」

然し、女は去らなかった。……その眼は、怒っているように、睨むようにすら、見えた。汽車が動きだすと、女は二三歩追いかけて、身体を大切になさいね、身体全体がその一言の言葉だけであるように、叫んだ。不覚にも、僕は、涙が流れた。》

作中の「僕」が「女」にいった「たったひとりで、出掛ければ、みんな、変る」は、安吾その人がそうあれかしと望んでいたことにちがいない。女に聞かせているのではなく、自分に言い聞かせているのである。ともあれ、この「古都」という小説はわが好みの作品なのであるけれども、ここは文学論を喋々とする場ではないので、以下省略。

話はスパッと変わって、昭和史関連のほうである。安吾さんの京都への旅立ちの日が、「宇垣内閣流産のさなか」というのにはちょっとびっくりした。まさか、またしても話を劇的にするための作りもの、なんかじゃないのであろうな。

広田弘毅内閣の総辞職をうけて、一月二十四日、伊豆長岡に隠棲していた陸軍の長老宇垣一成は、つぎの総理大臣になれとの電話連絡を受け、その日の夜汽車で上京、二十六日午前一時に宮城で組閣の大命を受けた。ところが、ことはこの瞬間から想定外のほうへ動いていった。なぜなら、出身母体である陸軍中央部（陸軍省と参謀本部）が、後継総理としては断固排撃する人物の筆頭に、すでに宇垣一成をあげていたからである。

そこで陸軍当局は、宇垣が率いる内閣には陸軍大臣を出さない、という姑息にして強硬な申し条を突きつけた。陸軍大臣のいない内閣の成立すべくもない。宇垣は辞を低くして何とか陸相を出してくれと懇願したが、陸相推薦できずが軍の総意である、といって突っぱねられる。宇垣の前に、軍部大臣現役武官制（退役軍人や予備役軍人を起用して陸相にすえることは断じて不可という制度）が大きく立ちはだかった。スッタモンダしたが、ついに万策尽きはてる。やんぬるかな、宇垣が天皇に拝謁して大命拝辞を申し出たのが一月二十九日のことであった。

なるほど、なるほど、安吾さんが京都へ旅立ったのがまさにその日、一月二十九日ということなのか。また、さすがに『人生劇場』の尾崎士郎氏である。これからの日本帝国は情けないほどひどい国家になる、と予言している。これは見事の一語につきる。これ以後の昭和史の歩みはつねにこの軍部大臣現役武官制を利用しての、陸軍の政治干渉に脅かされつつ進んでいく。軍部の政治への介入は日を追ってひどくなっていく。世論の不評などなにするものぞ、と陸軍は鼻息をいっそう荒くしたのである。

それにつけても、宇垣内閣流産のその日、東京駅周辺に憲兵が厳重な警戒網を張っている事実があったとは、いままでまったく知らなかった。戒厳令そのものは解除されていたが、二・二六以後の陸軍内部の空気はかなりまだ不穏なものがあったのかも知れない。のちには猛威を振るう陸軍も、まだいくらかはビクビクせざるをえない何かが宇垣排撃についてあったことを示している。言い換えれば、日本帝国もこのときならまだ、正常な歴史の流れにそった軌道に修正していくだけの時間的余裕があった、ということか。

それも七月七日の日中戦争の勃発でオジャンとなるのであるが。

「日本精神」と『国体の本義』

この年の七月七日の夜の、いわゆる「盧溝橋の一発」で日中戦争がはじまった。この一大事について、安吾タンテイはさぞや鋭い洞察によって評するものあらん、と大いに期待したのに「日支事変が始った。京都の師団も出征する。師団長も負傷した」（「古都」）と簡単にふれるだけで、あとは聖護院八ツ橋の話を楽しく書くだけ。たったそれだけなんですか、と張り合いのないこと夥しい。そもそも坂口安吾は残念ながら作家としては、小説のなかにシチ面倒くさい昭和史などをもちこむことをほとんどしない作家なのである。左右を問わず、いっさいのイデオロギーとは無縁であった数少ない文学者の一人。いわゆる社会性などにはそっぽを向いている。永井荷風さん同様に、時代の激変とは縁なき衆生(しゅじょう)で押し通している。これじゃ歴史と絡みあい格闘していく安吾を書こうと思っているこっちには不都合きわまりないし、張り合いがないが、やむをえない。どだい、そんなことを安吾に要望するほうが間違っているのかもしれない。

ところで、そのなかにあって一つだけ、短いが面白い評論を安吾さんは書いている。発表は昭和十一年十二月四日、というから前年暮れで、いわゆる〝十日の菊〟の感があれども、ちょっとだけふれておきたい。評論は題して「日本精神」という。このタイトルからして、何やらものありげではないか。と、はなからワクワク胸が躍ってしまう。いまや世界にはどこどこ精神というようなものは存在しない、「実在するとせば世界精神としてであろう」と談じて、以下、その勘どころの一節を。

《同様に我々の立場でも日本精神を独立した形において指摘し把握することは、今日甚(はなは)だ難事である。日本精神も今日では必然的に世界精神に結びついている。また結びつかざるを得ないのである。

我々の生活にしても、日本的であるとともに甚だ世界的でもありそういう自然の流れから引離して特に日本的であろうとすれば、形のために却(かえ)って自然の精神を失い概念的な日本人でしかありえなくなる。一日本精神の問題ではなく一般に「祖国精神」という

ものは今日世界精神の形の中で再生しなければならないのだ。》

万事が世界的規模となっている二十一世紀のいまになれば、特にどうということのない主張であろう。が、これを昭和十二年五月に刊行された『国体の本義』のそばに置いてみると、なかなかに度胸のいる主張ということになる。つまり時代の〝空気〟がすでに、日本精神の発揚こそ日本人のあるべき姿という方向に滔々と流れ出しているときなのである。

『国体の本義』とはどんな本か。著作者の氏名はない。ただ文部省編纂、内閣印刷局印刷発行とある。そしてこれ以後はこの書が、すべての日本人の教科書となるのである。

たとえば、

「……皇祖皇宗の御遺訓中、最も基礎的なものは、天壌無窮の神勅である。この神勅は、万世一系の天皇の大御心であり、八百万ノ神の念願であると共に、一切の国民の願である。……天皇は、外国の所謂元首・君主・主権者・統治者たるに止まらせらる御方ではなく、現御神として肇国以来の大義に随って、この国をしろしめし給うのであって……」

要するに、日本帝国はこれ以後まさしく「神国」となった。天皇は現人神であり、民草はすべて臣民となり、これを疑うことは金輪際許されなくなったのである。いってみれば、壮大な神がかりのフィクションの時代がはじまった、ということになる。いや、それを創作などとは思わず、信じることこそが日本精神の真髄となったのである。当時のわれら悪ガキもこのころから「天ちゃん」などと大ぴらにいえなくなった。

そんな風に国民感情が昂り狂いだしたときに……、安吾さんの「日本精神などというものはない」とする言説は、たとえそれが「新潟新聞」という地方紙に載ったものであったとはいえ、不逞にして不敵で、大胆きわまるものであったことがわかろうか。

生き直すために京都へ

さて、安吾さんは昭和十二年一月三十日朝、無事に京都に着いた。

当の安吾さんの書いたものや喋ったものによれば、東京を発つとき、その恰好たるや、ドテラと下着代わりに二枚の浴衣を着ていただけであったという。まさかその下はスッテンテンの丸裸ではあるまい。越中フンドシぐらいは着していたであろう。

このフンドシにかんしては思い出されることがある。昭和二十八年春、編集者時代に、桐生市の書上邸の別棟に住まいしていた安吾さんを訪ね、原稿待ちをしながら一週間も安吾邸にタダで泊り込んだことがあった。このときわたくしはサラシの越中フンドシをしていた。風呂に入るとき、安吾さんはそのサラシのフンドシに素早く目をとめて、こう裸のわたくしに呼びかけた。

「コレコレ、青年よ。フンドシは断然タオルにかぎるぞ。風呂に入るとき、外してそれに石鹸をつけて身体を洗えば、ついでにフンドシも洗えることになる。風呂から上がったらタオルを乾かして、またフンドシにすれば一石二鳥だぞよ」

この超合理主義的簡便主義にア然としたものであったが、京都時代の安吾さんのフンドシがサラシであったか、木綿であったか、はたまたタオルであったのか、それとも越中ではなく六尺であったか、それは判然としてはいない。たしかなのは、夏の間はドテラを脱ぎ、春と秋には浴衣なしでドテラをじかに着る、といった方法で、夏はクソ暑く冬はクソ寒い京都の一年を過ごしたということである。

関井光男氏のつくった年譜によると——、京都での生活は、

「はじめは、洛西嵯峨にあった隠岐和一の借家に仮寓した。そこで『昼は専ら小説を書』き、『夜になると、大概、嵐山劇場へ通った』（「日本文化私観」）。しかし『その別宅には隠岐の妹が病を養っていた』ので、三週間ほど逗留後の二月下旬、京都市伏見区稲荷前町二二の中尾という計理士の事務所（しもた屋）の二階に部屋を借り、『吹雪物語』の執筆を続けた」

という。とにかく京都滞在のはじめのころ、安吾さんは起死回生のための『吹雪物語』創作にひたすら打ち込んだのである。お蔭で五月下旬には第六章まで進み、はじめの三カ月で七百枚も書けたらしい。ところが、そこで頓挫した。自信をあっさり失って

押せども引けども動きがとれず、あとがどうしてもつづかない。
《私は絶望し、泣いた。この小説は昭和十二年五月には、すでに七百枚書きあげられていた。七百枚の小説は私の机上にのっていたから、私は、その机の方を見ることすら、できない。……窓から見た京都の山々のクッキリと目にしみる切なさは、その山影をだいて死にたいようであった。》（「『吹雪物語』再版に際して」）

　五月末、計理士の二階から、部屋代の安い伏見稲荷前の上田食堂二階へ、七百枚の書きかけ原稿用紙とともに移る。自伝的小説「古都」によれば、《溝の溢れた袋小路。昼も光のないような家。いつも窓がとじ、壁は落ち、傾いている》部屋であり、そこに住んで《ただ命をつなぐだけなら、俺にはこの方がいいのだ。光は俺自身が持つより仕方がない》と思い、
《それでも北側の窓からは、青々と比叡（ひえい）の山々が見えるのだ。だが、僕には、もう、一筋の光も射してこない暗い一室があるだけだった。机の上の原稿用紙に埃（ほこり）がたまり、空虚な身体を運んできて、冷めたい寝床へもぐりこむ。後悔すらもなく、ただ、酒をのむと、誰かれの差別もなく、怒りたくなるばかりであった。》

　かくてこのあと、写しているとこっちまで絶望の底に沈んでしまうような、安吾のデカダンの、侘（わび）しさの極（きわみ）のような惨たる日々がはじまる。

　小説「古都」の狂言まわしに、いつも喧嘩（けんか）ばかりしているので仲の悪そうな、それが

仲の良い証明であるような家主夫婦がいる。この夫婦は、安吾が席料一日十銭、会員は一カ月一円で開設した碁会所の、さながら走り使いみたいなことをせっせとやっている。これがすこぶるよく描かれている。

《親爺だけはたった一人黙っていて、海老のようにグッタリまるくなっている。そういう中に主婦だけが、軍雞のようなキイキイ声で、ポンと膝を叩いたり、煙管を握った手を振り廻して、誰にも劣らず喋っている。》

こんな夫婦にセンセイとよばれ、原稿書きを放り投げた安吾は朝から晩まで、市井の落伍者たちとパチリパチリとヘボ碁をうち、安酒を呑んで暮らした。夜には嵐山劇場に出かけ、のちに浅草で知り合うコメディアン森川信の芸の素晴らしさを発見して、悦にいったりする。また、ときに京都ムーランのレビューを眺めにいっている。しかし、まるまる一年間というものは一字も書かないで、原稿用紙には埃がつもるばかりなのである。

そうした安吾にとって、時代がどう変わろうと知ったこっちゃない、ことであった。日中戦争は拡大の一途をたどる。十二月には南京事件が起こる。されど知らん顔である。わたくしも一緒にそっぽを向いて、ヘボ碁、酒乱の生活にはこれ以上はつき合っているわけにはいかない心境にならざるをえない。で、以下デカダン生活を追うことは打ち止めである。

「王仁三郎の夢の跡」で

　京都にいたとき、安吾は足のむくまま気のむくままに、あちこちと歩いたらしいが、およそ古都京都を古都たらしめている神社仏閣にも、名所旧蹟にも、全然気をむけようとはしなかった。そのことが、野暮ないい方なるが血となり肉となり、のちに文明史家としての安吾の名を高からしめたエッセイ「日本文化私観」につながるわけであるけれども、くわしく語るのは先のこととして、ここでは急がないことにする。

　でも、一つだけ、この「日本文化私観」に書かれている昭和十二年初めごろの雪の日、つまり京都到着まだ間もないとき、安吾が灰塵に帰している大本教の本部を訪れたことだけはここでふれておきたい。

　昭和十年十二月八日、出口王仁三郎を教祖とする大本教にたいする第二次の徹底的弾圧が発動された。日本の近代史上、最大の宗教弾圧である。京都府綾部と亀岡の本部は、武装した警官四百人以上に急襲される。信者約三百人が検挙され、王仁三郎はこの日、松江の島根別院で逮捕された。不敬罪を罪状として、翌十一月三日、王仁三郎たち幹部は起訴される。と同時に、陸軍工兵隊が出動し、綾部と亀岡の本部は柱一本残さないように爆破される。残ったいろいろな建物も引き倒され、家具はすべて焼却されたので、その燃えくすぶりは一カ月にわたって煙をあげていたという。

安吾さんは京都に着くとすぐに、といってもいいほど、まだ事件の記憶が生々しく残るときに、わざわざ亀岡まで焼け野原の見物に出かけているのである。元祖・歴史探偵の面目躍如と賞賛するよりも、官憲の目が妖しく光り、いまだ弾圧の余燼のくすぶっているときに、大丈夫かいな、と心配の方が先に立つ。されど、わが〝教祖〟は平気の平左で悠々と筆にしている。これが実に、いい。

《頂上に立つと、亀岡の町と、丹波の山々にかこまれた小さな平野が一望に見える。雪が激しくなり、廃墟の瓦につもりはじめていた。目星しいものは爆破の前に没収されて影をとどめず、ただ、頂上の瓦には成程金線の模様のはいった瓦があったり、酒樽ぐらいの石像の首が石段の上にころがっていたり、王仁三郎に奉仕した三十何人かの妾達がいたと思われる中腹の夥しい小部屋のあたりに、中庭の若干の風景が残り、そこにも、いくつかの石像が潰れていた。とにかく、こくめいの上にもこくめいに叩き潰されている。》(「日本文化私観」)

ここに「王仁三郎に奉仕した三十何人かの妾」とあるのは、官憲やマスコミがいっていることを安吾さんはそのままに書いたもの。大本教の教祖はそんな卑しい男ではない。新興宗教を血祭りにあげるときは、きまって内部は風俗紊乱でダラケきっていると、攻撃するのが常道である。それを頭から信じたわけでないが、この「日本文化私観」が書かれたのが昭和十七年、安吾さんも若干は時勢にたいする配慮があったのかもしれない。

大本教大弾圧には、「不敬罪」によるという表面的な理由とは別に、奇々怪々な、興味津々たる秘められたエピソードがほかにある。これにぶち当たったとき、わたくしはウヒャーッと叫んで、椅子から転げ落ちそうになったことを覚えている。これだから歴史探偵はやめられないよ、としみじみと思ったことである。

その奇っ怪な話は、梅棹忠夫氏の名著といわれている『日本探検』の「大本教」に載っている。ちょっと長いがその部分を引く。[*4]

「昭和九年（半藤注・十年の誤り）の暮に、北一輝は王仁三郎に革命計画をうちあけ、二十万円の資金の出費を乞うた。うちあけた以上は、出さなければ命をもらうといった。さすがに王仁三郎は、ためらって、神さまの意見を求めた。神のお告げは、この金を出せば生命はない、というのであった。

王仁三郎は、島根の歌祭りがすむまで、二十日待て、といった。北一輝は京都の旅宿に帰り、王仁三郎は島根へ行った。十二月八日、第二次大本事件がおこり、王仁三郎は松江で検挙された。二・二六事件がおこったのは、翌年の二月である」

わたくしが仰天したのは、この出口王仁三郎と右翼の理論的指導者北一輝との秘密会談のことである。もちろん、確かな証拠はないが、王仁三郎が北のような革新右翼と気脈を通じているなどとは、官憲当局の想像を絶することであった。したがって、かりに北・出口会談のことを特高（特別高等警察）あたりが察知したとしたら、出口が北を通してさらに陸軍の革新将校とつながっていることも予想され、どんなにか官憲を震え上がらせたことか。大本教の豊富な資金が流れ、それによって革新将校どもの陽動暗躍がついには重大事態を惹き起こす、と予想させるに充分なものがあり、当局は芯から震撼した。しかも当時の二十万円といえば目が飛び出るほどの大金である。北・出口の会談がかもしだした妖気は、当局を恐怖のどん底に陥れるものであった。

つまり、大本教弾圧の謎を解くカギはここにあった!

そんな大弾圧直後の剣呑なときに、かつ厳重な見張りなどがいて残党視される恐れいっぱいのときに、安吾は鉄条網を乗り越えたりして勝手にズンズンと「王仁三郎の夢の跡」に踏み込んでいく。しかも例のドテラ姿でステッキを振り回しながら……。

単なる好奇心か、それとも歴史探偵としての意図的な探索によるものか、残念ながら何も語られていない。でも、さすがに歴史探偵の元祖だけのことはある、と、とりあえずいまは褒めておくだけにする。

その後の王仁三郎のことをちょっぴり付記しておく。不敬罪で逮捕されてから七年経った昭和十七年八月七日、王仁三郎は満七十一歳で刑務所より仮出所する。その足で廃墟のままに放置されていた亀岡の「夢の跡」に立って、怒りを満面にあらわしていった。

「このように日本はなるのや。亀岡は東京で、綾部は伊勢神宮や。神殿を破壊しよったんやから、宮城も伊勢も空襲されるんや」と。

事実、のちにB29によって、そのとおりにされた。

＊3　尾崎士郎と安吾との交際のはじまりは、知る人ぞ知るちょっとした文壇ゴシップとなっている。昭和十年に雑誌『作品』に書いた「枯淡の風格を排す」というエッセイで、安吾は徳田秋聲をひどくくさした。これが秋聲の弟子である尾崎士郎を怒らせた。任侠の人である士郎は、生意気な野郎だ、許さん、と安吾に決闘状を送りつけてきた。クソッ、受けてやらあ、と安吾も大いに勇み立つ。仲介人として間に入ったのが竹村書房の竹村坦社長。かくて某月某日、決闘の場所は東京大学の山上御殿前で、ときまった。しかし、まさしくこれぞ瓢簞から駒で、会うなり二人は意気投合、たちまち仲良くなり、その晩に浅草の居酒屋でガブガブ酒をのむことになったというのである。もちろん、その夜の飲み代は竹村社長がもったに相違ない。

＊4　北一輝と出口王仁三郎との密会については、梅棹氏の記述はどうやら伝聞にもとづくようで、確たる裏づけがあってのものではないらしい。二十万円の献金を乞うた、とあるけれども、この莫大な金額についてはほかにもいろいろな説があると聞いている。二・二六事件で逮捕後の北一輝の東京憲兵隊での調書には、会談はおろか、大本教についても、出口王仁三郎についても、片言隻句すらの証言を見つけることはできない。

　じゃあ、デマかといえば、そうでもない。北一輝研究の第一人者の松本健一氏の「補助線の重み」という評論にこんな一節がある。

「……この二カ月後に二・二六事件が勃発するが、蹶起青年将校の黒幕とみられた北一輝――かれは伝統的右翼ではない――が検察当局から執拗に大本教との関係を訊問されているのは、このためである」

憲兵隊ではなくて、検察当局は確かな情報として、北・出口会談の事実をにぎっていたとも読める。

ついでながら、日露戦争時の連合艦隊の作戦参謀秋山真之は晩年は大本教に入信し、しかも幹部に名を連ねていた。海軍はそれを極秘にしていた。秋山は大正七年（一九一八）二月に亡くなったから、この弾圧とは無関係であったが、もし長生きしていたら……、さて、どんなことになっていたであろうか。

第三章　国家総動員法のもとに——昭和十三年

思想・言論が大転換したとき

昭和十二年（一九三七）十一月二十日、宮中内に大本営が開設された。大日本帝国はいまや〝戦時下〟となったのである。昭和天皇は背広を脱ぎすて軍の頭領として軍服にキチッと身を固める。国民はその日いらい、左様、二十年八月十五日の降伏の日を迎えるまで、軍服姿以外の天皇を仰ぎ見る機会はなくなった。

翌十三年一月十六日、時の首相近衛文麿は有名な声明を発表した。

「帝国政府は爾後国民政府を対手とせず」

およそ昭和史をとおして、これほど手前勝手な、いい気な声明はない。いま戦っている相手の国民政府を一人前の政府として認めず、直接の話し合いはおろか、第三者の仲介も拒否して、つまり和平の途をみずから閉ざし、断乎として戦闘をつづけることを内外に宣言したのである。日中戦争はいよいよ長期化することが決定的となった。

政府は、四月一日に高度国防国家建設のための国家総動員法を公布、五月には早くも一部を施行、非常時体制がしっかりと固められる。さらに六月には改定物資動員計画を採用し、新聞紙をふくむ用紙使用制限三十三品目を発表する。その上に、七月一日に皮革使用制限規則が公布され、革類の書籍装幀は禁止。いや、それより前の十二年十二月に「金使用規則」が発令されており、金文字や装幀の金粉、天金などの使用が禁止されたから、本はいっぺんにみすぼらしくなっていた。思想・言論はいろいろな面から制限されることが明白になった。そしてたとえば、『文學界』新年号が、石川淳「マルスの歌」の掲載で槍玉にあがり、即日発売禁止となっている。

文藝春秋社の社長にして作家の菊池寛は『文藝春秋』誌面で、言論の自由が制限されることへの懸命な抵抗を試みている。ただし、これが字義どおり〝最後の〟抵抗であったけれども。

「害鳥を撃っている鉄砲の音だとは知っていても、ポンポン音がすると、野の諸鳥は平静を破られて、思う存分な歌を唄えなくなるわけだ。それに、一番困るのは、我々が自発的に書いている文章までが、あれも取締りの強化のための、お座なりの忠義ぶりだろう、お座なりの御用文学だと思われることだ。そうなれば、文章の権威などは、地を払ってなくなるだろう」（「話の屑籠」昭和十三年二月号）

現実は、「思う存分な歌を唄えなくなる」どころの話ではなくなっていた。もはや大きな声で政府や軍部批判はできないという空気が、言論界に浸透していたのである。そしてすでにしてその空気が日本を誤った方向へ導いているといってもよかった。少しでも国策に批判の矢を向ければ、敗北主義、脱落者、欧米追随、そのほかありとあらゆる悪罵が待ちかまえていた。戦争遂行についての、日本の経済力の限界、米英の対中国援助、国際世論の硬化、日本の政治指導の無力など、批判的な言辞を口にだせば、国難を乗り越えようという強固な意思なく、勇気なく、結局は日本の敗北を望む〝非国民〟との罵りをうけることになる。このレッテルはその人を社会的に葬るに十二分な力をもっていた。

当時、『文藝春秋』の編集者であった池島信平が、このころの文藝春秋社内の悲しい事情を書いている。これはそのままマスコミ一般に通じるものであったと思われる。

「朝、社へ出勤してみると、この人達（注・新時代便乗の人々）の或る人は声高らかに自分の机で古事記を朗誦している。或いは日本書紀を朗誦している。

そして、私の顔を見て、これ見よがしに、日本精神のないヤツがやって来た、というような顔をする。ものに憑かれたようなこの人達の姿を見ることは私には苦痛であった。毎朝、社へ出て、彼らの顔を見るのが、心重かった。彼らはなにかというと、現代の日本ほど国体明徴、天皇陛下の有難さが忘れられた時代はないと慨嘆する」（『雑誌記者』）

まだまだ先があるが、長い引用となったのでやめる。

こんな風に、昭和十三年ごろから、雑誌ジャーナリズムは大きくその在り方を転換したのである。雑誌が公正自由な言論を失いだすと、思想的にもイデオロギー的にも尖鋭化の一途をたどる。それまでの自由主義的な言論にかわって、排他的な、それだけに確信的な超日本主義の台頭という形を、思想・言論はとるのである。
かくて国運は赴くところへ赴いていく。それはだれにも留めようがない。

「早く東京へ帰れ」の手紙

さて、話は安吾さんである。

彫心鏤骨の長編『吹雪物語』を書き上げるために、というよりも、過去のおのれを捨て去って、真のおのれを蘇生させ再出発するために、東京を離れて京都に移り住んだことはすでに語ったとおり。そして、昭和十三年という新しい年をそこで迎えたのである。さりとて、年が変ったからと心機一転、新しい安吾誕生というわけにもいかない。さっぱり代り映えのしない貧しい男を、前章につづけて描くことになる。街の吹き溜まりのような食堂の二階の碁会所で、センセイとして奉られながら、朝から晩までその辺のガラクタ住人たちとヘボ碁を打ち、酒をガブ呑みして一日を終えている安吾である。自暴自棄、デカダンの日々は従来どおり、まったくの変化なし。せっかく七百枚にも達した『吹雪物語』の原稿は、それ以上は一字も書き足されず、ホコリをかぶって机の上にドーンと放り投げられたまんまである。これじゃ、章をかえても何も読者に伝えるべきこともなく、こっちはただただ大困りなんである。

ところが、非常時体制で政府が国民をガチガチに固め出したとき、すなわち春の終わりごろ、まるで時勢に歩調を合わせるかのようにして、安吾さんにもまた、緊急命令が東京から届けられたのである。生活資金のスポンサーたる竹村書房の社長が、いつまでたっても作品が完成しないのに業を煮やして、「とにかく早く東京に帰ってこい」の厳命書を送りつけてきたのである。しかもご丁寧に、帰りの汽車賃まで同封して。

こっちが大困りに困っているとき、これぞまさしく救う神ありというところ。竹村書房サマサマである。社長を竹村坦といい、安吾の新潟中学時代の同窓生。安吾曰く「竹馬の友で、私のあらゆる出版はみんな自分が引受けると一人でのみこんでいる男」（「手紙雑談」）というすこぶる奇特な御仁である。『吹雪物語』はこの社長の要望に応えんがための作品であった。ついでに書いておくと、〽やると思えばどこまでやるさ、吉良の仁吉は男じゃないか……の、かの、尾崎士郎『人生劇場』青春篇は、都新聞連載中はさして話題にならなかったのに、昭和十年三月に単行本となって刊行され、それを川端康成が読売新聞紙上で絶賛したため、たちまち文学史に特記されるほどの大々ベストセラーとなる。その出版元が竹村書房なのである。そしてまた、尾崎と安吾が知り合い、たちまちに昵懇となったのも、竹村書房の竹村社長がとりもつ縁であった。

そのカネの出所が、いまや、我慢にも限度があるぞ、ときびしく督促をしてきたのである。さすが剛のものの安吾さんもタジタジとなったらしい。やんぬるかな、カネ主に見放されてはヘボ碁を呑気に打てなくなる、とフンドシをもういっぺん締め直すことを決意した。そして机の上の『吹雪物語』にあらためて正面から向き直った。書き上がっている七百枚を読み返し、精一杯に手を加え、さらに完結を目指してシコシコと原稿用紙を一字一字埋める作業にとりかかる。こうなると、華やかに、そしてゆるやかに過ぎていく京都の、王朝風の春もくそもへったくれもない。碁にも酒にも目もくれず、であったかどうかは正直の話、つまびらかではない。ともかく一所懸命となって五月三十一日、めでたく第八章を書き上げ、『吹雪物語』を完成した。

　戦後の昭和二十二年一月に発表の「ぐうたら戦記」にこう書かれている。

「私は七百五十枚の小説をかかえて東京へ戻ってきた。昭和十三年の初夏、私は然し、着物がないので、ドテラを着て東京へつき、汽車の中では刑事に調べられてウンザリしたものだ」

　ご自身はどこやら哀れなドテラ姿の帰京ぶりを嘆じているが、これも作り事とみたほうがよろしいようである。たしかに凄まじいいでたちであったに違いないが、じつは安吾さんは完成した原稿を小脇にしての、意気軒昂たるご帰還であったのである。作家北原武夫「坂口安吾の生涯」（『文芸』昭和三十年四月号）を読む機会があったとき、わたくしは思わず「さすが、安吾さん！」と叫んでしまったほどに。

「驚いたことに『乞食のすぐ手前まで俺は行ったよ』というその数年の生活を経たのち

の彼の姿は、以前の颯爽たる彼の姿と、殆ど変ってはいなかった。身装りは流石に大分垢に塗れ、がっしりとした長大な体軀も少し瘦せて、いくらか憔悴気味に見えたが、『京都ではドストイエフスキーだけ読んでた。あとは碁の先生をやって食ってたよ。京都ってのは下らない所だね』と言っていた」

ともあれ、無事、六月上旬ごろに東京に安吾さんは戻ってきた。七百五十枚はすぐに竹村書房へ手渡し、ご自身はふたたび本郷の菊富士ホテルに陣どった。

『吹雪物語』の古川澄江

文学論とか作品論とかには、およそ縁なきわが安吾探索なれど、ここは一番、『吹雪物語』について少々語らなければならない。

竹村書房からこの野心的な長編小説が刊行されたのは十三年七月である。さっきもふれたように、世は取締り強化と検閲の徹底化そして発禁など、本はチャチになり、出版不自由な時代に突入していた。それで『吹雪物語』も伏字があちこちにある作品として世に出たらしい。わたくしは戦後になって伏字が全部埋められているこの長編を読んだのであるが、何度も途中でヤァメターとなって、ついに通読したことはなかった。孤独に苦しみつつ、作家としての野心なるもの、向こう意気と旺盛なエネルギーをすべて注ぎこんだ力作なんであろうが、正直にいって読むのに骨の折れる作品なんである。むしろ読まれることを拒絶している作品なのかも知れない。

で、このほどは相当に我慢してやっと通読して、ギョギョギョとなった。どうして？と問われる前に、第五章の、吹雪の夜、古川澄江が青木卓一を訪ねてくる、そして展開されるつぎなるラブシーンのいいところを読まれたい。一目瞭然(いちもくりょうぜん)たるものあらん。少しく長く引用する。

《卓一は澄江の言葉がとぎれるたびに、今度こそは言いだそうと、たった一つの同じ言葉にこだわりつづけているのであった。卓一はそれを言いきった。

「僕と結婚してくれないか」と。

その瞬間澄江の瞳に憎しみの冷めたい光が凝結した。そして澄江は突きさすように卓一の瞳を見たが、やがてもはや眼をとじて、椅子(いす)の背に軽く頭をもたせかけて、微動もしなくなっていた。長い長い時間であった。

澄江はやがて眼をあけた。憎しみの光はもはやなかった。諦らめきっているような、悲しい冷めたさが浮かんでいた。

「四年間………」と澄江は小さく呟(つぶや)いた。そして卓一をちらと見て「四年間よ」と繰返すと、澄江はまるで自らを嘲(あざ)けるような冷めたい笑いを顔に浮かべてしまったのだ。

（中略）

澄江はやがて立上った。身装(みなり)のくずれをなおしてから、ふりむいて、椅子にかけた。

突然澄江は蒼(あお)ざめた顔をあげて、きびしい詰問の口調で卓一に言った。

「どうしてそれを四年前に言ってくれなかったの」

そして再び一層激しいヒステリックな詰問の声で、同じ言葉をくりかえした。

「どうして言ってくれなかったのよ。四年前に」》

アレレレレと読者も思われることであろう。たしかに、これは自伝的小説「三十歳」で読んだセリフだぞ、と。しかも澄江は立ったり座ったり、表情も千変万化(せんぺんばんか)に変えたり、あのときにも指摘しておいたが、あっさりした「三十歳」よりもはるかに漱石『それから』に近接している描写であるな、と。

もう一つ、引用をつづける。

《「私ね。今日あなたをお訪ねしたほんとの理由は……」と、澄江は言いかけて、口をつぐんだ。然し顔に安らかな色が浮かんでいた。「理由があったの」

「…………」

「私ね。入口のところで、あなたの顔を一目みたら、ひとこと怒鳴って、そしてさっさと帰えろうと思っていたのよ」

「何を怒鳴ろうと思っていたの」

「愛しているのよって。それだけ」

澄江は自らを憐れむような、けれどもまた蔑むような、疲れたかすかな笑いを浮かべた。》

これまた「三十歳」にあった名セリフならんか。

『吹雪物語』には由子、文子、澄江の三人の女性が描かれている。だれが実在の矢田津世子か、いや、三人三様に津世子の分身なんである、なんていう詮索は、歴史探偵の仕事ではない。文芸評論家の諸氏におまかせする。

でも、こんな風に、隙間なく澄江と津世子とが重ね合ってしまったとなると……と考えたくなる。否、現実にこんなロマンチックな別れのやりとりなどなかったのかも知れない。

『吹雪物語』でのこの場面があまりにもうまく書けたので、あとで書いた「三十歳」のほうでもう一度使ってみただけよ、という見方もできるかも知れない。でもネ、やっぱり安吾さんはおのれの胸中に生きている津世子を小説では澄江として造形したと推理するのが、いちばん妥当なような気がする。

そしてこの仮説が正しいとすると、安吾さんはそのすぐあとで、消すに消せない女の幻をぶっ叩き壊すべく、それはそれは物凄いことをやってのけているのである。ヒロイン澄江を、「まだ二十歳」の「ヒョロ長い痩せた」若者で、「毛髪が赤く、鼻が高く、眼がくぼみ」といったまるで混血のようなジョーヌという男に強姦させ、その後も凌辱に近い形で二人に情事を行わせている。

《ジョーヌの痩せた長い腕には澄江の胸を痺らすような異様な力がこもっていた。挑みかかる野獣のような息づかいが、絞め殺すためであるかのように、うるさく不気味に騒いでいた。そして眼は愛情や色情のためよりも、むしろ恐怖と敵意のために殺気だち、狂った光をギラギラ宿しているのであった。動物の無情な意志で押し倒されてしまったとき、抵抗の意志をもたない自分自身に澄江はふッと気付いたのだった。》

師匠よ、これじゃダメでござんすな。観念的に夢みているスピリチュアルな愛の誠を、力んで書けば書くほどに、ますます嘘っぽくなってくる。毎夜のように夢みた肉体的夢想をムリヤリ原稿用紙の上に実現しても徒労であり、かえって妄想に責めさいなまれるのがオチ。女の幻影を消し去ろうといくら「野獣のような息づかい」で、ギラギラ眼を光らせて書いたところで、解脱なんてでき得べくもない。安吾さんは過去のすべてを埋める壮大な墓を建てるつもりであったらしいが、どうやら建てそこなったようである。

《あの頃、私は、何度も死のうと思ったか知れないのだ。私の才能に絶望した。こんなものしか、こんな嘘しか、心にもないことしか、書けないのかと思ったから。私は私の小説を破るよりも、私の身体を殺したかった。》

《「吹雪物語」はただ墓の影であり、その墓は名ばかり、真実屍を土中に埋めていない、空虚な、カラの墓であった。》

「『吹雪物語』再版に際して」（昭和二十二年七月）のなかで、安吾さんはずいぶん自分を責めて、ぐだぐだと言い訳めいたことを書いている。この力作を、自分の「半生の区切り」とし、「後半生の出発点にしよう」との切なる想いも果敢(はか)なく散りにけり。失敗作となったのは、別れたのがついこの間のこと。眼をつぶればたちまちに浮んでくる。まだナマナマしすぎる。もっともっと客観視できるだけの歳月が必要であった、ということか。

「身を切られるような口惜しさ」

『吹雪物語』は書き下ろし小説として十三年七月に刊行された。

さきにもふれたが、戦時下日本の世の中は、官憲(かんけん)の目がやたらに光り、諸事万端が面倒な時代となっているとき。ましてや自由気儘(きまま)な文筆の世界はより厳しく見張られている。

この年の二月十七日に配本された、石川達三「生きている兵隊」を掲載した『中央公論』は、本屋に並ぶ余裕もなく発売禁止。

「戦争という極限状態のなかで、人間というものがどうなっているか、平時に於ける人間の道徳や知恵や正義感、エゴイズムや愛や恐怖が、戦場ではどんな姿になって生きているか。……それを知らなくては戦争も戦場も解るまい。殺人という極限の非行が公然と行われ、それが奨励される世界がどんなものであるか。……」（「経験的小説論」）

これが石川の「生きている兵隊」を書く意図であったから、官憲が見逃すはずはなかった。石川は「新聞紙法違反」で起訴され、公判で禁錮四カ月（執行猶予三年）の判決が下された。

もう一つ、文学的な話題を書くと、火野葦平「糞尿譚」の芥川賞（十二年下半期）受賞の話がある。受賞と決まったものの、当人は赤紙一枚で召集されて中国大陸にあった。やむなく勧進元の文藝春秋社は、ちょうど上海に渡ることになっていた小林秀雄に、同賞の授与を頼むことにした。幸いに火野伍長の所属する部隊は杭州にとどまっており、四月某日に小林は陣中授賞式の責任を無事にはたすことができた。

このとき、小林は「号令をかけるような」大声を張り上げて、「これからも、日本文学のために、大いに身体を気をつけて、すぐれた作品を書いていただきたい」と挨拶した。すると、授賞式のあとの祝賀会になったとき、酔っぱらった下士官が刀を抜いて、小林に迫り息をまくようにしていったという。

「兵隊の身体は天皇陛下と祖国にささげたものだ。陛下と祖国のために武運長久を祈るならわかるが、文学のため身体に気をつけろとは何ということか」

ざっとそのような時代であったのである。

そんなに世情が剣呑化しているとき、愛とは何かを主題とした観念的な『吹雪物語』が売れるはずはなかったのであろう。そしていま、この長篇を苦心惨憺のはてに読み終えると、わが心に襲ってくるのは暗澹たる虚しさのみである。生きることの辛さといったらいいか。そして聞こえてくるのは、わたくしもそこに暮らして経験した日本海に面した北国の、暗鬱な、地鳴りするような吹雪の響のみである。

《暫く御無沙汰しましたが、御元気のことと思います。突然で恐縮ですが、金五十円ほど借用できませんか。

小生、今月いっぱいで東京を切上げ、来月から、再び他郷へこもって、仕事に没頭致す決心をかためました。街を歩いていて、本屋が目にとまると、もう不愉快になります。吹雪物語の売れないことが、身を切られるような口惜しさであります。

吹雪物語のような小説は、そう易々と書ける筈のものではありませんので、間のつなぎに、下らない短篇を書いて恥をさらすよりは、いっそ大衆小説を書いて生計を立てようかと思い、二度、文藝春秋社の前まで頼みにいったのですが、思い返して、引返してきました。そして、思案しましたが、昨日、飜然思いを定め、心の期すところを確立した次第です。……

然し、あの作品（注・『吹雪物語』）は、そう易々と生命のつきる作品ではありませんから、長い間には、必ず、あなたの御好意に報いうる結果が到来するだろうと確信しています。賞のひとつぐらいも、必ず貰えるべき筈のものと信じているのです。実体のない大言壮語で、人々に信頼を強いるようにとられる怖れもあるかもしれませんが、僕の仕事の内容だけは、なにとぞ信じて下さい。売れなくて口惜しいのは、あなたばかりではありません。僕は、その口惜しさだけで、東京にいたくないのです。

　何年かかるか知れませんが、再び、快心の作をひっさげて、東京へ戻ってくるつもりです。……》

　八月十日付けの、竹村坦あての手紙である。またまた長すぎる引用となったが、どんなにか売れなかったことに落胆し、口惜しく思い、書く自信を喪失し、それゆえにいっそう奮起一番、快心の作を、の心意気をしめしたかがわかる、まことにいい手紙である。とみるのは、いささか安吾身贔屓にすぎる見方のようである。身銭を稼ぐために大衆小説をと、いったんは思ったけれども、とあるのも、おそらくは借金申し出の都合上のでまかせならんか。

　それが証拠に、その後の安吾さんは意気込みばかりで東京を離れるわけでなく、新しい小説が書かれる様子もなく、菊富士ホテルにごろごろするばかりである。さらには京都におけると同様に、碁を打つことばかりに熱中しはじめる。相手になるのが竹村書房のかの大江勲、親友の若園清太郎、鵜殿新一といった面々。その年の秋には、文人囲碁会も発足し、山王下の日本棋院で第一回パチリパチリが大々的に挙行される。安吾も勇躍参加したが、特筆できるような成績をあげえなかったようである。さすがの安吾さんも文運盛んの先輩文人相手では打ったような気がしなかったとみえる。

そして、つぎなる手紙によれば、十二月十三日ごろに、外出中に酔っぱらってひっくり返り、さらに数日後には、今度はホテルの階段から転落して大怪我。一時は歩行困難な状態になったらしいことが察せられる。弱り目に祟り目とはこのことをいう。起死回生の作品などまさしく夢まぼろしのごとくなり、である。

《一週間ほど前、外出中卒倒するという体裁の悪いことを演じ、その上階段から落ちて未だに外出できません。御無沙汰御許し下さい。……

腰骨を打って歩行困難、せめて碁くらい打ちに歩きたいですが、それもできず、実にくさっております。いずれ拝眉のうえ。》

すなわち、十二月十九日付け、竹村坦あての手紙である。約束の小説は書けないが、碁だけは打ちたいなんて、いい気ないい草というほかはない。竹村社長はもちろんであろうが、書いているこっちも呆れてものがいえなくなる。

ペン部隊、漢口攻略戦へ

安吾さんは動けないし、こっちも呆れてつづけて書く元気を失った。で、やむなく話のつぎ穂に、というわけでもないが、昭和十三年九月十一日、ペン部隊が中国へ向けて勇躍出発した、という話を書いておく。

ことは、内閣情報部から文藝春秋社長にして文芸家協会会長の菊池寛に持ち込まれた提案に発する。是非にも、作家の諸先生に来るべき漢口一大攻略戦に従軍してほしいと。そこで欣喜雀躍した菊池は、さっそく親しく存じよりの作家たちに速達の勧誘状を発送する。これに即応して断乎参加を許諾したのが、久米正雄、川口松太郎、白井喬二、片岡鉄平、岸田国士、尾崎士郎、瀧井孝作、深田久弥、丹羽文雄、浅野晃、中谷孝雄、佐藤惣之助、富沢有為男の錚々たる作家十三名であった（ほかに林芙美子が改造社の特派員として単独で従軍）。

やや遅れて十四日、海軍班として、菊池寛、佐藤春夫、吉川英治、小島政二郎、北村小松、浜本浩、吉屋信子の七名が勇ましく鹿島立ちする。

菊池は自分自身の従軍について、「話の屑籠」に、「僕は心臓に、何の自信もない。愛宕山だって、楽に上れない。僕は軍艦に乗せて貰えれば行くと云ったのである」と海軍班になったわけを明かし、つづけて、

「しかし、僕としては平素から、国家が文学を認めないことに不平不満をもらしていた手前、今度のように、大々的に認めてくれた時、しかも僕を中心に話を進めてくれたのだから、自分の健康や安危の都合などは、一切かまってはいられず、率先して、行くこ

とを決心したのである」（『文藝春秋』昭和十三年十月号）

と明言している。出発二日前である。まことにもって、壮なるかな。

それにしても、そも、煽てに乗りやすいのは文士の常なり、なんて格言はないのであろうが、このペン部隊の出撃（?）は、後に大きな悪影響をもたらした。このときに、軍部はへなへなの作家どももいざとなればなかなかに役に立つと見込んだのである。すでに議会において可決している国家総動員法第四条には、

「政府ハ戦時ニ際シ国家総動員上必要アルトキハ勅令ノ定ムル所ニ依リ帝国臣民ヲ徴用シテ総動員業務ニ従事セシムルコトヲ得」

とある。さらば、これにもとづいて国民徴用令が立法化され、勅令第四五一号として、昭和十四年七月八日にあっさりと公布される。このお蔭で、のちの太平洋戦争開始の直前に、ジャンジャンと、それこそ有無をいう暇もなく、目下流行の作家たちが赤紙一枚ならぬ〝白ガミ〟をいただいて、南方の戦場に送られることとなる。そのキッカケをつくったのがこのペン部隊の出陣であった。

幸いなことに、安吾さんの名はここにはない。当たり前である。文壇の大御所・菊池の眼の片隅にも坂口安吾の名なんかなかったに違いない。昭和十一年九月に未定稿「母を殺した少年」を発表しているが、そのあとポツンと十三年一月『文學界』に「女占師の前にて」を発表しているだけ。せっかくの『吹雪物語』もほとんど世の中の話題とな

らず。これでは花形作家たちの一員となって中国戦線へ、なんてケッタイなことが起こるべくもない。菊池寛は「ナニ、坂口安吾、聞いたことがないな」と、その名を屑籠にポイとしたにちがいない。

まあ、それでよかった。われらが安吾さんは菊富士ホテルの一室にこもって、悠々（ゆうゆう）と碁を打っている。疾風怒濤（しっぷうどとう）ともいえる時勢の動きをただ傍観していた。よその国の住人のごとくに。そして俄然（がぜん）、日本の古典に興味をもちだしてひとりで読みはじめていたのである。『松浦宮（まつらのみや）物語』『竹取物語』『伊勢物語』などなど手に入るものを片っ端から読みながら、オヤオヤ、何だこのアッケラカンさはと、日本の説話文学の面白さ、特異さに目を見張らされていた。

人間、万事（ばんじ）塞翁（さいおう）が馬（うま）、何が幸いするかわからない。で、つづきが来月も書けることになる。

第四章

日本の駆逐艦とソ連の戦闘機

——昭和十四年

オナラ小説のこと

この章は、安吾さんをちょっと離れて、妙な話からはじめる。屁（へ）の話である。

この世にはまことに奇人多し。まるまる一冊、古今東西の屁の話ばかり集めた本を書いた奇特な御仁がいたりする。ごく暇なときこれを読むと、ぷあぷあと愉快きわまりない気持になる。なかでも気に入った話を、ここに二つほど。

幕末の勤皇の国学者伴林光平（ともばやしみつひら）『楢（なら）の落葉物語』によると、屁の音は「文・武・鄙・窮・毘」につきるのであるという。ぶん・ぶ・すう・きゅう・び。わが幼少のころ、男の屁は濁音（ば・び・ぶ・べ・ぼ）で、女のそれは半濁音（ぱ・ぴ・ぷ・ぺ・ぽ）と教わったものであるが、光平は男女の区別はないと断言する。なるほど、長じてしばしば女性の尻からの妙音を聞くにおよんで、光平の言の正しさをイヤというほど感得した。

また、江戸の狂歌で、蜀山人（しょくさんじん）の甥（おい）の紀定丸（きのさだまる）のつぎの歌がやさしい情があっていい。

　すかし屁の　消えやすきこそ　あはれなれ　みはなき物と　思ひながらも

まったく、すかしッ屁（ぺ）ほどあわれなものはない。

以上、二話は酒席などで一席やって喜ばれている。

　これにつられて自分でも屁についていささか調べてみた。ただし浅学菲才ゆえ自信がない結論なれども、近代文学となると、オナラを面白く楽しく描いた最初の作家はかの夏目漱石先生ではなかろうか。すなわち『吾輩は猫である』の第一章で、町内のボス猫の黒と、「吾輩」とが、暖かい茶畑のなかで閑談するところ。いたちに歯向かって酷い目に逢ったときの実体験を、

「ところが御めえ、いざってえ段になると奴め最後っ屁をこきやがった。臭えの臭くねえのってそれからってえものはいたちを見ると胸が悪くならあ」

と、黒はとくとくとして語って、「あたかも去年の臭気を今猶感ずる如く前足を揚げて鼻の頭を二三遍なで廻わした」というのがそれである。いかがなものか。『草枕』にも主人公の画工と観海寺の和尚との愉快な屁問答がある。[*5]

　さらにもう一つ、昭和十四年二、三月発表の、「富士には月見草がよく似合う」で知られる太宰治のじつに楽しい名作『富嶽百景』にも、風のような屁がでてくる。

「とかくして頂上についたのであるが、急に濃い霧が吹き流れて来て、頂上のパノラマ台という、断崖の縁に立ってみてもいっこうに眺望がきかない。何も見えない。井伏氏は、濃い霧の底、岩に腰をおろし、ゆっくり煙草を吸いながら、放屁なされた。いかにも、つまらなそうであった……」

　登場してくる井伏氏とはいうまでもなく、作家の井伏鱒二氏である。三ツ峠の頂上で

一発、そしていともつまらなそうな顔をした――なのであるが、井伏氏は太宰にこの作品を以後単行本などで発表するさい、自分の名を伏せるようにと申しいれた。太宰はやむなく「ある先輩」と直すことにしたが、その間のいきさつを、井伏氏がずっとのちの随筆に書いている。「亡友・鎌滝のころ」で、井伏氏の厳重な抗議に、太宰がこう答えたという。

「あの時、たしかに僕の耳にきこえました。僕がウソなんか書く筈ないじゃありませんか。たしかに放屁しました」

そして「太宰は腹を抱える恰好で大笑いをした。そしてわざわざ敬語をつかって『たしかに放屁なさいました』と云った」と井伏氏はつづけた上で、

「『たしかに、なさいましたね。いや、一つだけでなく、二つなさいました。微かになさいました。あのとき、山小屋のヒゲのじいさんも、くすっと笑いました』。そういう出まかせを云って、また大笑いをした。『わッは、わッは……』と笑うのである」

こう書いてきて最後にストンと落とす。「三ツ峠のヒゲのじいさんは当時八十何歳で耳が遠くて聞こえないはずであった、と。

「閑山」と「勉強記」

ここで安吾さんの屁の小説のお出ましである。

ボス猫の黒が閉口したいたちの屁や井伏氏の屁にくらべると、安吾さんの噴き鳴らす屁の何と豪放にして、偉大なことか。昭和十三年十二月発表（新雑誌『文體』十二月号）の「閑山」と、十四年五月発表（『文體』五月号）の「勉強記」である。

この「閑山」は、『吹雪物語』擱筆いらい半年たって、安吾さんが少しくやる気になって書いた小説といってもよかろう。しかも、これから次第に民話の世界にテーマを向けるようになる契機となった作品でもあった。「私は、自分の意図とうらはらな自作（『吹雪物語』）の暗さに絶望し、やりきれなくなるたびに、筆をやめ、そうして、直接人性と聯絡しない架空の物語を書きはじめます。それは、気楽で、私をたしかにホッとさせます」（「『炉辺夜話集』後記」）という言葉どおりの気楽な、民話風の短篇の第一作であった。

主人公は狸で、名を団九郎。狸のくせに懈怠を憎み、ひたすら見性成仏を念じて坐禅三昧に浸り、時に夜もすがら仏像を刻んで静寂な孤独を満喫するいわば似非坊主。人呼んで呑火和尚といった。ある日、心ない村人のいたずらで屁薬を飲まされる。お蔭で、臍下丹田に力を入れると、放屁の音量が増大するばかり。大悟を希ったのはいいが、せっかくの修行も、一発の屁を乗り越えることをえず、ついに死なねばならなくなる。いってみれば、ひとりの女への想いを乗り切れず、悪戦苦闘しているおのれを安吾さんは狸に托して、自虐的に描いたものか。

さて、その壮大なる屁の場面。長く引用する。

《そこで先ず試みに一微風を漏脱したところ、ことごとく思量に反して、あとはもはや大流風の思うがままの奔出を防ぎかける手段もなかった。大風笛は高天井に木魂して、人々がこれを怪しみ誦経の声を呑んだ時には、転出する円凹様々な風声のみが大小高低の妙を描きだすばかりであった。臭気堂に満ちて、人々は思わず鼻孔に袖を当て、ひとりの立上る気配を知ると、我先きに堂を逃れた。

釈迦牟尼成道の時にも降魔のことがあった。正法には必ず障礙のあるもの、放屁を抑えようとして四苦八苦するのも未だ法を会得すること遠きがゆえであり、放屁の漏出に狼狽して為すところを忘れるのも未だ全機透脱して大自在を得る底の妙覚に到らざるがゆえである。即ち透脱して大自在を得たならば、拈花も放屁も同一のものであるに相違ない。静夜端坐して、団九郎はかく観じた。》

これが放屁の場面かよ、と、キミ、怒り給うことなかれ。

つぎに「勉強記」。涅槃大学の印度哲学科の学生栗栖按吉のチベット語の教師鞍馬六蔵センセイは、授業の最中に、催おすと慌てて廊下に出て矢つぎばやに七つ八つお洩らしになる。そこで遠慮は無用ですと、按吉が余計なことをいったばかりに、

《按吉は従来の定説を一気にくつがえす発見をした。これに就いては物識りの風来山人

まで知ったか振りの断定を下しているほどであるが、大きな円々と響く屁は臭くないという古来の定説があるのである。ところが先生の屁ときたら、音は朗々たるものではあるが、スカンクも悶絶するほど臭いのである。即ち先生がなんとなく廊下を往復なすっていらっしゃったのは、蓋し自ら充分に御存じのところであったのだろう。学問の精神は高邁なものであるけれども、ここに於て按吉は、チベット語の臭気に就いて悲痛な認識をもたなければならないのだった。その頃の按吉の日記の中の文章である。

　外は晴れたる日なりき
　今日も亦チベット語を吸いて帰れり

この二行詩はいくらか厭世的である。先生の放屁にあてられて、彼は到頭思わぬ厭世感にかりたてられていたらしい。》

　女を愛するなんて、所詮、屁みたいなものと、はたして安吾さんは超脱することができたのであろうか。ことによったら、忘却とは忘れ去ることなりと、一筋の風の吹きとおる道を、かすかながらも安吾は見つけたのであろうか。

　ここで、ちょっとこれら安吾の小説を載せた新雑誌『文體』についてふれておく。スタイル社発行で、発行人が作家宇野千代、編集長が詩人の三好達治。おかしな組み合わせなのにびっくりする。これに作家の北原武夫が加わる。昭和十三年十一月に発刊され、たったの七冊だけ出して、十四年五月に廃刊となった。

いや、たった七冊と書いたが、これははなはだよろしくない書き方であった。申し訳ない。何となれば、事実をご紹介したほうがわかりが早い。「閑山」以後の安吾の小説やエッセイである。発表順に、十四年一月「かげろう談義」、二月「紫大納言」、四月「茶番に寄せて」、五月「勉強記」。そのいずれもが『文體』に掲載されたものなのである。安吾再起の誌面を見事に用意してもらったことになる。宇野千代、北原武夫ばかりではなく、三好達治が大そう安吾の才能を買っていたことがよくわかる。さらにいえば、井伏鱒二の佳品『多甚古村(たじんこむら)』もこの雑誌発表であり、さきの太宰治の『富嶽百景』もまたこの『文體』の二月号と三月号に載ったものであった。編集長三好の眼力(がんりき)の素晴らしさがよくわかる。

と、書いてきて、ハハア、なるほどなるほど、太宰は安吾の「閑山」を読んで大いに啓発されて、『富嶽百景』の井伏氏の屁を書いたな、また、それを読んで安吾は、ナニ、負けるものかと「勉強記」の鞍馬先生のもっと大いなる屁の場面をものしたな、と察せられてならなくなった。読者よ、いかがなものか。この推理に賛成してもらえるであろうか。それにしても『文體』は、ずいぶんとプンプンたる匂いのする雑誌であったことかな。

「菊富士ホテル」から昼逃げ

そんな呑気なことを語ってはいられない。昭和十四年の春、大事なスポンサーである竹村書房の経営が、俄然、アヤしくなった。さらに、ベストセラー作家の尾崎士郎をカンカンに怒らせる不始末な事件が起きて、それは安吾が仲に入って何とか解決したものの、竹村書房もはやこれまでかという経営事態になる。とたんに、尻に火がついたような慌ただしい状況に陥ったのが安吾さんである。その上に、創作発表の大事な場である『文體』が五月に休刊。安吾の菊富士ホテルでの安楽な日々はここに終焉を告げ、まさしくせっぱつまってしまう。

こうなっては夜逃げあるのみ。安吾もホテル脱出の覚悟をきめた。その断崖絶壁に立ったときの奇怪しい顚末を、冬樹社版全集「月報」に、同ホテルの住人の囲碁仲間の岡田金蔵（号東魚）が思い出している。ただし記憶違いかと思えるが、それは三月一日のことであったという。

いざ夜逃げにさいして始末に困ったのは『吹雪物語』の大量の元原稿であったらしい。安吾が「これはもう出版されたもんだが、ここの帳場にはこれを出版することになったら金を入れるといってあるので、とても持ち出せそうにもない。一つ預かってくれませんか」といった。岡田は答える。「お安い御用だが、こんな御時世だ。私だってどうなるか判らんが……」。すると、安吾はあっさりといった。「いや、その時はその時です。どのようにでもして下さい」、という次第で、あとは岡田の文章をそのまま引用する。「私は仕事を中止して、『吹雪物語』の原稿を風呂敷に包んで、坂口君と肩を組んで、堂々と菊富士ホテルを出た。そして坂口君は取手へ、私は板橋の自宅へ帰った。——然り、実に堂々たる昼逃げであった」と。

ついでに書いておくと、この文章のいちばんお終いに、このときに持ち出した『吹雪物語』の原稿のその後について、岡田は書いている。

「問題の『吹雪物語』の原稿はあれ以来坂口君は一度も口にしたことがない。私にかたみにくれたものだと思っている」

左様、戦後に『吹雪物語』が再版されるとき、この原稿が残っていたお蔭で、伏字や誤字を元通りに正すことができたのである。まさか昼逃げがのちに幸いするとは、二人は思ってもみなかったことであろう。

ともあれ、昼逃げによって東京に再度オサラバをして、安吾さんは茨城県取手町に新しい住居を定めることとなる。竹村書房社長あての手紙によると、そこは、

「只今表記の所（注・取手町取手病院内）へ引越しました。寺の境内の婆さんがヒステリーだそうで、伊勢甚と寺の坊さんとが共同して探してくれたところです。色々奔走してもらって、全く恐縮しているところです。

取手の第一夜は伊勢甚で迎えましたが、深夜目覚めて、余り静かなのに驚きました。上の梢で鳥の鳴くのをききました。

病院といっても、目下休業中で、盛業中なら取手の病人を一手に引受けてもおつりの来そうな大建物ですが、僕はその独立した離れにいて、(便所も洗面所もついています。)婆さんの家より何倍もいいところですから他事乍ら御安心下さい」

というところであった。

日付が五月十七日とある。どうやら、三月一日(これが正しいとして)に昼逃げしたあと、竹村坦社長の世話で、ひとまず取手の伊勢甚という旅館に宿り、やがて寺の境内にある「婆さんの家」に移り、さらに五月中旬にその旅館と寺の紹介で休業中の取手病院の一室を借りることになったようである。「他事乍ら」大いに安心する次第。

ところで、取手という地名を聞くとすぐに思い出されるのが、「常陸の国取手は水戸街道の宿場で利根を越えると下総の国。渡しはそこの近くにある。／取手の宿場街の裏通りにある茶屋旅籠で我孫子屋の店頭は、今が閑散な潮時外れである。それは秋の日の午後のこと」という書き出しではじまる長谷川伸の戯曲『一本刀土俵入』である。こう書きながら、ついつい大詰めの見事なセリフを口ずさんでいる。

「棒切れを振りまわしてする茂兵衛のこれが、十年前に櫛、かんざし、巾着ぐるみ、意見を貰った姐さんに、せめて、見て貰う駒形の、しがねえ姿の土俵入りでござんす」

横綱の夢を求めながら夢に見離され、しがない旅の渡り鳥となった茂兵衛……それが取手の宿の安吾さんのうらぶれた姿とそっくりダブって、「せめて」という言葉の重さをあらためて思ったことである。つまり安吾さんは、しがねえ姿であろうと、土俵入りをなんとかしたくともできないでいるのである。

そんなこんなで、そんなに遠方のところでもなし、一つ安吾さんを偲んで取手へ文学散歩と出掛けてみるか、と思ったが、若月忠信氏の『坂口安吾の旅』（春秋社）を読んでアッサリ諦めた。いまは伊勢甚は駐車場に、取手病院はセントラルホテルになっているというではないか。まことに世は有為転変、無情にもみんな変わってしまうのである。

時代の変転と「空々漠々の毎日」

ところで、安吾さんが「閑山」あるいは快作「紫大納言」などの説話的な架空小説を楽しく構想しはじめたころ、国内外の情勢は慌ただしく転換していた。安吾さんとはまったく、といっていいほど関わりのない話ではあるけれども、「太平洋戦争」をもう一つの主題としているので、少々うるさかろうが、やっぱりそのことに触れることにする。

すなわち、ちょっと戻るが、昭和十三年十二月三十一日、駐日アメリカ大使グルーが日本政府に抗議通牒を突きつけてきた。その内容は、中国における米国の権益が日中戦争のために実に六百件近くも侵害されているという事実、それと日本政府が声明する「東亜新秩序」なるものが、あまりにも専断的であり、とうてい承認しがたいということ、などについてであった。このことは日中戦争をこれ以上看過できず、米政府はこれからは中国側の肩をもつといってきたことになる。事実、アメリカが重慶の国民政府に二千五百万ドルもの援助をしたのは同じ十二月なのである。アメリカがいよいよ日本への敵対姿勢をあらわにしてきたのである。

翌十四年五月、ノモンハン事件で日本軍はソ連軍と激突し、関東軍は劣弱な装備のために大打撃を蒙った。さらに七月、アメリカはついに明治二十七年のとき結んでいらいつづいている日米通商航海条約の廃棄を通告してくる（実効は翌年一月）。何でいまごろと日本の世論は硬化し、アメリカが日本に対しいかに不遜であり、非友誼的であり、そこに寸毫の道義性も見出しえないか、という論が新聞や雑誌を飾った。

事態はさらに激変し悪化した。八月、ドイツはソ連との間に不可侵条約を締結。ソ連を対象とする日独軍事同盟問題で大もめになっていた平沼騏一郎内閣は、背信的ともいうべきドイツ外交の正体にただ驚愕するばかりとなり、「複雑怪奇」という名文句を残して辞職。陸軍大将阿部信行が首相の内閣と代わり、その二日後の九月一日、ドイツはポーランドに電撃作戦を開始。ポーランドと同盟関係にあった英仏両国はただちにドイツに宣戦布告し、ここに第二次世界大戦がはじまったのである。まことに慌ただしい。

国内的には、十四年一月に、のちに「帝大事件」あるいは「平賀粛学」事件とよばれる思想・言論界に加えられた衝撃的な事件が起こった。くわしく書く余地はないから略すけれども、自由主義的な思想まで否定されたこの事件によって、大きくいえば、日本の雑誌ジャーナリズムは完全に息の根をとめられたといってもいいのである。そして各出版社は競って神がかり的となり、戦争協力に力を尽くしはじめる。戦時体制化は徹底してきた。

たとえば、文藝春秋社である。池島信平の言葉を借りれば、「怖ろしいファシズムの跫音が、とうとうわれわれの仕事のすぐ隣りまで来た」のである。四月には瀧井孝作、小島政二郎、小林秀雄、島木健作、中山義秀、今日出海、中野実たちの参加をもとめて、社を挙げて、神武天皇を祭神とする橿原神宮と、天照大御神を祀る伊勢神宮へと戦勝祈願にでかけている。

十一月には用紙統制が極端に強化され、新聞・雑誌が整理統合（第一次）され、廃刊の数は全国で五百に及んだ。てんやわんやである。だれもの足元に火のついてオタオタしているとき、ジャーナリズムに将来を見通した卓見など望むべくもない。まして多くの自由な思想家や言論人を失って、時局便乗家や国粋主義者が罷りとおる総合雑誌の目次を、いまの観点でかえりみて、これぞ時代を代表すると推せる言説は、残念ながらほとんどない。

そんな変転する御時世である。安吾さんの出る幕なんか、これまた残念ながら、ない。その上に『吹雪物語』がさっぱり読書界の話題にならずのショックがある。
　そのためならん、「ぐうたら戦記」に空々漠々（くうくうばくばく）たることを書いている。
《京都ではともかく満々たる自信をもって乗り込むことができたので、そのときは書くべき題材に心当りと自信があったからであるが、取手では、何かギリギリの仕事をしなければ死んだ方がいいのだ、という突き放された決意の外には心に充（み）ち溢れる何物もなかったのである。
　何よりも感情が喪失していた。それは芸ごとにたずさわる人でなければ多分見当のつかないことで、そして芸ごとも、本当に自信を失って自分を見失った馬鹿者でないと、この砂漠の無限の砂の上を一足ずつザクザクと崩れる足をふみぬいて歩くような味気なさは分らない。私はひけらかして言っているのではない。……私はもう、私の一生は終ったようにしか、思うことができなかった。》
　もう死んだ方がいいとはまことに辛い言葉である。かくも安吾さんはセッパつまった心境をかかえて取手に落ちていったのである。さらに「ぐうたら戦記」を引用すれば、
《この町では食事のために二軒の家しかなく、一軒はトンカツ屋で、一軒はソバ屋であった。私は毎日トンカツを食い、もしくは親子ドンブリを食った。そして夜はトンパチという酒をのむ。トンパチは当八の意で、一升の酒がコップ八杯の割で、コップ一杯が

一合以上並々とあるという意味だという。一杯十五銭から十七銭ぐらい、万事につけて京都よりは高価であったが、生活費は毎月本屋からとどけられ、余分の飲み代のために、都新聞の匿名批評だの雑文をかき、私はまったく空々漠々たる虚しい毎日を送っていた。》

それでも夏がきて、入道雲が崩れると、秋がきて。その秋も紅葉が終わると冬がくる。季節というやつは人の気も知らないで勝手に過ぎていく。

《取手の冬は寒かった。枕もとのフラスコの水が凍り、朝方はインクが凍った。……仕事らしい仕事はただの一行もしておらず、しておらずではなくて、するだけの力、実力というものがないのであった。三文文士は怠け者ではない。何を書いても本当の文字が書けないから、筆を投げだし、虚空をにらんでヒックリかえってひねもす眠り、怠け者になってしまうだけだ。》

なるほど、使わないインクは、水と同じように凍ってしまうのか。掲載するあてのない原稿は、なかなか書く気になれないもので、それはごく自然のこと。当時の雑誌は坂口安吾なんかお呼びでなかったのである。安吾さんが嘆くように「実力」がないせいばかりではなく、受け入れられるのは、所詮は、勇ましい従軍記風の作品ばかり。しかも伏字つきで。それほど世は窮屈になり、荒々しくなっていた。で、悲しいまでのヒマの毎日。それで安吾はヒマがあれば散歩した。また用があれば東京へでていくことを厭わなかった。

この東京行きの短い往復で、何たる幸運か、安吾さんはその精神にぐんと響く「風景」や「モノ」を見る機会があったのである。その強烈な内的体験があって、弟子の歴史探偵を大いに悦ばせ、このままこの評伝とも評論ともエッセイともつかぬ妙なものを書きつづける元気をもたせてくれることになる。

駆逐艦と戦闘機

いまは周りに高い建物が建って見づらくなったが、むかしは取手から常磐線で上野へ向かうと、小菅刑務所（現・東京拘置所）が車窓からよく眺めることができた。中央に高い見張りの望楼の聳える、装飾なんか何もないコンクリートの獄舎。それを見ると、すこぶる「懐しいような気持」が起こり、安吾さんは心に滲みる「美しさ」をそこに感じたという。もちろん、安吾一流の「懐しさ」であり「美しさ」である。ついでにまた、十年ほど前の学生のときに、築地の聖路加病院近くにあったドライアイス製造工場の建物が思い出されてきた。この工場の何の変哲もないごっつい質量感にくらべれば、近代建築の聖路加病院なんて子供の細工みたいにチャチなものよと思ったものであったことを。

こうした取手から東京への車窓で望見した風景は、昭和十七年の作品「日本文化私観」〈四　美に就て〉に書かれている。そして安吾さんはこれらを素材に、「美」ということについてはなはだ雄弁に語るのである。しかも面白いのはそのまたついでに、昭和十四年の春もうららのある日、半島の先端の港町（むろん横須賀ならん）の小さな入江で、「わが帝国の無敵駆逐艦」がゆったりと碇泊しているのを見たことにふれている。そして安吾さんはこう書くのである。

《それは小さな、何か謙虚な感じをさせる軍艦であったけれども一見したばかりで、その美しさは僕の魂をゆりうごかした。僕は浜辺に休み、水にうかぶ黒い謙虚な鉄塊を飽かず眺めつづけ、そうして、小菅刑務所とドライアイスの工場と軍艦と、この三つのものを一にして、その美しさの正体を思いだしていたのであった。》

　フムフム、おっしゃるとおり、駆逐艦はすべてが戦うために造られていて、実に機能的であり、岩乗でありながら、カッコいい。美しくするためにベタベタ加工したところなんてものはない。すべて必要だけで、もっとも戦闘に適した構造に造られている。多分、昭和十二、三年にぞくぞく竣工した白露型であったと思われるが、ガッシリとした駆逐艦で、美しくするための一本の余分の鋼鉄の柱なんてない。刑務所の長くて高い塀もまた然り。不要なものはすべて取り除かれ、必要なものだけで建造されている。そしてそれが独特の構造物を生み出している。そこから安吾さんは「日本文化私観」にこう論理を展開している。

《僕の仕事である文学が、全く、それと同じことだ。美しく見せるための一行があってもならぬ。美は、特に美を意識して成された所からは生れてこない。どうしても書かねばならぬこと、書く必要のあること、ただ、そのやむべからざる必要にのみ応じて、書きつくされなければならぬ。ただ「必要」であり、一も二も百も、終始一貫ただ「必要」のみ。そうして、この「やむべからざる実質」がもとめた所の独自の形態が、美を生むのだ。》

まことに安吾さんらしい主張であって、文句のつけようもない。と書いて、これ以上の不必要な論議はやめる。いずれ昭和十七年の章で、長々と書かなければならないであろうから、そのときに譲る。

で、ここでは「必要」と思われることだけを以下に。

というのは、安吾さんは、小菅刑務所とドライアイス工場と駆逐艦のつづきに、もう一つ、ゴッツイ美の象徴としてソ連のイ－十六型戦闘機を登場させている。これがじつは安吾的「美」にとっては「必要」ならざるもの、余計なもの。刑務所や駆逐艦とならべてあっては困りものをもち出しているのである。さりとて黙っているわけにもいかず、一席、お粗末ながらぶつことにする。

《いつか、羽田飛行場へでかけて、分捕品のイ－十六型戦闘機を見たが、飛行場の左端

に姿を現したかと思ううちに右端へ飛去り、呆れ果てた速力であった。》

と「日本文化私観」には書かれている。この「いつか」は、間違いなく昭和十四年のことであったにちがいない。そう認定する。それにしてもえらい感服のようである。この機は正式名がポリカルポフI－16といって、世界初の低翼単葉引込み脚を採用した戦闘機として有名で、ノモンハン事件に出動して、日本陸軍の九七式戦闘機と激しい戦いをくりひろげている。

安吾さんはつづけて書く。

《日本の戦闘機は格闘性に重点を置き、速力を二の次にするから、速さの点では比較にならない。イ－十六は胴体が短く、ずんぐり太っていて、ドッシリした重量感があり、近代式の百米選手の体格の条件に全く良く当てはまっているのである。スマートな所は微塵もなく、あくまで不恰好に出来上っているが、その重量の加速度によって風を切る速力的な美しさは、スマートな旅客機などの比較にならぬものがあった。》

そして見た目のスマートさだけでは、真の美とはなりえない。すべては実質が問題なんだ、と結論を下している。

なるほど写真で見てもずんぐりむっくりした重量感のある機体で、強く頼もしそうである。が、イ－十六は木製部分があったり、故障しやすかったり、「風を切る速力」だってお粗末なもの。最高速力は毎時四五五キロメートル。対する日本の全金属製の九七式戦闘機は四六〇キロメートル。ついでに陸軍の一式戦闘機「隼」が五一五キロメートル、海軍の零式戦闘機（ゼロ戦）が五四四キロメートルと段違いの猛スピードである。こんな風であるから、ノモンハンでの戦績は一〇対一で戦っても、日本側の圧勝であった。安吾さんが見たのは、そのときに多数捕獲されたなかの一機であったに違いない。日本陸軍が戦意高揚のために、これみよがしに羽田飛行場で一般の人々に公開したものなのである。後になって最新鋭戦闘機チャイカなど、ものすごい数の戦闘機が戦場に投入され、日ソ互角の戦いになったが、イ―十六は特に推奨するほどのこともない。

スマートで、一見ひ弱そうな日本の戦闘機にいくらか歯がゆさを覚えて、あちら様の鈍重さを、これぞ実質的なものなりと、安吾さんは感じとったのかもしれない。「美しさのための美しさは素直でなく、結局、本物の物ではないのである。要するに、空虚なのだ」とも真っ向から断じているが、オヤオヤ、これはとんだ勇み足であったというしかない。自然とこっちはニヤリとなってしまうのである。

なお、横須賀で駆逐艦を見る機会があったときを、昭和十四年とした理由についても一言。この年の十一月発表の奇っ怪な短編「総理大臣が貰った手紙の話」に、つぎのような一節がひょこんと挟まれている。十一月に書かれたものに出てくるのであるから、明らかにこの年の春の実見であることを語っている。

《神奈川県に於て人間の美は、わが国の無敵駆逐艦とか戦艦という必要の装甲以外の無役な一物も加えていない鋼鉄の浮城の姿となる。必要欠く可からざる物のみが自然に成した姿こそ真実の美である。真実の調和である。》

名作「日本文化私観」の原型はすでに昭和十四年に発していたのである。

＊5　漱石ご自身がやたらと屁をぶっ放すので「破障子」の号をもっていたことが、鏡子夫人の『漱石の思い出』（文春文庫）のなかに出てくる。

「少々きたないお話になりますが、この頃胃は悪し、肛門は悪しで、よく瓦斯が出るのですが、それがまことに妙な音をひびかせます。……どなたかがおいでになっていてその奇態なおならをききつけて、まるで破れ障子の風に鳴る音だとかおっしゃったので、それから破れ障子は面白い、まったくその通りだというので、落款をほらせる折りに『破障子』というのをたのんで、自分の書に捺していました」

作家が書く作中の屁はおおかたが実体験であることがわかる。

第五章

世界や日本の激動に我不関焉

——昭和十五年

ステッキについて

いまは情けないことに「杖（つえ）」という言葉で統一されているらしい。それすらもごくごく年をとった人とか、足が不自由な人とかが、頼りなげに用いているだけである。杖を昔風にいえばステッキである。太平洋戦争がはじまって非常時となってからは、すっかりその風俗が廃（すた）れてしまったけれども、じつは明治このかた、わが日本国では、政治家、学者、小説家、新聞記者、盛り場のダンディたちの多くは、紳士たるものの身だしなみとして、ステッキをコツコツとさかんについたり振り回したりしていたのである。

夏目漱石の『吾輩は猫である』の主人公の珍野苦沙弥（ちんのくしゃみ）先生は何かとステッキを振り回そうとする。泥棒退治の用意にステッキを、抱寝（だきね）の長ドスよろしく寝床に持ちこんだり、隣の落雲館（らくうんかん）中学校の生徒どもを相手の〝大戦争〟にステッキをドスがわりに持ち出したり、とにかく西洋伝来の杖を大そう愛用なさっている。

昭和になっても、戦前の紳士諸君はやたらに凝ったステッキをついていたらしい。チャップリンではないがちょび髭（ひげ）にステッキが都会では大はやり。文学青年たちはひとかどの文士気取りでステッキを振り回していた。わが安吾さんもまた然（しか）り。髭は生やさなかったが、大のステッキ愛好家であった。

親友の若園清太郎氏の書いたものによれば、

「もともと坂口家では安吾の父の仁一郎さんが政界の重鎮であると共に漢学者でもあり詩人でもあり、あるいはまた安吾の長兄の故献吉さんは元新潟放送会長（新潟日報社長）で（ともに）ステッキ愛用家——つまり父子三代にわたってのステッキ愛用者であった」

というのである。それでなくとも、身長一メートル八十センチ、体重七十キロに近い、堂々たる体軀には、どうしてどうして太めのステッキがよく似合ったのであろう。

そして昭和十三年ごろの安吾さんは、前に書いたように失恋した上に食うや食わず、字義どおり尾羽うち枯らした放浪者となった。当然のことながら、ステッキも登山家が使うアッシュのステッキを愛用していたという。本人は「キミ、これはたった五十銭だぜ！」と鼻高々であったらしいが、恰好のいい立派なステッキは高嶺の花で、安物で我慢せざるをえなかったのである。そういえば、大本教の焼け跡にいったときも、このステッキを大きく振り振りの探索であったのである。それに丁寧にふれることをすっかり忘れたのは、まことに失礼千万なことと、いまになって反省している。

ところで、このステッキがちょっとした事件を巻き起こした。戦時下のやたらに警戒厳重になったころのある夜ふけ、安吾さんが新宿裏通りをぶらぶら歩いていたところ、私服刑事（あるいは特別高等警察〔特高〕の刑事か）に呼びとめられた。不審尋問の押し問答の挙げ句に、「貴様の持っているステッキは凶器の一種だ」と難癖をつけられて、ついに愛用の超高価なステッキが没収とあいなったのである。警察署に連行されることは免れたものの、青菜に塩のしょんぼりと肩を落とした安吾の姿は見るに忍びなかったという。権力をカサにしてやたらにエバル奴が大手を振っている、イヤな時代であったことよ。

流れてしまったステッキ

ところが、これが昭和十四年の取手時代となると、なんと、安吾さんはまたしてもおよそ身分不相応な、みるからに高価な籐のステッキをついていたというから楽しくなる。前にも書いたことがあるが、尾崎士郎が『人生劇場』のゾッキ本問題のことで、竹村書房の主人にたいしてカンカンに怒って、告訴するぞと息まく事件があったとき、安吾が仲に入ってことは円満におさまった。そのときに、心からの謝礼にといって、竹村坦社長が大奮発して贈ってくれたものである。取手から東京へ出かけるときは、きまって悠揚としてこの太いステッキを振り回していたから、いまや安吾のトレード・マークのごとくになったという。

されど好事魔多しという。せっかくの籐のステッキの悲しい運命について以下に語らねばならないのであるが、安吾さんの心持ちを思うと、とても安らかな気分で書くわけにもいかない。このあとのことは、安吾さんその人の書いた「ぐうたら戦記」によって説明することにする。

さて、それは《ある夏の日盛りのこと》、利根川の国電（JR）鉄橋下に小舟を浮かべて涼んでいると、子供が川に落ちて溺（おぼ）れた。父親が慌てて飛び込み、バチャバチャやっていたが、二人とも沈んでしまった。大騒ぎになった。《私は泳ぎの名人である》し、《オッチョコチョイだから》ヨッシャ助けてやろうと、安吾さん、ザブンと川に飛び込んだ。

以下は、長々と引用することにする。

《みなさんは先（ま）ず川の底というものが海の底のように透明でなく、土の煙りが濛々（もうもう）と立ち上り、半米ぐらいしか視界がきかない暗さであることを知る必要がある。その半米の視界も土の煙りが濛々とうずまいて極めてかすかな明るさでしかないのである。突然私の目の前へニュウと腕が突きでてきた。それは川底の流れにユラユラゆれ、私の鼻の先へ私をまねいているようにユラユラと延びてきたのである。川底の暗さのために、腕だけしか見えなかったのは、まだしも私の幸せであったろう。それは子供の片腕だった。私はそれを摑（つか）んで浮き上ったのだが、水の中の子供の身体などは殆（ほとん）ど重量の手応えがないもので、ゴボウを抜くというその手応えを私は知らないが、あんまり軽くヒョイと上ってきたのでびっくりした程だった。私が首を出す。つづいて死体の腕をグイとひきあげると、アア、という何百人の溜息(ためいき)が一度に水面を渡ってきた。だが私は、再び水底へもぐる勇気はなかった。私の最初にひきあげたのが親父の方であればまだ良かったかも知れぬ。なぜなら子供の死体の方はそれほどの凄味(すごみ)も想像されぬからで、親父の死体が今もなお渦まく濛気の厚い流れの底にあり、今度はユラユラした手でなしに、その顔がニュウと私の目の前へ突きでてくる時のことを想像すると、とても再びもぐる勇気がなかった。》

　この武勇伝が新聞にでてその日から安吾さんは川筋の人命救助の英雄となった。本人は大そう気分をよくしたであろう。が、それがよかったか悪かったかはともかくとして、思いもかけぬ悲劇の訪れたことがつぎに書かれている。

《小舟へ戻ると、困ったことに、私が舟へ立てかけておいた大事のステッキがなくなっている。飛びこんだハズミに落ちて流れたのだ。この籐のステッキは無一物の私がたった一つの財産に大事にしていたもので、それはステッキを愛用した人でないと分らないが、身体の一部の愛着がわくもので、私の嘆きは甚大(じんだい)だった。》

　いささか大仰(おおぎょう)のようであるが、真実、大嘆きに嘆いたのであろう。町の有志が同情して利根川の下流へステッキ捜索の立て札をたててくれたという。

《わが魂をさがしあぐね、ひねもす机の紙を睨(にら)んで、空々漠々(くうくうばくばく)、虚(むな)しく捉えがたい心の影を追いちらしている私にとって、人の屍体をひきあげて人気者になり、残った屍体をひきあげかねて逃げだしてきた馬鹿らしさ、なさけなさ。私はあの小さな田舎町を思いだすことが実際苦痛だ。私はあの町を立去って以来、再び訪れたこともなく、思いだすことも悲しい。》

無一物の安吾には立派なステッキはふさわしくない、と神はおぼしめしたのか、かくてステッキは川流れのまま手もとに戻ることはなかった。

小田原での見事な勤勉ぶり

昭和十五年一月中旬、安吾は取手の町におさらばして、神奈川県小田原に移り住むことになる。そのわけを安吾さんは「ぐうたら戦記」に、《利根川べりのこの町はまったく寒い町だった。すると私の悲鳴がきこえたのか、三好達治から小田原へ住まないか、家があるというハガキがきたから、さっそく小田原へ飛んで行った。》と書いている。あるいはその通りなのであろうが、突如として人気者になってしまって、町の英雄がバカもできなくなり取手が住みにくくなってしまった点もあるのではないか。そこへかの『文體』の名編集者の三好の誘いである。それに小田原はかつて尊敬した作家牧野信一が死んだ町。《彼（牧野）が生きていた頃は女に惚れて家をとびだし行き場に窮して居候をしていたこともある町》とも書いている。昆虫採集の好きな牧野とともに周辺の蜜(み)柑(かん)山を歩きまわったこともあって、安吾にとってまったく知らない町ではなかった。であるから、《よくよく居候に縁のある町で、今度は三好達治の居候であった》と安吾さんは呑気(のんき)に書いている。いや、このとき三好は、妻子と別居という複雑な状況にあったというから、あるいは孤独を癒(いや)してくれる友として安吾を熱心に呼びよせたのかも知れない。

いずれにせよ、三好は十四年四月から、小田原町早川口下河原二四というところに住んでいて、その紹介で、安吾は早川橋際の亀山別荘とよばれる借家を見つけてもらった。その家は三好の家よりさらに早川の下流、百メートルほど下がった松林のなかにあった。六畳と四畳半の二間で、家賃は十円とか。三好の書いた「昔ばなし」によれば、「前に細流と蜜柑畠を控え、その向こうに高くなった早川の堤防を劃(かく)し、終日海鳴りをきくような静かな引こんだ、少々日あたりのよろしくない陰気な位置にあった」という。なるほど、もとは結核患者の予後の療養用に建てられたものというもムベなるかな。

もう一つ、三好の書いた「若き日の安吾君」によると、小田原時代の安吾さんはずいぶんと勉強家であったらしい。長く引用する。

「小田原にいたじぶん、その後もずっとその習慣は変らなかったらしいが、坂口は無類の朝起きで五時頃には既に床を離れて、洗面など省略したかも知れなかったが早々と机にむかってまず書ものをはじめていた。売文に熱心であったという訳ではない。当時彼の原稿はいっこうに売れゆきが思わしくなかった。それでも彼は書ものを廃する日がなく、売れると売れざるとは意に介しないもののように午前中は机に向っていた。食事はお昼まではとろうとしなかった。それが毎日であった。他のことは相当になげやりの方であったが、安吾さんのあの勤勉ぶりはまことに徹底的に見事であった。」

　そして食事は三好宅ですますことにしていた。三好家には婆やがいて、二人分の面倒をみていた。この婆やがえらく憤慨したという話が残されている。それは安吾には同棲している女がいるという噂についてなんである。それをどこからか耳にした婆やは、旦那様が不自由を我慢していらっしゃるのに、食客がそんな勝手気儘なことを、少しは遠慮するもんだ、とカンカンになったという。のちに同棲ではなくて、女の来客が二度、三度とあっただけの話とわかって、婆やは一応納得したが、こんどは逆に、「坂口さんは奥さんあるんでしょう。あるんですよね。旦那さん」と三好にいって、勝手にそうときめこんで、女房にも見放されている安吾をえらく哀れに思ったというのである。

　安吾に別れた女房のあるはずはなかった。深く詮索すべき重要な話なんかではないけれども、察するにこの女はどうやらかのお安さんということになるらしい。京都、取手、小田原と流浪する安吾を追跡して、ついに居所を突き止めたということになる。げに恐ろしや、女の情念というやつは……。どうやって安吾さんがしつこい女を宥め、いや納得させたものか、そんなことに興味を抱くほどこっちは下司と思われたくないから、以下は略。

思想・言論の参謀本部

それにしても、取手から小田原へ、安吾さんはますます典型的な貧乏作家となり、三好家の婆やにも気の毒がられる存在となった。しかも世は非常時日本の万事に荒々しいとき、前線も銃後もなかった。戦いに勝ち抜くために「ぜいたくは敵だ」の声が高く叫ばれていた。[*6] 各雑誌もまた多くの流行作家も足並みそろえて、時流に棹さしてどんどん流れていった。念のために記すけれども、流されていったのではない。みずから流れていったのである。すべての雑誌は多くの従軍記を載せて賑やかにやっていた。前年のことになるが、雑誌社は競って作家たちを現地に特派した。『中央公論』が尾崎士郎、林房雄、石川達三。『主婦之友』は吉屋信子。『文藝春秋』が岸田国士、小林秀雄。『改造』が立野信之といったところである。

そしてまた、十五年五月六日から「文芸銃後運動講演会」というのがはじまった。名目上の主催は文芸家協会であるが、実務はすべて文藝春秋社が行っていた。「我々文筆の士も、国民大衆の元気を鼓舞するため、出来るだけのことをしたいと思う。之は、僕だけの私案だが、文筆の有志を糾合して、全国を遊説して歩きたいと思う。枝葉末節にこだわらない。主義や主張のない真の愛国運動を、やって見たいと思っている」と文芸家協会の会長にして文藝春秋社長の菊池寛が書いている。（「話の屑籠」『文藝春秋』昭和十五年二月号）

されど、三好が書くように見事な勤勉ぶりをしめしているものの、従軍記者にも愛国運動の講師にも、何度でも書くが、安吾さんにお呼びのかかるはずもなかった。安吾さん、ときに三十四歳、働き盛りの年頃である。

もう少し安吾さんに関係のない時局に乗った文学噺をつづけることを許してもらう。いまの若い読者にはさっぱり興味が湧かないかも知れないが、日本人が心を一つにして同じ方向に突っ走り、走らないヤツは非国民だ国賊だと爪弾きされた、おっかない時代が日本にもあったということを、是非にも知ってもらいたいからである。

十五年七月、第二次近衛内閣が成立、とともに、日本中が「新体制」の掛け声で埋まった。文学界もばらばらになっているよりも早いところ一つにまとまった方がいいのではないか、との声があがった。七月の近衛内閣にはじまった流行語でいえば「バスに乗りおくれるな」である。いろいろの論議があったが、結局、「文芸家協会」「日本ペンクラブ」「経国文芸の会」「国防文芸連盟」「大陸開拓文芸懇話会」「農民文学懇話会」「文学建設」「ユーモア作家倶楽部」の八団体が一つになって、九月末に日本文芸中央会が誕生する。ほとんど時を同じくして大政翼賛会が生まれている。

何もかもが統合のときである。そうしないとお上に睨まれる、それつづけとばかりに、詩の世界も一つになって「日本詩人協会」が同年十月に誕生、さらに「日本俳句作家協会」（十二月）、「大日本児童文化協会」（十二月）とあっちもこっちも大同団結、大慌てで一つになった。そしてこれら文化統合団体の上にどっかと乗っかって、外務省出身の伊藤述史を初代総裁にして、内閣情報局が設けられたのが十二月六日。いまの東京会館に大政翼賛会、そのとなりの帝国劇場に情報局は大きな看板をかけ、名実ともにそこが〝思想・言論戦の参謀本部〟となった。とにかくバラバラは厄介である、いっしょくたに纏めてしまえば、統御するにこれほど楽なことはない。百家争鳴、いろいろな意見やら主義主張があってこそ、言論は重要な意味を持つ。それなのに、お上からの指令のまま、たちまち一斉に右向け右ッの雪崩現象を起こすのでは、情けないことこの上ないのである。言論の自由の運命はここにきわまったといっていい。

さらに、情報局の立案で、日本出版協会と日本雑誌協会とが解散して、新たに「日本出版文化協会」が十二月十九日に創立される。国家が成さんとしている大業のために「いやしくも出版事業に関係する者すべて出版報国の精神に帰一しなければならない」と趣意書で謳ったが、何のことはない、軍部の出先である情報局と呼応しながら、その別働隊の役割を忠実にはたしていく、もっといえば、下請けの統制機関になったのである。会長以下すべての役員は官選で、用紙の割当てとか、出版物の事前内容検討・指導をとおして、巧みに言論統制の任をはたした。書籍は同協会が認めるもの以外は出版することができなくなった。*7

そして、九月の日独伊三国同盟の締結。反対をつづけていた海軍がアッという間に寝返った。「ドイツやイタリアのごとき国家と、このような緊密な同盟を結ばねばならぬことで、この国の前途はやはり心配である。私の代はよろしいが、私の子孫の代が思いやられる」という昭和天皇の憂慮(ゆうりょ)も何のそので、日本中はヨーロッパの戦争でドイツ国防軍の連戦連勝に煽(あお)られて浮かれに浮かれていた。しかし、事実は、対米英戦争への「ノー・リターン・ポイント」を、このときにあっさり踏み越えたことになる。まことに愚かな決断であったのである。

なんとも息苦しく、荒々しく、勇ましい時代となったものである。

飲み釣り勉強の日々

日本がますます悪くなっていく話は、書いていても面白くないから、読む方はもっと退屈であろう。小田原にいて売れない原稿をシコシコと書き、勉強もしながら、金があればガブガブ呑(の)み、なくてもチビチビ飲み、やる瀬ない日々を送っている安吾さんは、俺の出番はいつくるのかとブツブツ呟きながら、もっと飽き飽きしているかも知れない。

そういえば退屈まぎれに安吾さんはドブ釣りにも少々精を出している。三好に釣具一式を与えられしばしば早川に釣り糸をたれたらしいのである。『文學界』昭和二十四年八月号に発表の「釣り師の心境」に書いている。

《早川のドブ釣りは、風景的に雄大であった。すぐ、うしろが、太平洋なのである。早川が海へそそぐところに澱んだ溜りがえぐられて、曲折して海へ流れている。この澱みが、早川でたった一ヶ所ドブ釣りのできる場所で、ここで糸をたれていると、背中へ太平洋のシブキがかかるのである。砂浜で、海に背をむけて鮎を釣ることになるのである。この風景だけは雄大きわまるものであったが、釣れる鮎はメダカにすぎないのであった。》

このために朝の四時に起きて竿をたれたという。その気になるとえらく勤勉になる安吾さんらしいや、と思ったが、よく考えるまでもなく、家から流れまで三十秒、土堤を上がって下りるだけでもう釣り場。億劫がらずにすむわけである。

釣ったメダカで酒盛りとなる。「釣り師の心境」にある。

《小林秀雄、島木健作は馬鹿正直にやってきて、メダカをくって酒をのんでいた。

「ウム、鮎の香がする」

といって、ともかく、満足しているのは三好達治だけであった。》

まことに文士諸君は悠々平穏、世はなべてこともなし、といいたいところであるが、そうはいかない。もういっぺん時局話で余計なオダをあげることになる。

タコの子の戦死

昭和十五年は「皇紀二千六百年」の国家を挙げて祝うべきときであった。戦前日本は、神話の神武天皇の即位から数えて「皇紀××年」という独自の元号をもっていた。小学生のころは、皇紀から六百六十年を引くと西暦になる、それくらい日本は古い伝統のある尊い国なのだと、徹底的に教えられたものである。

その皇紀の元号による紀元二千六百年の大祝典が行われたのが、十一月十日のこと。神武天皇の肇国(ちょうこく)神話にもとづく日本の新世紀なんだと、やたらに国の指導者は力説したが、国民がそれをどのくらいわかったものか。大いに疑問がのこるが、とにかく新体制運動と連携してお祭りは賑々(にぎにぎ)しくおこなわれた。

考えてみれば、中国大陸では何年もつづくドロ沼の戦争、米英との関係は日々いよいよ険悪になる情勢下、やりきれない思いだけは国民共通のものであった。いや、それゆえに不景気やら憂鬱(ゆううつ)をバーンと吹き飛ばすための、国を挙げてのドンチャン騒ぎであったのかも知れない。そしてそれが二日間で終われば、とたんに、「祭りは終わった。さあ、働こう」と上からハッパをかけられて、国民はわけもわからず必死に働いて一年と一カ月のあとに太平洋戦争へ。

たしかに、悲劇のまえには喜劇があるのである。

当時、東京は下町の小学校の四年生であったわたくしはあまりハッキリとした記憶がない。覚えているのは奉祝の花電車をはるばる銀座まで観にいったことぐらいである。それよりも、「〽金鵄かがやく日本の、栄ある光身にうけて、今こそ祝えこの朝、紀元は二千六百年、ああ一億の胸は鳴る」の祝歌なんかどうでもよくて、「〽金鵄上がって十五銭、栄ある光三十銭、鵬翼高い五十銭、紀元は二千六百年、ああ一億の民は泣く」のタバコ値上げを皮肉った替え歌を、でかい声で歌って、晴れ晴れしい顔をした大人たちに叱られたことのほうがより記憶に生々しい。

替え歌といえば、佐藤惣之助作詞、服部良一作曲で、昭和十五年春につくられて、女優の高峰三枝子が歌って大そう人気をよんだ「湖畔の宿」のほうが強烈に懐かしく想いだされる。音楽著作権とやらがあってこれがやかましくて、全歌詞が書けないけれども、「〽山の淋しい湖に　ひとり来たのも悲しい心……」という例のものである。ところが大ヒットしたというのに、詞の文句もメロディもセンチメンタル過ぎて時局にふさわしくないということで、やがてレコード発売は禁止。とにかく勇ましくて戦意高揚にならんものはアカン、という無茶苦茶なご時勢である、せっかくの三枝子さんの美声はアレヨという間に消え去った。

しかし、下町の悪ガキはそんなこととは関係なく、この大流行の替え歌を喜んで歌いつづけた。これがどうしてなかなかの傑作なのである。

〽昨日召されたタコ八が
弾丸(たま)に当たって名誉の戦死
タコの遺骨はいつ還(かえ)る？
骨がないから還れない
タコの母ちゃん悲しかろ

想い起こしつつ書いていると、このあっぱれな反戦ないしは厭戦(えんせん)ぶりには吃驚(びっくり)させられる。歓呼の声に送られて、元気にニコニコ笑いながら出征していった若ものが、ひと月もすると白木の箱に納められて、慟哭(どうこく)に包まれて還ってくる。それがごくごく日常のことであった。いつまでつづく泥濘(でいねい)の戦争に、いい加減国民は飽き飽きしていたのは事実。それにしてもタコの子にその悲しみを託すなんて。といって悪ガキが大声で歌うわけにはいかぬ。当時、猛威を振るっていた憲兵や特高が直接耳にしたなら、それこそ茹(ゆ)でダコのように顔を真っ赤にし髪を逆立てて怒ったことであろう。ただちに親を呼びつけてガミガミ怒鳴った揚句、始末書ぐらい書かせたであろうことは請け合いである。したがって、わたくしたちは十二分にあたりを警戒し、大丈夫と確認してから大声をだしたものであった。

それにつけても、だれが作ったものか知らないけれども（替え歌に作詞者なんてないものなのであろう）、名作中の名作と思う。

紅旗征戎わが事にあらず

小田原での安吾に戻ると、発表するためのまともな雑誌もないままに、原稿をぽつりぽつりと書き、セッセと勉強に没頭していた。

発表された作品は、四月に「篠笹の陰の顔」（『若草』）、五月「文字と速力と文学」（『文芸情報』）、六月「盗まれた手紙の話」（『文化評論』）、七月には「イノチガケ」（『文學界』～九月まで）、同七月「不可解な失恋に就て」（『若草』）、そして十二月「風人録」（『現代文学』）とこれだけである。

なかでふれておくべきは、〝ヨワン・シローテの殉教〟のサブ・タイトルのある「イノチガケ」というキリシタンものになる。安吾さんは小田原でキリシタンに関する書物を猛烈に勉強したらしいのである。「篠笹の陰の顔」のなかに、《私は近頃切支丹（きりしたん）の書物ばかり読んでいる。小田原へ引越す匆々（そうそう）三好達治さんにすすめられて、シドチに関する文献を数冊読んだ。それから切支丹の本ばかり読む。パジエスの武骨極まる飜訳（ほんやく）でもうんざりするどころか面白くて堪らないのである》とあるから、三好に勧められたのは明らか。

《文献を通じて私にせまる殉教の血や潜伏や潜入の押花のような情熱は、私の安易な常識的な考え方とは違うものを感じさせ、やがて私は何か書かずにいられないと思うけれども、今は高潔な異国に上陸したばかりのようで、何も言うことが出来ないのである。》

そうして三カ月後に、キリシタンものとして初めて書かれたのが「イノチガケ」。前編は、ザビエルの来日からはじまり、信長、秀吉、家康、そして島原の乱後まで、日本のキリシタン布教の歴史が実にあざやかに語られている。しかも、わが歴史探偵の師匠らしくまことに独創的でもある。ついでにいえば、後年に名作「信長」を書くことになるが、安吾さんがその信長を発見したのはこのときではないかと思う。そして後編で、囚われ人となったシローテと新井白石とがやりあう一問一答がすこぶる面白い。なにものか殉ずる世界をもつものの強さ、心の底の底にドッカと動かずあるものを、安吾さんは必死に追っている。はたして、おのれに殉ずるものありや、その思いを痛烈に感じながら。

その上で特記しておくことがある。折から、ドイツ国防軍が電撃作戦でデンマーク・ノルウェイ・オランダの各国を降伏させ（四月～五月）、フランスへ進撃してパリを陥落させる（六月）。ソ連がバルト三国を併合（七月）。そんな大変動の世界に「あっしに関わりのないことでござんす」と、まったく安吾さんはソッポを向いている。さらに日本軍の北部仏印への進駐（八月）。日独伊三国同盟の締結（九月）。大政翼賛会発足（十月）。これら国を奈落へ転げ落とす結果となる日本帝国の動きにも、またタコの子の戦死の歌にも、紅旗征戎わが事にあらず、を貫き通している。その根底には、そんなアホーなことに殉じられるものか、との想いがあったにちがいない、とわたくしは勝手に睨んでいる。それにしても、ここまで徹底されると、むしろこんころ持ちがいいというものであるが。

そして夜ともなれば例によって町の呑み仲間と小田原の町で深酒である。借家に鍵もかけないで、酒場でオダをあげていた。泥棒のいることなんか全然気にしない。当たり前である。何にもない家である。それを証明するかのように、親友若園清太郎がわざわざ訪ねてきたときのことを面白く書いた一文がある。

《私が小田原に越して後も、私のところに鍋も釜も茶碗も箸もないというので（若園は）食事道具一式ぶらさげ、女房も子供もオシメもつれてやって来て、変てこな料理をこしらえて食べさせてくれて、そのたびに、小田原にもパンがなくなったとか、バタがなくなったとか、そういうことを彼によって発見する。彼さえ来なければ、私は何も発見する必要はない。私には欠乏がなかった。必要がなかったからだ。》（「ぐうたら戦記」）

ナルホド、常に最低の生活をしてきた安吾さんは、戦時下の超物資欠乏の悲惨なんかとはもともと無縁の世界に終始いたのである。ゆえに、泥棒なんかを気にする要なんかなかった。ところが、である。十一月、東京の蒲田の実姉の家に帰り、二十五日、新潟に赴き、十二月上旬に、一カ月ぶりに小田原へ戻ってきたら、なんと、見事に、泥棒に入られていたという。世情はそのくらいセッパつまっていた。昭和十七年十月発表の「剣術の極意を語る」で安吾さんは回想している。

《勝手口の南京錠が外されており、内側から鍵がかかっていた。入口の戸、雨戸、一つ一つ調べてみたが、みんな内側から鍵が下りている。つまり内側には何者かがいる証拠である。君子危きに近よらずという規則であるから、ガランドウ（駅前のペンキ屋）へ行って助太刀をたのんだ。……一時間ぐらい過ぎていたから、泥棒は雨戸を開けて逃げたあとで、先生も慌てていたものと見えて、二包みの荷物をつくっていたが、それを忘れて行った。刑事の話では四五日住んでいたらしいと云うことで、僕の蒙った全被害よりも高価な煙草ケースを忘れて行った。》

ここに翌十六年には活躍することになる「ガランドウ」氏が登場してきたところで、「つづく」ということにする。

＊6　当時の世情を語るアンケートが『文藝春秋』一月号に載っている。東京・千葉・埼玉・神奈川の読者六九六人に質問したものである。

「・現状に鑑みて統制を一層強化すべきか。
　強化に賛成四六一　強化に反対二二八　不明七
・対米外交は強硬に出るべきか。
　強硬に出るべし四三二　強硬に出るのはよくない二五五　不明九
・最近の懐具合は良いか。
　良い一〇八　悪い五七三　不明一五」
などなどであるが、これでみても人心はかなり荒み、呑気な時代ではなくなっている。
＊7　試みに、昭和十五年当時に君臨していた検閲機関を列挙してみる。第一が内務省警保局の図書課検閲係、ついで警視庁検閲課、憲兵隊、陸軍報道部、海軍報道部。この五つのうちのどれか一つに引っかかっても、雑誌の記事は削除された。ひどいときは発禁である。のちに大政翼賛会などというものまで、雑誌発行を禁ずる悪例をつくったという。言論不自由なんてものではなく、まったく悪い時代であったというしかない。

第六章

太平洋戦争がはじまった年——昭和十六年

すでに臨戦態勢に組み込まれ

昭和十六年（一九四一）が静かに明けた。いや、〝静かに〟ではなかった。ここから十二月八日までの「太平洋戦争への道」は、狂声・怒声入り交じって騒々しく坂道を転げ落ちるように、ほとんど一瀉千里（いっしゃせんり）であった、と形容してもいい。

前年の十五年から、アメリカ政府の強硬政策によって廃棄された日米通商航海条約の再調印をめぐって、日米交渉がはじまったが、はかばかしい伸展をみせようとはしないのである。アメリカの態度はのっけから強圧的であり、妥協のかけらもないものであった。必然的に、十六年の年明けから、日本国民の心のうちには激越な反米感情といった頑（かたくな）なものがどんどんふくれ上がっていく。

たとえば芸能界には、「敵性器具に頼るな！」との声がしきりに叫ばれるようになる。つまり、マイクロホンで歌うな、という暴言なのである。いや、ジャズはもちろん、甘ったるい流行歌そのものが人々の口にのぼらなくなる。もっぱら巷（ちまた）に流れているのは「月月火水木金金」によって代表される軍歌ばかり。漫才や落語までもが、「この非常時に笑わせるとは何事か」と取締りが強化されるすさまじさ。

マスコミにも厳しい弾圧の鬼手がのびていた。たとえば、文藝春秋社の月刊雑誌『現地報告』十二月号が発売禁止処分をうけている。そこに載った蠟山政道「日米交渉論」がひっかかったのである。世界史の観点からみれば、日米ともにいわば後進国である。その両国が交渉を何カ月もつづけているのは、世界政治に精通していない故にである。ならば、交渉妥協の余地があるのであって、「合理的な内容と限界とが与えられるならば、今度の日米交渉も成立の可能性ありと信ずる」。これでたちまち発禁。日米交渉の妥結を望むのは反軍的な意見ということなのであろうか。また、『文藝春秋』十月号も一部削除の処分をうけている。ごく小さなコラムで、「我々は暴虎馮河の勇をもって対米開戦を叫んだりしてはならないのだ」とひそかに異をとなえたら、これを当局は目ざとく見つけて、「この野郎！」「何たる非国民的言動か」ということになった。検閲の網の目の何と細かかったことか。

そういえば、この年の『文藝春秋』一月号に面白いアンケートが載せられている。日米戦争は避けられないと思うか、という設問である。その回答はこうであった。

「避けられる……東京49、大阪45、その他の市177、町村141。

避けられない……東京18、大阪28、その他の市121、町村99。

不明……東京0、大阪1、その他の市4、町村6」

そして編集部の注には「著述業・記者欄には避けられぬとの回答が多い。それに官公吏欄に比較的多い」とあり、一般庶民と違って知識層がすでに戦争への運命的な流れを感じとっていた、ということになろう。

こんな風に、対米英戦争はいわば歴史的必然、運命的なものとして、早くも日本人は感じていたのである。同時に、日本全体は大小の組織ぐるみすでに臨戦態勢のなかに組み込まれていた。戦争を避ける道はなくなっていたのである。

ガランドウと意気投合

この年の十二月八日未明、日本陸軍の英領マレー半島への敵前上陸と、日本海軍の米真珠湾攻撃によって、太平洋戦争の幕は切って落とされる。

その日の朝の七時すぎ、安吾さんは小田原(おだわら)のガランドウの家の二階で目を覚ました。ガランドウはすでに仕事にでかけていた。オカミサンがやってきて、なんだか戦争がはじまったなんてラジオがいっているよと教えてくれたが、安吾はまったく気にもせず昼ごろまで寝ころんで本を読んでいたという。のちにもう少しくわしくこの日一日のことを書くことにするが、前章の終わりで突如として登場したガランドウとは、そも何ものなるか、についてふれておきたい。小田原の安吾を語るのに三好達治と肩をならべるくらい重要人物であるゆえに。

本名を田代直孝といい、旧藩士の出とか。いまは「画乱洞」という看板屋さん。例によって安吾の「ぐうたら戦記」を引けば、

《この人物は牧野信一の幼な友達で、ペンキ屋で、熱海から横浜に至る東海道を股にかけて看板をかいて歩いており、ペンキ道具一式と酒とビールをぶらさげて仕事に行って、先ずビールを冷やしてから仕事にかかる男なので、箱根へ仕事に行けばわざわざ谷底へ降りて谷川へビールを冷やしてから仕事にかかり、お昼になると谷底の岩の上でビールを飲んで飯を食っているから、注意して東海道を歩くとよくこの男の姿を見かける。風流な男なのである。》

という。とにかく安吾と同様に六尺（約一メートル八十センチ）近い大男で、山羊髭をはやして、大酒飲み。事に動ずることなく、些事に拘泥することなく大らかで、まことに安吾向きな人物なのである。ペンキ臭い仕事場のほか、二階座敷は十畳ひと間、トタン屋根の小さな家に家族ともども住んでいた。ただし、看板描きとしては腕がよかったらしく、結構この上ないくらい商売は繁盛していたが、稼ぎのほとんどがアルコールと化して、貧乏とは宿命的に縁の切れようがない。そしてオカミサンは、となると、小田原在住の作家の川崎長太郎によれば「生まれてこの方白粉など塗ったこともないような女房は、亭主にさからわず、子育てにかまける、婦徳の鑑と近所の評判であった」というのであるから、これまた安吾さんにはもってこいの好人物ということになろう。

川崎はついでに書いている。

「山羊髭はやす男とウマが合うかして、彼と度たび盃を上げ、ひと間しかない家へ泊りもしたりして、終戦近くまで小田原へやってきている坂口安吾は、所詮私等の物さしに余る謎の多い傑物だったか」

当時としては群を抜く大男の二人組が連れ立ってガブガブやっているのである。これはもう、呆れていいのやら、尊敬せねばならぬのやら、見当もつかなかったに違いない。

ところで、安吾さんがどうしてガランドウとそんなに懇々たる知己になったのかといえば、それは恩人ともいうべき三好達治の不興をかったから、ということになろう。前章の泥棒騒ぎでも書いたが、安吾は小田原にじっとしてばかりいなくて、ふらりと東京に出ていくことが多くなった。昭和十五年の秋ごろまではそれほど頻繁ではなかったのに、十六年になるとその頻度はふえ、しかも小田原の借家を放ったらかして長期にわたって東京の蒲田の家に逗留することがあった。こうなると紹介者である三好は、安吾のかわりに溜まった家賃を責任上払わねばならなくなって、やがて悲鳴をあげざるをえなくなる。三好がムカッ腹を立てるのも無理はない。勢い、小田原に戻るとガランドウの方へと安吾の足が向いていってしまったのである。

なぜ、安吾が東京へ行きだしたのか。そこに『現代文学』という文芸雑誌が安吾の前にあらわれたから。言いかえれば、昭和十六年が明けるとともに、安吾の文筆活動の場が突如としてひらけてきたゆえなのである。

『現代文学』の同人となる

『現代文学』は言論統制のいよいよ厳しくなるなかで、なんとか作家たるものの信念と本筋に生きんものと、昭和十四年二月に企画創刊された月刊文芸誌であった。発行所は大観堂。同人は大井広介(ひろすけ)、平野謙、荒正人(あらまさひと)、佐々木基一(きいち)など、どちらかといえば左翼系メンバーが中心に集まっていた。

しかし、十六年ともなると、風雲急となり、いよいよますます言論弾圧も激しさを加え、仲間のなかから脱落者が出はじめ、存続のためにあらためて気骨ある作家の加入(う)による結束の強化が必要となってしまう。前年の夏発表の「イノチガケ」いらい消え失せてしまっている坂口安吾の名が、同人たちの脳漿(のうしょう)にこうして浮かびあがってきた。

昭和十七年七月ごろに書かれた安吾のエッセイ「大井広介という男」によれば、《始めて会ったのは昭和十五年大晦日(おおみそか)午後七時、葉書で打合せて雷門(かみなりもん)で出会った。》という。大井の用件は「『現代文学』の同人に加わらないか」ということであった。

そして浅草(あさくさ)のどこかでたっぷりと話し合って、と書いたとたん、浅草好きには、その場所はどこであったろうか？　と考えてみたくなる。左様、それは浅草二丁目、本願寺裏通りの風流お好み焼きのお店「染太郎」であった、と断言したい。高見順の名作『如何なる星の下に』（昭和十五年）の舞台でもあったこの店は、息苦しい昭和軍国時代における文士たちの唯一の憩いの場、思いっきり文学論を戦わすための絶好の隠れ家、すなわち梁山泊であった。『現代文学』同人の会合場所ももっぱらここであったという。

安吾さんは戦前戦後を通して浅草をこよなく愛した。《東京のモンパルナスとかモンマルトルというところで、流浪と希望の魂のはかない小天地》（「モン・アサクサ」昭和二十三年）と褒めあげているが、多分に流浪で疲れた魂がここで癒されたのであろう。そんな風であるから、この店には常連としてよく姿を見せた。まるでそこが自分の家であるかのように。

いまも若者たちが訪れ繁盛している「染太郎」には、焼ソバの煙なんかで薄汚れた安吾さんの色紙いっぱいの太い字が欄間に飾られてある。これがまことによろしい。

> テッパンに手を
> つきてヤケドせ
> ざりき男もあり
> 　　　　　　安吾
> 昭和二九年十一月四日
> 信貴山美人
> 染太郎さまえ

この色紙の書かれた直後に、わたくしは「染太郎」にいって（戦後の二十七、八、九年ごろわたくしはこの店の常連であった）、猫好きの女主人の崎本はるさんから大事件のはなしをたっぷりと聞かされた。「昭和の何年だったか忘れたけれどね、安吾さんが酔っぱらって立った拍子にふらふらとして」、アッと思った瞬間には焼けた鉄板に両手を。「ジューッという音がした瞬間が忘れられない」とはるさんはいった。そこで、「台所へ大きな図体を引っ張っていって、冷蔵庫から氷の大きな塊を出し、安吾さんの両手を乗せさせて、その上から私の両手で力のかぎり押しつけたんだよ。じっといつまでもいつまでもね」

その処置がよかったという。それに昔の冷蔵庫だから氷がいっぱいあって助かった。助かった安吾さんは、

「火傷じゃなくて、凍傷の跡が残るんじゃねえのか」

と、しきりにボヤいていたという。

いや、脱線した。大井の同人勧誘の口説きに戻ると――、のっけから、大井が自分の娘をレビュー・ガールにするつもりで仕込んでいるのに、足が長くて踊り子向きなのにさっぱりその才能がなく閉口している、なんて妙なこぼし話をして、安吾を煙に巻き、《評論書きにも似合わない奇々怪々な先生だと思って、ひどく好きになってしまった。そこで『現代文学』の同人になることを承諾した。》

とアッサリしたものであったらしい。類は友をよぶというが、ガランドウといい、大井広介といい、常人ばなれしたおかしな人々がつぎつぎに出てくるので、こっちは困窮することなく話がすすめられるのでほんとうに助かる。安吾さんが小田原に借家のあったことも忘れたかのごとくに、東京に長期滞在するのはこれあるかな、である。

『現代文学』十六年三月号に同人の氏名が公表された。せっかくであるから、全員の名を書いておこう。荒正人、井上友一郎、大井広介、菊岡久利、北原武夫、坂口安吾、佐々木基一、杉山英樹、高木卓、檀一雄、豊田三郎、野口冨士男、平野謙、南川潤、宮内寒弥、山室静の十六名。

どちらかといえば、左翼的な評論家と、軟派と目されている作家の集団、言いかえれば超国家主義的な時局には非協力的なメンバーばかり、いや、当時にあってはむしろ日陰の同人雑誌グループということになろう。でもスポンサーがついているから、外部からの寄稿もあおぎ、少しばかりの原稿料も出た。安吾さんが、大井広介からの葉書を契機にして、「ヤッタルゾ」とその気になったとしても不思議ではない。

大井広介邸での遊び

野口冨士男の書いた「坂口安吾と『現代文学』」によれば、正規の同人会は催されなかったものの、時代が時代であったから同人たちの仲はまことによかったという。「井上、坂口、杉山、平野、南川、宮内らが常連で、代々木駅から徒歩五分ほどの距離にあった大井広介の家に、三日にあげずに三々五々と集まっていた。……三、四人が落ち合えばウスノロ、プレイボール、犯人当てといった遊戯がおこなわれて、それらのうち特に本心から犯人当てに熱中していたのは大井、平野、坂口の三人であった」という。

ウスノロとはトランプの一種で、プレイボールとは卓上野球のこと。犯人当てとは？　そう、うるさいかもしれないがもう一つ引用すれば、荒正人が「安吾の推理」と題してこう書いている。「坂口安吾は、かれ（大井広介）の家に何日も泊りつづけていた。襖をあけると、どてら姿の坂口安吾の大きな図体が現れることもなんどかあった。大井邸では、そのころ、野球盤とか、イエス・ノウとか、探偵小説の犯人あてというようなゲームをしばしばやって愉しんでいた」

これから察すると、安吾は一所定住せずのおのれの主義そのままに、蒲田の実姉の家にいたかと思えば、ふらりと大井邸にやってきて何日も泊り込み、ある日突然、小田原に戻る、といった具合に、自由気儘に人生をやっていたようである。大井広介がかなり呆れ気味に書いている。

「昭和十六年——私が徴用におびやかされて勤めにでる十八年秋。この間にまず、月に十日くらいの割で、私のうちに寝泊りした。ブラリと現われ、坂口さんの声がしたと家族が探すと、二階でひっくりかえっている。……うちの家族も坂口には気兼ねせず、私は友達について指示し、宮内寒弥や知らない人の前では一切家庭の話をもちだすな、平野謙その他の友人の前では金銭の関する話以外はさしつかえない、坂口の前ではどんな愚劣な話をしても構わないというようになっていた。私とおふくろの折合いがわるく、おふくろが私を怒らせ、手をだすと悲鳴をあげる。おふくろをいやらしく思っても、井上や平野だと、一応とめたり、私をたしなめたりする。ところが坂口は平気の平左(へいざ)、おふくろも悲鳴をあげる甲斐がないから、坂口の前では芝居を廃止した。坂口の姿がみえなくなり、帰宅したと思っていると、ノソリ煙草を買いにいっていた。煙草を買いに行っていると思うと、そのまま帰ってこないという式だった」（「戦時下の坂口安吾」昭和三十年四月『文學界』。原文は旧漢字、旧かな）

まことに融通無碍(ゆうずうむげ)、天衣無縫(てんいむほう)、そして天空海闊(てんくうかいかつ)として、安吾さんは険悪になりつつある時勢とか、国家の運命とかにソッポを向いて、ここと思えばまたあちらの流浪の日々を楽しんでいたことがわかる。そしてその間に、探偵小説の犯人の当てっこをして、戦後になって『不連続殺人事件』や『安吾捕物帖』などの推理小説の傑作を書くための素地を養っていたこともよくわかる。

さらには、『現代文学』の発行を引き受けていた大観堂と、『島原の乱』上下二冊を書き下ろすと、出版の約束をした。それならば、ということで、前借りをしたのであろう、安吾は取材のためはるばる九州まで出かけている。そして長崎に滞在すること五月四日から七日までの三泊四日、この間に島原、天草にまで足をのばした。そして東京へ戻れば、神田の古本街を歩きキリシタン関係文献を集め、上智大学図書館に何度か足を運んで数多くの文献に目を通している。大そうな熱のいれようなのである。「イノチガケ」にはじまって、キリシタンの殉教と反逆の歴史のなかに、安吾の魂を揺さぶるなにものかがあったようなのである。三万七千人の農民が死んだ島原の乱、もし安吾が書き上げていたら、の想いがどうしても残る。が、残念ながらついに書き上げられることはなかった。十二月に対米英戦争がはじまってしまったから、とその理由をあげるのも癪のタネということになる。

もっとも大井広介にいわせると「実は私のうちの二階で、百枚ほどかき、大傑作だとみせてくれたが、私がお世辞を云わなかったので腐り、河に流したそうだ。彼には怒って河に流しちゃったという話が、幾度もあった」ということになるのであるが。いやいや、それで完全に挫折したとみるよりも、太平洋戦争のために傑作は成らず、と弟子としてはしておきたい。そして、安吾さんが前年に較べれば、この昭和十六年はなんと大いに気張ったことかについて、ちょっとだけふれておきたい。

すなわち、まず『現代文学』に載った作品を挙げると……、五月号「死と鼻唄」、六月号「作家論について」、八月号「文学のふるさと」、九月号「波子」、十月号「島原の乱雑記」、十一月号「文学問答」、十二月号「新作いろは加留多」。さらに「都新聞」（現・東京新聞）にもいくつかの寄稿をしている。六月五～七日「島原一揆異聞」、十一月二十～二十二日「ラムネ氏のこと」*8。

「死と鼻唄」について一言

なかでも快作は「死と鼻唄」である。これは、エッセイ風の評論といった作品であるが、〝安吾さん、さすが！〟と叫びたくなるくらいに痛快な文章なのである。

《戦争の目的とか意義とか、もとより戦争の中心となる題目はそれであっても、国民一般というものが、個人として戦争とつながる最大関心事はただ「死」というこの恐るべき平凡な一字に尽きるに相違ない。》

この書き出しを読んだだけで、もうビックリである。日中戦争はじまってこの方、どのくらいの遺骨が白布に包まれた箱に入って還ってきたことか。

また、こうも書いている。

《すくなくとも、兵士達が弾雨の下に休息を感じているとすれば、彼等はそのとき「自分はここで死ぬかも知れない」という不安が多少はあっても、それよりも一そう強く「多分自分は死なないだろう」と考えていたに相違ないのだ。偶然弾に当っても、その瞬間まで彼等の心は死に直面し、死を視凝めてはいないのだ。

このようなゆとりがあるとき、兵士は鼻唄と共に進みうる。「必ず死ぬ」ときまったときに、果して誰が鼻唄と共に前進しうるか。そのとき、進みうる人は超人だ。常人は「必ず死ぬ」となれば怯える。従而戦争を「死の絶望」に関してのみ見る限り、決死隊をのぞいては、進む兵士は必ずしも戦争を、死を、見ているとは限らない。》

あの軍国主義の、ギラギラする銃剣と荒々しい吐息と、猛々しい軍靴の音のみが響き渡っているときに、「死」を中心にすえて戦争を論じるということの度胸のよさ。戦争で死ぬのは怖いなんていうのはタブーもいいところである。もちろん、あとのほうで否定はしているけれども、《ヤンキーは、戦争もラグビーもてんで見境がない。奴等はことお祭騒ぎでありさえすれば、戦争であれ自動車競走であれ、チウインガムを嚙みながら簡単に命を弄ぶ。だから、ヤンキーは一そう戦争に強いであろう》とまで安吾さんは平気の平左で書いている。

いいですか、わが関心はただただ人間の死についてである、テーマは「死への対処について」であって、戦争の意義や使命についてではない、といくら抗弁したって聞かれない時代なのであります。とにかく日本人はすべからく「右向け、右ッ」のとき。戦場で死ぬことは名誉この上ない、「天皇陛下、バンザイ」の、そんなときに。

そういえば、この「死と鼻唄」が発表されたころ、大日本帝国の大理想としてのスローガン「八紘一宇」がさかんにいわれだしていた。小学校五年生のわたくしなんか、再来年にせまった中学校入学試験の口頭試問にでるかもしれないからと、先生に十二分に仕込まれたもの。八紘（あめのした＝天下）を掩って一宇（一つの家）としたい、そして天皇陛下がその一家の父となり家長となる、これぞ『日本書紀』いらいの皇国日本の大理想なり、と。そんなときに、日本国民一般の戦争に関する最大の関心事はただ「死」あるのみ、使命も名誉もヘチマもない、なんてよくぞお書きになったものよ。安吾さんでなくしては、誰にも書けなかったことであろうこの文章を読むたびに、この人を師に選んだことを誇りと思うわけなんである。

洪水でドテラが水びたし

さて、そうこうしているうちに大事件が起きた。八月中旬、暴風雨が吹き荒れて早川の堤防が切れ、小田原市内は洪水に襲われてしまう。三好達治の家は鴨居にまで水につかった。翌朝、三好が水を漕いで安吾の住んでいた家をたずねてみると、濁水に流されて跡形もなくなっていた。以下、三好の回想記「昔ばなし」によると、「数日たって、安吾からはじめて葉書が来て、夜具と、それからいつぞや貴君にお貸しをした親父の『北越詩話』とを、某々所に送りとどけて貰いたいという文面であった。

こちらは目下後始末に忙殺されているから誰か引取人を寄越し玉へと、私は返書を認めた。寝具は天井に近い位置にしまってあったので、『北越詩話』とともに不思議に無事に助かっていた」

このとき、三好は相当にカッとしたようである。彼の世話で借りた家を断りもなしにおっ飛び出したきり、何の便りもよこさず、家賃まで払わせた上に、大水のあとゴッタ返しているときに、葉書一本で、布団を送れとはいったい何様と思っているのか。それで荷造りして送っている余力はない、だれか受取人をよこせ、と書いたまで。ところが安吾ときたら、九月二十日ごろに、二日酔い気味の妙ちくりんな手紙を蒲田の家からガランドウに出している。

《(前略)三好氏のこと、そのフトンは押入の一番下の一枚がそうなのですが、もし又、言って来たら、家の釘づけをあけて、出してやって呉れませんか。万事宜しくお委せ致したく、どうなりと、やって下さいますよう。

どうもすこし、呑みすぎて、元気欠乏、そのうち颯爽と小田原へ戻って、大いに、新鮮な空気をすいたく、万々、帰小、御面会の折り。どうも三好という人は、くだらないことに神経を使うので、面倒くさくて困る次第。君にまで手数をかけるのは申訳ないが、もし又、面倒なことを言って来たら、御苦労様でも、例の釘づけをといて、先方の勝手にさせておいて下さい。》

これでみると早川畔の借家は流されることなく釘づけのまま、無事に建っていたらしい。三好の「跡形もなくなって」はいったいどういうことなのか。しかも翌十七年に書かれた傑作短編「真珠」によると、ドテラと夜具は洪水で水びたしになったものの、ガランドウがそれを預かって乾してくれた、ということになっている。話がチグハグでいささか閉口するが、安吾の夜具と、ついでにドテラをめぐって、三好との間に何やら行き違いがあったことはたしかのようである。それにしたって、「くだらないことに神経を使う」なんて、三好にいえた義理かよ、と師匠といえども反省を促したくなる。

ところで、このドテラであるが、安吾は十月と十一月の二度、小田原に取りにいったらしい。「真珠」にそう書かれている。《ところが、当時は、まだドテラの必要な季節ではないから、つい面倒になって、いつもドテラを忘れて戻って来た》。これが結果的に、かの十二月八日の開戦の日を、ガランドウの家で迎えることにつながったのである。ドテラで一席やりたいが、その前に、文壇的話題を一席やらなければならない。

ニッポン文士戦場をゆく

対米英戦争は十二月八日からはじまったが、軍部が「戦争必至」と覚悟と決意とを決めたのは、それ以前の十一月初めのことである。正確には十一月五日の御前会議のあとといえる。それは十六年に入ってから三回目の御前会議であった。この日、会議終了後、軍令部総長永野修身大将から瀬戸内の戦艦長門にあった連合艦隊司令長官山本五十六大将に、大海令（大本営海軍部命令）が発せられた。自存自衛のために十二月上旬を期して米英およびオランダとの開戦を予期し、作戦準備を完整せよ、というものである。翌六日、陸軍も南方派遣軍を編制し寺内寿一大将を総司令官に任命する。ともに大元帥陛下の統帥命令によった。

以上は、今日においてはもう、厳然たる歴史的事実として周知のことなんであるが、当時は最高の国家機密であった。日本人の多くはキナ臭さは感じていたものの、一カ月後に国家の命運を賭した大戦争がはじまるとは思ってもみなかった。そこへ突然、十一月初旬から下旬にかけてのある日、作家や評論家のもとに〝白ガミ〟がドシドシ送りつけられたのであるから、これはもう大変な騒ぎとなる。受け取ったものはもちろん、いまだ届かざるものまで戦々恐々となった。軍隊への召集令状を赤紙といったのにたいして、当時は徴用令状を白紙といったのである。

昭和十三年の第七十三議会において可決、成立した国家総動員法第四条には、「政府ハ戦時ニ際シ国家総動員上必要アルトキハ勅令ノ定ムル所ニ依リ帝国臣民ヲ徴用シテ総動員業務ニ従事セシムルコトヲ得」とある。国民徴用令はこれにもとづいて立法化され、勅令第四五一号として、昭和十四年七月七日に発令された。白紙はこの法令にもとづいて発せられるものである。

文学史上いくらかは大事と思うので、白紙を受け取った作家たちの名をあげておく。

▼マレー、シンガポールへ

会田毅、秋永芳郎、井伏鱒二、大林清、小栗虫太郎、海音寺潮五郎、北川冬彦、小出英男、堺誠一郎、里村欣三、神保光太郎、寺崎浩、中島健蔵、中村地平

▼ジャワ・ボルネオへ

阿部知二、浅野晃、大江賢次、大木惇夫、大宅壮一、北原武夫、寒川光太郎、武田麟太郎、富沢有為男

▼ビルマへ

岩崎栄、小田嶽夫、北林透馬、倉島竹二郎、榊山潤、清水幾太郎、高見順、豊田三郎、山本和夫

▼フィリピンへ

石坂洋次郎、上田廣、尾崎士郎、今日出海、沢村勉、柴田賢次郎、寺下辰夫、火野葦平、三木清

これをもってしても、陸軍はもう十一月五日の御前会議で決められた「日米交渉が十一月末日までに不成立の場合」には開戦する、逆にいえば、十一月中に交渉成立の場合は戦わず、にまったく期待をかけていなかったことを物語っている。とにかく早手回し

なのである。（ちなみに海軍のほうは開戦後に負けてはならじと、文士徴用令を発している。メンバーは石川達三、井上康文、海野十三、角田喜久雄、北村小松、桜田常久、丹羽文雄、浜本浩、間宮茂輔、湊邦三、村上元三、山岡荘八の十二名である）

　このあと、噂が乱れ飛んだ。徴用には「心」のついた徴用、すなわち〝赤い〟文士を懲らしめるために引っ張った、ということがしきりにいわれた。しかし、それはまったくデマであった。なぜならば、〝赤い〟といわれた『現代文学』同人で白紙を貰ったのは北原武夫と豊田三郎の二人だけ。もしも弾圧がわりの懲用ということなら、もっと適当な人々が同人のなかにはいたのではないか。中島健蔵が書いている。

「戦後になって、僕も多少は調べてみたが、懲用的な意味については噂にすぎないように思う。徴用関係は一般には厚生省の所管で、東京都が委嘱をうけてその事務を担当していた。文化人の場合は、参謀本部のある人間が、中央公論や改造や文藝春秋の古い目次のなかから、これはという基準もなくチェックしていった、というのが真相のようである」

　徴用された怨念（?）のある人の調べであるだけに、信じてもよかろうか。それにしても、これという基準もなく、雑誌の目次から手当たりしだいに徴⃝印をつけられた人こそ災難なことであった。もっとも、白紙を受け取ったものの、健康上の理由で特別に勘弁してもらった人もあったらしい。太宰治と島木健作は間違いなく免除組である、と作家の野口冨士男さんから聞いた覚えがある。そのとき、野口さんは「むしろ白紙の来たことが花形作家の折り紙をつけられたことを意味していましたな。そんな時代でしたよ」と面白い見方もつけ加えてくれた。

われらが安吾さんには残念ながら（？）白紙が来なかった。その理由は、まさに中島の調査によって明らかならん。『中央公論』や『改造』や『文藝春秋』の目次をいくらひっくり返したって、坂口安吾のサの字もない。参謀本部の若造参謀どもに、安吾の人と文学の素晴らしさがとうてい理解できるはずはない。目次にしばしば出る流行作家が〝一流〟くらいにしか考えていない。ただし、もしも「死と鼻唄」が彼らの目に入っていたら？……のゾクッとするような恐怖は、いまになって、ヒシ、ヒシと感ぜられてくる。

何はともあれ、文士を〝大東亜共栄圏〟に大量に送りこんだところで、日本人を奮起させたり、使命感を燃え上がらせたり、といった役立つような作品は、なに一つとして生まれてこなかったのが事実。あらゆる意味において、文士徴用は大いなる浪費であり愚挙であった。

十二月八日の焼酎の味

十二月八日午前七時、ラジオは臨時ニュースを流した。

「大本営陸海軍部午前六時発表——帝国陸海軍は本八日未明、西太平洋においてアメリカ、イギリス軍と戦闘状態に入れり」

それはもう凍(い)てついた朝であった。月曜日、わたくしには、こんなに寒いのに学校へ行くのなんか堪(たま)らないな、と思った記憶がある。が、大人の日本人はみんな奮い立って寒さを忘れてしまっていた。一日中、ラジオは陸に海に勝利のつづくことを伝え、軍艦マーチと愛国行進曲、それから、

〽敵は幾万ありとても
すべて烏合(うごう)の勢(せい)なるぞ
…………

（「敵は幾万」作詞＝山田美妙　作曲＝小山作之助）

の曲を流しつづけた。夕刻になって、わが機動部隊から飛び立った飛行機三百五十三機の完全奇襲により、真珠湾に在泊した米太平洋艦隊の戦艦群がほぼ全滅せりの放送があったときには、日本中の興奮はその極(きわみ)に達した。

日本の文学者三人ほどのその日の感想を列記してみる。

高村光太郎（詩人）「ハワイ真珠湾襲撃の戦果が報ぜられていた。……私は不覚にも落涙した。国運を双肩に担った海軍将兵のそれまでの決意と労苦を思った時には、悲壮な感動で身ぶるいが出たが、ひるがえってこの捷報(しょうほう)を聴かせたもうた時の陛下のみこころを恐察し奉った刹那(せつな)、胸がこみ上げて来て我にもあらず涙が流れた」

亀井勝一郎（評論家）「この勝利は、日本民族にとって実に長いあいだの夢であったと思う。即ち嘗てペルリによって武力的に開国を迫られた我が国の、これこそ最初にして最大の苛烈極まる返答であり、復讐だったのである。維新以来我が祖先の抱いた無念の思いを、一挙にして晴すべきときが来たのである」

横光利一（作家）「戦いはついにはじまった。そして大勝した。先祖を神だと信じた民族が勝ったのだ。自分は不思議以上のものを感じた。出るものが出たのだ。それはもっとも自然なことだ。自分がパリにいるとき、毎夜念じてた伊勢の大廟を拝したことが、ついに顕れてしまったのである」

そして、この日の安吾さんである。すでに書いたようにこの朝は小田原のガランドウの家で目を覚ました。ここにいるわけは、すっかり寒くなって、さすがにドテラが必要になったから取りにきていたのである。東京を出るとき大井広介夫人から「何かお魚を買ってきてくださらない」と頼まれている。短編「真珠」にも書かれているが、それは次章に回して、ここでは例によって例のごとく「ぐうたら戦記」のほうを採用すると、ガランドウのカミさんに戦争勃発のことを教えられたが、少しも動ずることなく、午前中いっぱい本を読んでいて、正午五分前に外へでる。世はなべて平穏。床屋で髭を剃ってもらっているときに、ラジオのニュースでやっと正式に戦争勃発のことを知る。

《私が床屋から帰ってくると、ガランドウも箱根の仕事先から帰ってきて（彼はペンキ屋だ）これから両名はマグロを買いに二宮へ行こうというのだ。私はドテラもとりに来たが魚も買いにきたのだ。してみると、そのころからすでに東京では魚が買えなくなっていたらしい。》

ガランドウが仕事から帰ってきたが、戦争なんてどこ吹く風。そして大井夫人の註文に応ずるため、彼が二宮の友人の魚屋に無理に頼んでくれたので、このあと二人でバスで二宮へ行き、魚屋で焼酎を御馳走になり、安吾はすっかり酔っぱらってしまう。

《ちょうど夕方で、オカミサン達が入れ代り立ち代り買いに来て、異様な人物が二人店先でマグロを食って焼酎をのんでいるから、驚いて顔をそむけている。》

当り前である。この国難到来のときに、吾不関焉と二人の大男が酔っぱらっているのである。そして安吾はふらふらしながらこのあと魚をぶら下げて東京へ戻る。これがわが師匠の十二月八日の一部始終である。

何が起こってもピクともせず、夕陽を浴びながら酒に酔っぱらっているガランドウと安吾。それにしたって、わが師匠の戦争開始のこの日の感慨は何もなかったのであろうか。さにあらず、

《尤も私は始めから日本の勝利など夢にも考えておらず、日本は負ける、否、亡びる。そして、祖国と共に余も亡びる、と諦めていたのである。だから私は全く楽天的であった。》

「ぐうたら戦記」は戦後の執筆ながら、とくにウソを書くとは思えない。開戦と同時に、安吾さんはほんとうに亡びを承知していたのであろう。

＊8 「ラムネ氏のこと」について一言。これはすこぶる楽しいエッセイ（いや、小説かな）である。とくに小林秀雄、島木健作、三好達治たちと、一杯やりながら侃々諤々の議論を戦わせる場面がいい。ラムネ玉の発明者から、フグ中毒の話、毒茸のこと、それらが人間の食いものとして料理になるまでの歴史……と話題がひろがって、最後に戯作者とは何かにたどりつく。
《戯作者も亦、一人のラムネ氏であったのだ。チョロ〳〵と吹きあげられて蓋となるラムネ玉の発見は余りたあいなく滑稽である。色恋のざれごとを男子一生の業とする戯作者も亦ラムネ氏に劣らぬ滑稽ではないか。然し乍ら、結果の大小は問題ではない。フグに徹しラムネに徹する者のみが、とにかく、物のありかたを変えてきた。それだけでよかろう。》
近代日本はそうした生命がけで愚に徹した人たちによってつくられてきたのである。人が事を成すには、その覚悟こそが大事なのである。戦時下のギスギスした世情にあって、この文士たちの悠々閑々ぶりは尊くもあり羨ましくもある。

第七章

チンドン屋と九軍神

——昭和十七年

「大東亜戦争」と命名

　昭和十六年十二月、真珠湾奇襲攻撃とマレー半島上陸の両作戦で戦端がきられた対米英戦争は、緒戦においては日本陸海軍の快進撃をもっておし進められた。

　されば、この戦争の呼称をどうすべきか、政府と陸海軍の指導者の間で大いに論じられた。海軍側はごく自然に広い太平洋を戦場とする大戦争であるゆえに、「太平洋戦争」が至当と考える、と提案した。政府筋からは「日清戦争」「日露戦争」のように戦争の相手国という意味で、「対米英戦争」でいいのではないか、という意見も出される。ところが、陸軍は強硬に「大東亜戦争」でいくべし、と主張する。

「今次の対米英戦は支那事変をも含めて大東亜戦争と呼称す。即ち大東亜戦争と称する所以は、大東亜新秩序建設を目的とする戦争なることを意味するものにして、戦争地域を大東亜のみに限定する意味に非ず」

　この勝ちに奢ったような陸軍の主張がとおって、「太平洋戦争」は捨て去られ、「大東亜戦争」の名称が十二月十二日に閣議決定する。「大東亜のみに限定しない」とは、これからインドに進出し、さらに中近東へ進出、同盟国ドイツ軍と地中海のほとりで握手する。ついでにいえば、ソ連のシベリアも大東亜の一部なりで、いずれここにも侵攻し、占領する。そんな大構想、というよりは壮大な夢というべきものが「大東亜戦争」の呼称にこめられているのである。とにかく陸に海に連戦連勝、無敵皇軍なのである。開戦の勅語にあった「自存自衛のため」などという切羽詰まった気持、緊張感はいつの間にか吹き飛んでいた。

そして昭和十七年が明け、二月には英国の牙城シンガポールが陥落、アジアからイギリスの勢力が追い払われた。祝意を奏上する木戸幸一内大臣に昭和天皇はいった。

「つぎつぎに戦果があがるについても、木戸には度々言うようだけど、まったく最初に慎重に十分研究したからだとつくづく思う」

天皇が喜ぶ以上に、軍部は鼻高々となる。政府もこれに同調する。さらにそれ以上に、日本国民は有頂天になり、日の丸の旗行列、提灯行列と賑やかに戦勝を祝いつづけた。

しかし、事実は、そんなに手放しで喜んでばかりはいられないのである。基本的な資源がまったくなく、もともと国力のない日本である。何から何までが不足ばかり。それで、たとえば、「欲しがりません勝つまでは」「ぜいたくは敵だ」のスローガンのもと、この年の一月二十日、国民に衣料切符が交付されることになった。都市居住者は一年に百点、郡部の居住者は八十点、この点数の範囲内で衣料品の購入が認められる。それ以上はアカンということになった（ただし結婚する女性は別に五百点とくに増配される）。

背広三つ揃え五十点、ツーピース二十七点、袷きもの四十八点、単衣二十四点、学生オーバー四十点、スカート十二点、ブラウス八点、ワイシャツ十二点、ズロース四点、セーター二十点、靴下二点、パジャマ四十点、毛布四十点、敷布団二十四点、掛布団三十六点、タオル三点。

飽食暖衣のいまの世の人には想像もできまいが、ざっと以上の如し。戦闘にいくら勝っても、日本国民の生活は窮屈になるいっぽうであった。

へし折られた煙管

窮乏ということでは、煙草もまた然り、煙草屋で思うままに買えなくなったのである。しかも、昭和十六年になったころから、空箱と引換え販売となり、さらに同年五月からは東京市内で、一人一個売りに制限されるようになる。

またまた世の動きをちょっとばかり長々と書いたが、さて、大の煙草のみの安吾さんの出番である。入手が窮屈になればなるほど、「煙草魔」の異名そのままに、煙草求めて何千里、といった盛んなる執着心を示し、足らぬ足らぬは工夫が足らぬ、とばかりに頭をひねって考えた。そして、安吾さんのやったことは、六十センチ以上もある長い長ーい煙管を、どこからかみつけてきたことである。

で、さっそく大井広介宅に『現代文学』の仲間を大井に頼んで集めさせる。徹夜で、例のゲームをとっかえひっかえやって、翌日夕方ごろに解散となって、皆がそれぞれ引き揚げて、安吾ひとりになる。すると、仲間ののみさしの吸殻を残らず拾い集める。しかる後に、この長い煙管を持ち出してきて、煙管の先のほうに吸殻を差し込んでうまそうにスパスパやりはじめるのである。

大井の推理によれば、

「大家にうまれた坂口は、貧乏しても潔癖な一面があり、吸殻を火鉢から回収するにはするが、不潔な気がするので、長い煙管で遠ざけて、スパスパやる趣向を案出した」

というのである。さもありなんか。

ところがある日、悲劇が起こった。安吾他出中に、大井の下の娘が、その煙管をみつけて、これを面白がって広くもない食堂で振り回したから堪らない。とにかくあまりに長すぎるのが因果で、左右の大きなガラスに雁首が当たって、二枚パチンと割れてしまう。大井夫人がカンカンになり、娘を叱るより八つ当たり気味に、これが悪の張本人なりとばかりに、煙管をポキポキポキとへし折ってゴミといっしょに捨ててしまったのである。

その日夕刻、それとは知らず戻ってきた安吾さん、例によって同人を集めて徹夜ゲームをやったあと、多量の吸殻にありついて、大いにプカプカやらんと、食堂の引き出しという引き出しをかき回したが、肝腎(かんじん)のものがでてこない。安吾は慌てふためいて家中をひっかき回す。

「何を、しているんだい?」

「キミ、大事な煙管がみつからないんだよ」

大男の青菜に塩のあまりのショゲッぷりに、大井もさすがに気の毒すぎて、真相を打ち明けるわけにはいかなかったという。

「日本文化私観」のタンカ

前にも書いたが、安吾さんは退屈男を自称しぶらぶらしているようにみえるけれども、なかなかの読書家であるし、歴史資料の探偵家でもあるし、また書くことが好きでもあった。国民が上(うわ)っ調子になっているこの年も、『現代文学』誌を主として幾つかの雑誌や新聞に作品を発表している。一月に「古都」(『現代文学』)、「文章のカラダマ」(「都(みやこ)新聞」)、二月に「ただの文学」(『現代文学』)、そして三月には安吾を論じてふれない人はない問題の「日本文化私観」を『現代文学』に書いている。

わたくしもすでに第四章で、いっぺん「日本文化私観」についてふれている。小菅(こすげ)刑務所やドライアイスの工場や、駆逐艦(くちくかん)やソ連戦闘機の「不要なる物はすべて除かれ、必要のみが要求する独自の形」に、郷愁をゆり動かす逞しい美があると、安吾が説いているという話を。どんなものか、ご記憶であろうか。

ここでもう一度、戦争下に書かれたこの物騒な反骨的なエッセイというか論文について書くことになる。

これが明治書房から昭和十一年十月刊行の、ドイツ人の建築家ブルーノ・タウト氏の『日本文化私観』（森儁郎訳）に触発されて書かれたものであることは定説になっている。ほんとうは『欧羅巴人の眼で見たニッポンの芸術』が原題であって、「私観」なる語は、訳者が考案した表題であったらしい。本はタイトルが大事という教訓になる。

それはともかく、安吾さんが度胸よく世の中に叩きつけたタンカは、だれもが引用するところであるが、いちばんの骨子はつぎのとおり。

《伝統の美だの日本本来の姿などというものよりも、より便利な生活が必要なのである。京都の寺や奈良の仏像が全滅しても困らないが、電車が動かなくては困るのだ。我々に大切なのは「生活の必要」だけで、古代文化が全滅しても、生活は亡びず、生活自体が亡びない限り、我々の独自性は健康なのである。》

《日本精神とは何ぞや、そういうことを我々自身が論じる必要はないのである。説明づけられた精神から日本が生れる筈もなく、又、日本精神というものが説明づけられる筈もない。日本人の生活が健康でありさえすれば、日本そのものが健康だ。》

《京都や奈良の古い寺がみんな焼けても、日本の伝統は微動もしない。日本の建築すら、微動もしない。必要ならば、新らたに造ればいいのである。バラックで、結構だ。》
《法隆寺も平等院も焼けてしまって一向に困らぬ。必要ならば、法隆寺をとり壊して停車場をつくるがいい。我が民族の光輝ある文化や伝統は、そのことによって決して亡びはしないのである。》

こうした安吾さんの文章から、ほとんどの論者が安吾の現実主義、合理主義、なによりも実利主義を読みとる。ブルーノ・タウトが、桂離宮は純正高雅、永遠なる美だと賞揚し、それに多くの日本人が「そうだ、その通りだ」と追従していっているが、ほんとうにそう思っているのか。永遠の美なるものがわかっているのか。いわゆる文化伝統とやみくもに賞賛されているものが、ひっかぶっているごくお上品な薄皮をひっぺがしてみたらどんなものか。大事なのはものの神髄をみること、と安吾はどんでん返しの論法で世にタンカをきったのである、と、ほとんどの論者はいうのである。

それはもうその通りなのである。わたくし如きがそこに異論をはさむ余地なんかない。でもネ、と、いくらかヘソ曲がり的な歴史探偵としては、角度を変えた見方がしたくなる。すなわち連戦連勝で沸き立っている戦時下日本への、そして日本人への、いかにも安吾さんらしい批評眼が「日本文化私観」の裏側に秘められていると。わたくしは勝手にそんな風に読んでいる。

安吾さんは「京都の寺や奈良の仏像が全滅しても困らない」「京都や奈良の古い寺がみんな焼けても、日本の伝統は微動もしない」「法隆寺も平等院も焼けてしまって一向に困らぬ」と、くり返しいっている。この不敵な言葉の底の底には、この戦争でそのようなことの起こる予感と覚悟がある。この戦争に勝利はないであろうと。理性的に推理していけばそうなる必然性があるとの、ゆるがぬ思想があったのであると。

バカも休み休みいえ、おヌシ、それは深読みにすぎるよ、と憫笑されるかもしれない。なるほど、安吾が太平洋戦争はいかに無謀で愚劣な政策決定によるものだ、とまで穿ったことを考えたと、そこまではいわない。けれども、少なくとも、この戦争の成り行きを常識的に考えれば、強大な軍事力をもつアメリカの航空機による日本本土空襲がきっとあることであろう、そう安吾さんが予測したといっても、それほど出鱈目とはいえないのではあるまいか。げんにわたくしの父はそういいつづけていた。また、開戦の日の午後も遅くなって、東京には敵機来襲の警戒警報のサイレンが鳴ったほどなのである。そして東京市民はあわてふためいたほどなのである。

ちなみに、昭和十六年十月二十四日付け、嶋田繁太郎海軍大臣あての山本五十六大将の手紙を紹介しておこう。開戦一と月とちょっと前に、連合艦隊司令長官であるその人が、米軍機による本土空襲を覚悟して書いているのである。

「……我が南方作戦中の皇国本土の防衛実力を顧慮すれば、真に寒心に不堪もの有之、幸に南方作戦比較的有利に発展しつつありとも、万一敵機東京大阪を急襲し、一朝にして此両都府を焼きつくせるが如き場合は勿論、さ程の損害なしとするも国論（衆愚の）は果して海軍に対して何といふべきか、日露戦争を回想すれば想半ばに過ぐるものありと存じ候」

つまり日本にたいして十倍以上の国力をもつアメリカとの戦争が、いかに無謀なものであるかということに、当時の普通に常識を持つ人なら、かならず気づいていたと考えていい。いわんや大常識人の安吾さんにおいてをや。

而して当のご自身は、そんな戦時下のおのれの運命をどう観じていたものか。再三になるが、「ぐうたら戦記」を引くことにする。

《私のように諦めよく、楽天的な人間というものは、凡そタノモシサというものが微塵もないので、たよりないこと夥しく、つまり私は祖国と共にアッサリと亡びることを覚悟したが、死ぬまでは酒でも飲んで碁を打っている考えなので、祖国の急に馳せつけるなどという心掛けは全くなかった。その代り、共に亡びることも憎んでおらず、第一、てんで戦争を呪っていなかった。呪うどころか、生れて以来始めての壮大な見世物のつもりで、まったく見とれて、面白がっていたのであった。》

こんなノホホンとしてあっさりした師匠につきあって、これからも太平洋戦争を悲壮がらずに、見世物見物のつもりでえんえんと楽しんで書いてゆかねばならないのであろう。

血に飢えた憎悪の眼

もうすこし「日本文化私観」にこだわって引用をつづける。それも太平洋戦争下の日本人論として読める部分である。

その昔、アテネ・フランセで学んでいたころ、コットという先生がおり、どちらかといえば《ニヒリストで、無神論者》であったのに、突然、死んだクレマンソー（第一次世界大戦時のフランスの首相）について沈痛な追悼演説をはじめた。それを冗談であろうと思って聞いていた安吾は、それが沈痛から悲痛になり、オヤオヤこの先生、冗談でないとわかり、呆気にとられて思わず笑いだしてしまう。すると、コット先生は《殺しても尚あきたりぬ血に飢えた憎悪を凝らして、僕を睨んだのだ。》そしてその後である。《このような眼は日本人には無いのである。僕は一度もこのような眼を日本人に見たことはなかった。その後も特に意識して注意したが、一度も出会ったことがない。つまり、このような憎悪が、日本人には無いのである。『三国志』に於ける憎悪、『チャタレイ夫人の恋人』に於ける憎悪、血に飢え、八ツ裂にしても尚あき足りぬという憎しみは日本人には殆んどない。昨日の敵は今日の友という甘さが、むしろ日本人に共有の感情だ。

凡そ仇討にふさわしくない自分達であることを、恐らく多くの日本人が痛感しているに相違ない。長年月にわたって徹底的に憎み通すことすら不可能にちかく、せいぜい「食いつきそうな」眼付ぐらいが限界なのである。》

いうまでもなく、第二次世界大戦ははじめた以上、徹底的に戦わねばならない国家総力戦なのである。途中での休戦はない。日本人にその戦闘を戦い抜ける資質があるのか。憎悪に徹しきれずすぐに憎悪を忘れることは、たやすく許しを乞うことと表裏一体である。そんなアッサリとした民族性をもつものが、欧米人のように血に飢え、たぎるような憎悪をもちつづけ、トコトン戦い抜くことを喜びとする連中を相手に戦争をはじめたのである。昨日の敵は今日の友なんて具合に、チョッコラチョイと握手なんかできないのである。

安吾さんは、そう観ずるがゆえに国家とともに亡びることを覚悟した。そうせねばならないときには国に殉ずるばかり。そのときが到来するまではのんびりとこの戦争を見物することにしたのである。

さらに、読むたびに思わずククククとなるところがある。それも、なんと、いちばん初めの一節。これをどうしても引いておきたい。

《僕は日本の古代文化に就て殆んど知識を持っていない。ブルーノ・タウトが絶讃する桂離宮も見たことがなく、玉泉も大雅堂も竹田も鉄斎も知らないのである。況んや、泰蔵六だの竹源斎師など名前すら聞いたことがなく、第一、めったに旅行することがないので、祖国のあの町この村も、風俗も、山河も知らないのだ。タウトによれば日本に於ける最も俗悪な都市だという新潟市に僕は生れ、彼の蔑み嫌うところの上野から銀座への街、ネオン・サインを僕は愛す。茶の湯の方式など全然知らない代りには、猥りに酔い痴れることをのみ知り、孤独の家居にいて、床の間などというものに一顧を与えたこともない。》

さてさて、タウトに喧嘩を売っているのに、ヌケヌケとあれも知らぬこれも知らぬでは、さすがのタウトも喧嘩の買いようもないではないか。と書いているこっちも師匠同様に盛り場のネオン・サインをもっぱら愛し、酒池肉林を好み、酔っぱらってすっ転んで手首の骨を折ったりしているのであるから、別に安吾さんにケチをつけていうつもりなんかない。でも、師匠よ、ちょっと不用意に筆にまかせて書きすぎておりますぞ。

泰蔵六は秦蔵六であり、玉泉は、ことによったら、タウトがしきりに推奨している浦上玉堂ではないか。タウトは、また、新潟市を俗悪な都市とはいっておりません。タウトは別の著書の、岩波新書『日本美の再発見—建築学的考察』のなかで、新潟市にあらず、富山市を「俗悪極まりない」とくさしているのでありまして、新潟市は「最悪の都会」といっております。

思わずクククとなるのはこのところで、安吾さんは予想以上に故郷想いなんであるな。もっとも、安吾さんは俗悪でも最悪でもおなじこと、くさされたことに変わりはない、と、頑としていうにちがいない。いずれにせよ、これを知ったら、タウトは、とんでもない故郷第一の酔っぱらいの日本文士にからまれた、とボヤくほかはなかったことであろう。

「魔性の歴史」のとき

昭和天皇に大そう信頼され、首相・海相の大任をしばしば負った海軍大将米内光政は、昭和十年代の歴史の流れを〝魔性〟と形容し、友人あての書簡のなかでこう書いている。「魔性の歴史は人々の脳裏に幾千となく蜃気楼を現し、時代政治屋に狂態の踊を踊らせ、人々を険崖に追いつめる。しかしいつかそれが醒めてくると、誰もが狂踊の場面を幻想したことを、現実の場面で展開されたことをまるっきり似もしない別物であることに気づいて、〝ハテ、コンナ積もりではなかった〟と、驚異の目を見張るようになってくる」

まさしく戦時下の日本は〝魔性〟にただただ流されていた時代であった。誰もが狂態の踊りを踊っていた。神国日本であり、天皇は現御神であり、われら日本人は「世界に冠たる」最優秀な民族であった。われらの使命は大東亜に新秩序を築き、そして共栄圏の建設を完成することにある。そのための聖なる戦さをいま戦いつつある。とにかく、こんな風にベタベタと装飾がついたスローガンばかりが叫ばれていた。そしてそれを日本人みんなが信じた。

昭和十七年新年号の各雑誌に、まことに面白い「決議文」が掲載されている。

「　決　議

畏くも宣戦の大詔渙発せられたり　洵に皇国の隆替　東亜興廃の一大関頭なり

吾等日本編輯者は　謹て聖旨を奉体し　聖戦の本義に徹し　誓って皇軍将兵の忠誠勇武に応え　鉄石の意志を以て言論国防体制の完璧を期す　右決議す

皇紀二千六百一年十二月十二日　日本編輯者協会　」

と、冷静な「現代史の目撃者」であるべき編集者までが、神がかりになっていた。そんな国をあげての大日本帝国賛美の渦中にあったときなのである。ブルーノ・タウトの日本美礼讃も、そうした神国礼讃ブームに乗って、優秀なる民族であることを証明するために大いに利用された気味がある。

そんな浮ついた風潮に安吾さんの「日本文化私観」は、官憲の厳しい監視の目も恐れずに、豪胆無類にも水を差したものとも言えたのである。

タウトは日本伝統美の極致として、龍安寺の石庭を賞賛し、深い孤独やサビの表現だという。そして、修学院離宮の書院の黒白の壁紙をも絶賛し、滝の音の表現だという。いやはや、まったくお節介にもそんな苦しい説明をして鑑賞のツジツマを合わせているが、情けないかぎりである、と安吾は突っぱねる。その上で喝破するのである。

《石の配置が如何なる観念や思想に結びつくかも問題ではないのだ。要するに、我々が涯ない海の無限なる郷愁や沙漠の大いなる落日を思い、石庭の与える感動がそれに及ばざる時には、遠慮なく石庭を黙殺すればいいのである。無限なる大洋や高原を庭の中に入れることが不可能だというのは意味をなさない。

芭蕉は庭をでて、大自然のなかに自家の庭を見、又、つくった。彼の人生が旅を愛したばかりでなく、彼の俳句自体が、庭的なものを出て、大自然に庭をつくった、と言うことが出来る。その庭には、ただ一本の椎の木しかなかったり、ただ夏草のみがもえていたり、岩と、浸み入る蟬の声しかなかったりする。この庭には、意味をもたせた石だの曲りくねった松の木などなく、それ自体が直接な風景であるし、同時に、直接な観念なのである。そうして、龍安寺の石庭よりは、よっぽど美しいのだ。》

オイオイ、またしても深読みに過ぎるぞ、といわれるのを覚悟でいうのであるが、安吾のいわんとしているのは、美の世界だって戦争の世界だって、余計な装飾的な観念も思想も要らない、ということならん。要らざるものがベタベタくっつけられて、それに騙されて踊らされて、正しさを見抜く眼を曇らせてはならない。何事であれ、闊達自在にものを見て、美しいと思うものは美しいとすればいいし、正しいものは正しいとしなければならないし、死ななければならないときは死ねばいいのである。

安吾さんのスパッと切って捨てたようなこの文章を読めば読むほど、ほんとうに気分爽快となって、われもまた庭を出て大自然のなかに躍りいでんと、いつも思う。

「文章のカラダマ」

以下は付録としてつけ加えておく。それは、安吾さんがこの不敵きわまるエッセイを発表して二カ月後の、十七年五月のことである。内閣情報局と大政翼賛会からの勧めと奨励によって、文学者も大同団結せねばならなくなった。国家総力戦である太平洋戦争下においては日本国民は全員が一丸となって戦うことを要求され、それは文学者も例外でなかったからである。

それで結成されたのが「日本文学報国会」で、十七年六月十八日にその発会式が日比谷公会堂で華々しく開催された。文学者だけではなく、友好団体のメンバーや学生も参加した。このため三千名以上収容しうる日比谷公会堂が超満員。ただし、安吾さんの姿はそのなかにはない、念のため。

徳富蘇峰が会長に選ばれ、各界代表が宣誓をしている。小説界・菊池寛、短歌界・太田水穂、評論随筆界・河上徹太郎、俳句界・深川正一郎、現代詩界・尾崎喜八など。

そして最後に吉川英治が「文学者報道班員に対する感謝決議」を提唱して読み上げた。

「……銃後われ等同僚、同田同耕の士もまた今日無為なるに非ず。文芸文化政策の使命の大、いまや極まる。国家もその全機能をわれ等に求め、必勝完遂の大業もその扶与をわれ等に命ず。……」

当時は、これがいとも荘厳に公会堂内に響き渡ったという。そこに列席していた巌谷(いわや)大四(だいし)氏から聞いた話である。銃後にある文学者よ、率先して国家に協力せよ、必勝完遂をめざせ、と、およそ戦士にはふさわしくない痩(や)せっぽちの小柄な作家の獅子吼(ししく)に、集まった文学者諸氏は絶大なる拍手を送ったともいう。

ところが、じつは、愉快きわまることが安吾さんによってその直前に主張されていたのである。都(みやこ)新聞の一月八日づけ発表の「文章のカラダマ」と、五月十日づけの発表の「文芸時評」に、何と文学者の報道班員としての戦地派遣などおよそクソの役にも立たんといわんばかりに、安吾さんは男は度胸を地でゆく堂々たる一席をやっているのである。

《……現在日本に行われている特派員の報道や戦争文学の多くのものは決して右の如き(注・事実のみが語られている)ものではない。事実はツマで、文章のみの感が多く、ダ、、という機銃の音などの描写のみに入念で、事実を伝えるに先立って先(ま)ず感傷を押売りにする。……皇軍の戦果の偉大さに比べて、感傷過多の報道は、その貧しさに於て傷(いた)ましすぎるものがある。同時に、この種の感傷過剰の報道に満足する読者も、新東亜の建設を双肩に担う文化人として、その貧困さを内省すべきではないかと思う。》（「文章のカラダマ」）

《弾が飛んできた。ハッとした。頭をさげた。心臓がドキドキした。こういう事実を如何ほど実感のこもった筆で書いてみても、戦争という雄大な構想の中では余りに貧弱なことである。戦争とは何ぞや。生死とは何ぞや。……然し乍ら、戦争の心臓部ともいうべきものを託されていない文学者が、歴史の非情に身を置いて雄大な戦記を構想することが出来ないのは当然だと言わねばならぬ。文学者が「ガリヤ戦記」を書き得ぬことは、やむを得ぬ。》（「文芸時評」）

ただし、念のために書いておくが、流行作家でないゆえにさっぱりお呼びのかからない安吾さんは、従軍作家や徴用作家の連発してみせている「カラダマ」（空弾）さえ撃てない立場にあるのである。したがって、吉川英治氏あたりがこの文書を読んだら、「何をぬかすか、この非国民め」と一喝したであろう。でも、真実の話、従軍作家の書いたものはほとんどカラダマであったように思えてならない。

いずれにせよ、熱に浮かれて大同団結し、一致協力したお仲間にはソッポをむいて、安吾さんは太平洋戦争をたった一人で戦っているのである。いや、見物していたのである。

殉忠古今に絶する九軍神

昭和十七年三月六日午後三時、大本営海軍部は真珠湾攻撃に特別攻撃隊として参加した特殊潜航艇五隻の戦いをはじめて明らかにした。

前の年の十二月八日の真珠湾攻撃のことは、とくに航空部隊の奮戦のことは直後に大きく発表され、そのなかに「我が方の損害、飛行機二十九機、未だ帰還せざる特殊潜航艇五隻」とあった。ところが、その後、潜航艇のことにふれることなくすでに三カ月が過ぎ、それとなく噂になっていた。それがこの日やっと、九名の特殊潜航艇の乗組員の氏名と、その武勲とともに二階級進級の光栄のことが発表されたのである。いわゆる「九軍神」である。

発表にさいして、海軍省記者クラブ・黒潮会の新聞記者からは質問はほとんど出なかったという。五隻に九人という半端な数字に疑問を抱くものはだれもいなかったのであろうか。連戦連勝でつぎつぎにあがる大戦果、そんなときに捕虜になったものが一名いるなどと考えることは、あまりにも不埒にすぎることであったのであろう。

当時、海軍省づめ同盟通信の記者であった荒川利男の日記が残されている。

「午後八時から行われた海軍報道部課長平出大佐の放送は真珠湾港、奥深く突入して悠々巨艦を撃沈した若桜たちの言行を感銘深く紹介したばかりでなく、その勇敢きわまる戦闘ぶりをも彷彿たらしめたが、声は次第に曇って最後にいたり、もはや報道は終わったかと思われるほどの沈黙がつづいた。恐らくはマイクの前で泣いていたのかもしれない。涙のにじんだような声がようやく再び聞こえて、感激的な放送は終わった」

　こんな大感激の調子であるから、この「大本営発表」は翌七日の各新聞で大々的に報道される。たとえば、朝日新聞は第一面のすべてを埋めてこれを伝えている。

　殉忠古今に絶す軍神九柱／偉勲輝く特別攻撃隊

　今ぞ征く水づく屍／敵艦底へ肉薄の猛襲

　九勇士二階級を特進

　こんないくつもの見出しが、特大、大そして中の活字となって紙面に躍っている。さらに三面には、海軍の長老の鈴木貫太郎大将や末次信正大将たちの談話にまじって、連合艦隊司令長官山本五十六大将の手紙が載せられている。

「……ハワイに飛込みたる特別攻撃隊にいたりては未だ十分申上ぐべき時期に至らざるも……少くも戦艦一隻を撃沈したることは明瞭にして、兵学校卒業一年前後の若武者どもを加うるこの決死隊が、敵艦に突入してこの成果を揚げたるを思えば、いまの若い者はなどと口はばったきことを申すまじきこととしかと教えられ、これまた感泣に堪えざることに御座候……」

　吉川英治も「人にして軍神――あゝ特別攻撃隊九勇士」という文章を寄せて、

「自分のいのちを捨てにゆく柩を自分で設計していたという科学精神と純忠の濁りなさに至っては、その清さ、気高さ、気健て、麗しさ、勇しさ、床しさ、言語に絶する」と、思いつくかぎりの言葉を並べて褒め讃えている。

また倫理学者の古川哲史の恐れ入るほどすさまじい文章も八日の新聞に載っている。「葉隠の輝かしい実践であり、更に生還を期しない艇人一体の猛襲こそ『刀折れ手や肩を切り落されても首の十や十五は喰い切り申すべく候』の葉隠の徹底的実行精神を如実に顕現したものである。今度の壮挙こそ肇国以来三千年、鍛えに鍛え、磨きに磨いた民族精神が人にして人でない、軍神九柱によって顕現されたと見るべきだ」

やがて「大東亜戦争海軍の歌」がつくられて、これまた歌え歌えと上からいわれて大いにはやった。ということになっているが、わたくし自身は覚えてはいない。これも生来の音痴のためならんか。特殊潜航艇に関係のある二番の歌詞を引くことにする。

〽あの日旅順の閉塞に
命捧げた父祖の血を
継いで潜った真珠湾
ああ一億はみな泣けり
還らぬ五隻九柱の
玉と砕けし軍神

短篇「真珠」の発表

と、いまさら要らざることかなと思いつつ、九軍神のことを書いてきたが、やっと安吾さんの登場である。安吾には、この九軍神を主題にし、かつよく読まれている短篇小説がある。十七年六月号の『文芸』に掲載された「真珠」で、これは、

《十二月八日以来の三ヶ月のあいだ、日本で最も話題となり、人々の知りたがっていたことの一つは、あなた方のことであった。

あなた方は九人であった。》

と、特別攻撃隊の「軍神」九人に呼びかけるようなシャレた文体ではじまる、一種の私小説といってよかろうか。

いま考えてみると、せっかく海軍中央が笛や太鼓で大々的に「軍神」に祀りあげた勇士九人を、つまり神様に向かって「あなた方」と呼ぶこと自体が不敵千万といってもよろしかろう。いかにも安吾さんらしい発禁も検閲もくそ食らえの度胸のよさである。

そしてまた、すでに書いたように、安吾はドテラをとりにいった小田原の看板屋ガランドウのところで、対米英戦争開戦の十二月八日を迎えている。その日のグウタラぶりのことは、のちの「ぐうたら戦記」よりも、この小説にシッカリと詳しく描かれている。つまり、どこから見ても褒められることはコレッポッチもない、八方破れの生き方をし

ている小説中の「僕」。その僕が看板屋の二階で何も知らずにグウグウ白河夜船を漕いでいるとき、かの九人の勇士「あなた方」は真珠湾内への必死の突撃行を敢行していたのである。それをあざやかに対比してぬけぬけと書く発想はすばらしいが、これも考えようによっては重大な時局を屁とも思わない大胆不敵なことならん。

国家の動静なんかいっさい我不関焉で、「僕」は徹底的にグウタラのだらしなさなのである。いっぽう「あなた方」はまるで遠足にでも行くように真珠湾へ、いや、国のためという純粋な気持で、「死」というものを忘れて、悠然として死んでいった。

安吾の書きたかったのはまさしく「戦争と死」ということについてであった。第六章でエッセイ「死と鼻唄」にふれたが、あのときいらい終始一貫して、この「真珠」でも同じ主題で書いているのである。《パリジャンは諧謔を弄しながら鼻唄まじりで出征するし、ヤンキーときては戦争もスポーツも見境がないから、タッチダウンの要領で弾の中を駈けだしそうに思ったのだ。》と。しかし国家存亡の大戦争がはじまって宗旨を変えざるをえなくなった。

《人間が死に就いて考える、死に就いての考というものが、平和な食卓の結論ほど、単純無邪気ではなかったのである。人は鼻唄まじりでは死地に赴くことができない。タッチダウンの要領でトーチカへ飛びこめるほど戦争は無邪気なものではなかった。》

そう考えを改めた安吾は、いや、この戦争でおのれも死ぬことになると覚悟をきめた安吾さんは、九人の若者のすすんで自分で選びとった死にグサッと胸を刺されたのである。心から感動したのである。死と真っ直ぐに向き合って、死を乗り越える、ではなく、死を忘れてしまって突っこんでいく。まさに、九人の「あなた方」はそれができた人びとと、安吾は感じとった。もう一つ大きくいえば、安吾さん自身がそうした「死を忘れられる」境地を求めていたから、こんなすばらしい小説が書けたにちがいない。

平出大佐の張り扇の講釈

実は、つい先日までわたくしはこの「真珠」についてはそう思っていたのである。ところが話ははなはだしく違って、前言訂正とまではいかないまでも、いまは自分でいささか面食らっているところがある。そして、師匠よ、海軍報道部の針小棒大の宣伝にものの見事にひっかかっておりますぞ、もう少しタンテイ眼を見開かなければいけなかったのでありますぞ、と無念に思う気持のほうがはるかに強まっている。

というのも、かの九軍神のことを少々調べてやろうかと、新聞の縮刷版を引っ張り出したら、アレレレ、何だこれは、と椅子から転げ落っこちそうな事実にぶつかってしまったからである。

まず、「真珠」のサワリというべきところを。

《あなた方は、いわば、死ぬための訓練に没入していた。その訓練の行く手には、万死のみあって、万分の一生といえども、有りはしなかった。あなた方は、我々の知らない海で、人目を忍んで訓練にいそしんでいたが、訓練についてからのあなた方の日常からは、もはや、悲愴だの感動だのというものを嗅ぎだすことはできない。》

つづいて、十七年三月七日の朝日新聞に載った海軍報道部の課長平出英夫大佐の談話をご覧あれ。先にふれたように、これは六日の夜のラジオで、大佐が涙ながらに放送し国民に感動を与えた名調子のもの。

「この攻撃は発表にもあります通り、岩佐中佐以下、数名の将校の着想に基くものでありまして、自ら工夫をこらし、一朝有事の節はこれをもって報国の本分を尽したいものと、人力をもっては至難と思われるこの大壮挙を案出致したのであります。爾来数箇月というもの自分達の攻撃に万に一つも失敗あってはならぬと、人目を忍んで訓練に訓練を重ね、言語に絶する苦心をつづけたのであります」

同じく「真珠」の泣かせどころを。

《あなた方は、ただ敵の主力艦に穴をあけるだけしか考えることがなくなっていた。それすらも、満々たる自信があって、すでに微塵も不安はないという様子である。「お弁当を持ったり、サイダーを持ったり、チョコレートまで貰って、まるで遠足に行くようだ」とあなた方は勇んで艇に乗込んだ。然し、出陣の挨拶に、行って来ます、とは言わ

なかった。ただ、征きます、と言ったのみ。そうして、あなた方は真珠湾をめざして、一路水中に姿を没した。》

ならべて平出大佐の講談的な張り扇の名調子を、もういっぺん。

「ある酒好きの勇士に対して、戦友が『大戦果をあげて帰ってくれ、その時は大いにやろうぜ』と励ませば、ニコ〳〵しながらいつもの通りの『ウム飲もう』とは一回も口に出さなかったようであります。この勇士達は『帰る』とか『万一にも生きて』という如き言葉は口にすべきでないと考えていたのでありましょう。……やがていざ出発の時刻です。普通の出陣には『行って参ります』と上官に申告するのでありますが、その日勇士たちは『何何中尉、あるいは何何少尉ただいまより征きます』と力強く述べ、『行って参ります』とはいわなかったのであります。

『しっかり頼むぞ』『大丈夫だ』……この時に及んで、なお出で立つ勇士達は自若たるもので、年若い一士官は『お弁当を持ったり、サイダーを持ったり、チョコレートまでもらって、まるでハイキングに行く様な気がする』と勇んで乗り込んだといいます。この若い勇士の胸のうちに、その時チラッと幼かった頃の楽しい遠足の思い出が浮かんだのでありましょう」

もう一つ、「あなた方」の真珠湾内で必死の魚雷攻撃の場面を。

《あなた方の幾たりかは、白昼のうちは湾内にひそみ、冷静に日没を待っていた。遂に、夜に入り、月がでた。あなた方は最後の攻撃を敢行する。アリゾナ型戦艦は大爆発を起し、火焔は天に冲して灼熱した鉄片は空中高く発散したが、須臾にして火焔消滅、これと同時に、敵は空襲と誤認して盲滅法の対空射撃を始めていた。》

平出大佐節の一節は。

「遂に夜に入り月の出を待って強襲を敢行します。我が一艇は昼間攻撃による損傷の少い敵主力艦は無いかと探し索めて肉弾接近して行きます。見れば敵艦の巨体は月光を浴びてくっきりと影像となり、攻撃の好目標です。……見敵必殺の精神をこめた襲撃に狂いはありません。轟然たる爆音が湾内をふるわせ数百メートルの火の柱が一時天を焦します。と見るや、白波を蹴って悠然司令塔が水上に浮かびでました。沈着大胆……」

さらには、《魂のこもった魚雷である。魂が今敵艦に走っている。彼等は耳をすます。全てが耳である。爆音。見事命中した。すると、より深い沈黙のみが暫く彼等を支配する。言葉も表情もないそうである。》と安吾さんは描いているが、これだって平出大佐の……とやらねばならぬが、もはや大佐の駄文を写す気力も失せたので省略する。ほかに情報はないからやむをえないけれども、ここは残念ながら、師匠のタンテイ眼の不足なり、と慨嘆するほかはない。というわけで、この小説にたいする昔ほどの感激はいくらかは減少しているのである。

でも、「真珠」のラスト数行はスバラシイ!

《あなた方は、汗じみた作業服で毎日毎晩鋼鉄の艇内にがんばり通して、真珠湾海底を散る肉片などに就ては、あまり心を患(わずら)わさなかった。生還の二字を忘れたとき、あなた方は死も忘れた。まったく、あなた方は遠足に行ってしまったのである。》

安吾さんは、この亡国の戦争下にあるおのれの覚悟をここに語っている。まるで遠足に行くような気持で「死を忘れて」自分も死ぬつもりであったのである。

「チンドン屋」とその下請け

平出大佐という軍人は、弁舌も文章も風采(ふうさい)（実はかなり女たらしであったらしいが）も、どこから見ても、講釈師としてみれば一流とはいえず、陳腐(ちんぷ)もいいところである。それがなにゆえ張り扇で一席ぶったのか。

折も折から、日本海軍の緒戦からの大活躍は一段落し、代わって日本陸軍の快進撃が東南アジアの諸地域に展開されていた。三月十日攻略を予定する蘭領ジャワ（現・インドネシア）作戦は、今村均中将が率いる第十六軍は三月一日に敵前上陸、作戦はスムーズに進んで、五日には首都バタビア（現・ジャカルタ）、およびスラバヤを占領する。そして九日、オランダ軍など六万人が全面降伏する。また、四月二十九日を予定していたビルマ（現・ミャンマー）の首都ラングーンも三月八日に陥落と、とにかく作戦計画よりも早い華々しい大戦果がつづいているのである。かくなっては、畜生ッ、陸さんに負けてたまるかと、つねに陸軍に張り合っている海軍の腹中の悪い虫がうずきだす。さっそく軍艦マーチを高鳴らし、海軍報道部は絵空事でもいいから英雄をこしらえたくなってきた。そこに五隻の特殊潜航艇がいた！　そこでこれぞ名案とばかりに、初の軍神なるものを作り上げ、大向こうの喝采を呼び込もうとした。

五隻の特殊潜航艇が、海図上の知識しかない狭い水道に、夜間、計器だけを頼りにして侵入し魚雷攻撃など、とうてい無理な兵器であることは、海軍ではいわば承知のこと。捕虜となった元少尉の酒巻和男『捕虜第一号』によれば、動力源である蓄電池から漏れる水素ガスが艇内に充満し空気は濁り、明確な判断もできなくなる始末で、酒巻艇は湾口に達することさえできなかった。ほかの四艇も大なり小なり同様の悪戦苦闘、まったく戦果らしい戦果をあげることなく、海底に沈んだのである。そうした悲痛にして厳粛なる事実があっても、それをひた隠しに隠して、宣伝のためにやみくもに神様に押し上げる。それはかえって死者にたいして礼を失した行為になるのではないか、と思えるが、そんなこと勝ちに驕った海軍中央の知ったことではなかった。

こうした海軍中央の太鼓叩きの大宣伝に、遠く瀬戸内海にあった山本五十六長官は、幕僚に嘆きの言葉を洩らしている。

「報道なんか、静かに真相を伝えれば、それで充分なのだ。……報道部の考え方は、全然間違っている。世論の指導とか、国民士気の振作とか、口幅ったいことばかりしている」

　また、山本の親友の堀悌吉予備中将も、山本宛の書簡で大本営報道部を「あれはチンドン屋だよ」と皮肉っている。

　ついでに書くと、そのチンドン屋の下請けである新聞社は、ますます真相からはるかに遠い報道の発信に精を出す。たとえば朝日新聞は、それから間もなくして『特別攻撃隊九軍神正伝』なる本を発行し、その冒頭に平出大佐の講釈を麗々しくもう一度載せている。そして強引に頼まれて岩田豊雄（獅子文六）が、九軍神をモデルの連載の小説『海軍』を書き、第一回が朝日の紙面を飾ったのは、十七年七月一日からである。海軍報道部も新聞も、九軍神サマサマである。

　わが師匠が軍事的な諸事実からはるか遠くにいた存在で、何もご存じなかったのは仕方がない。責めるつもりなんか微塵もないが、「真珠」が十二月八日を書いた唯一といってもいい名作、とのこれまでのわが太鼓判は、真実に近づけば近づくほど、残念ながら捺したくなくなってくる。テーマは別にあるからいいではないか、とわかっていても、肝腎のその日の「あなた方」の言動が、ほぼ嘘っ八の作りものと考えられる。戦史を研究しているものとしては、やっぱりかなりの点数を引かざるをえない。

　それに目出たいような目出たくないような、バカ話がくっついている。翌十八年夏ごろに、「真珠」を中心に、これまでの作品をまとめた安吾の創作集『真珠』が大観堂から出版されることになったとき、内容が時局にそわない非国民的なものが多いということで、発売はまかりならぬ、との判定が、検閲をした海軍報道部から下された、という。青くなった大観堂主人が何とか初版だけは出さして欲しいと泣きこんだ。と、責任者の平出大佐が重々しくいったそうな。

「坂口安吾という小説家はそれほど貧乏しているのか。それなら、まあ、初版だけなら仕方がなかろう。特別に許可してやる」

平出大佐は、「九軍神を冒瀆（ぼうとく）し、まことに怪（け）しからぬ小説です」とか何とか部下に言われて読んでみたら、なんと、「真珠」には自分の大ボラがうまく採り入れられているではないか。そうとわかって、フムフム、これはいい小説だと、至極ご満悦の許可であったにちがいない。

刺し違え戦法による勝利

例によって、安吾さんとはまったく関係のない戦争の話を少々させてもらう。

およそ軍の注文に応じた戦記とは関係のない小説の「真珠」が、文学好きの間で話題になっているころ、十七年六月、ご存じのように太平洋のまん真ん中のミッドウェイ島の海域で日米の機動部隊が激突している。戦場にあった空母の数は日本四、アメリカ三。戦いが終わって残ったのは日本は零、アメリカは二。まったく信じられないほどの日本海軍の完敗であった。と同時に、この海戦は太平洋戦争の運命を決める戦いとなった。戦いのあと、日本の短期決戦による講和の道は厚く閉ざされた。作戦の主導権はアメリカ軍の手に完全に渡ってしまう。そして日本がもっとも恐れていた物量対物量の憂鬱な長期戦に否応なく日本軍は引き込まれることになる。

しかし、海軍報道部の平出大佐はラジオで豪語する。

「刺し違え戦法によって、敵の虎の子である空母の誘出殲滅が成功した。アメリカは懸命にデマ宣伝を行っている。それに踊らされてはならない。わが方の損害は軽微である。米の損害はわが公表以上なのである」

翌日の新聞も、太平洋の戦局はこの一戦に決す、敵のゲリラ戦の企図はまったく潰えたり、と鳴り物入りで報じた。一犬虚に吠ゆる譬えどおりに、海戦は日本海軍の勝利として国民には受けとられた。当時、小学校六年生になったばかりのわたくしは、担任の先生に「また日本は勝ったんや」と大いに敢闘精神を鼓舞されたことを覚えている。

さらに八月七日、ソロモン諸島の原始林におおわれたガダルカナル島（以下、ガ島とする）へ米軍が上陸してきた。これを機に、八月八日夜の第一次ソロモン海戦から、十二月三十一日の日本軍のガ島撤退の御前会議決定まで、一本の滑走路の争奪をめぐって、日米両軍はあらん限りの戦力をふりしぼって、悲惨な戦いを戦うことになる。

と書いてみたものの、はじめから陸海空が三位一体となり全力をあげてガ島死守のために戦いぬいたのはアメリカのほうであり、全力集中という点では日本陸海軍は不徹底のそしりを免れない。

・八月二十一日、二日前に上陸した一木支隊（一木清直大佐指揮・約一千名）待ち伏せを受けて全滅。
・九月十三日、八月末に上陸した川口支隊（旅団長川口清健少将指揮・約四千名）は総攻撃をかけ、激しく敵陣に迫ったが撃退される。
・十月二十四日、上旬に上陸した第二師団（丸山政男中将指揮・約一万三千名）は、予定を遅れてこの日に総攻撃、飛行場近辺に達したが奪回には失敗、翌日退去する。
・十一月十九日、十日ごろに上陸した第三十八師団（佐野忠義中将指揮・約一万五千名）は、川口支隊や第二師団残存将兵とともに総攻撃をかける予定であったが、武器や弾薬の不足がはなはだしく中途で挫折した。

お粗末なガ島での陸上戦闘の経過を書いてみたが、要は負け戦の連続なのである。結果として、日本軍の損害は、海軍は艦艇二十四隻沈没、航空機八百九十三機未帰還、搭乗員二千三百六十二人戦死。陸軍が戦死約八千二百人、戦病死約一万一千人、そのほとんどの死因が後方からの補給がないための栄養失調、つまり餓死によるものである。

こんな悲惨な事実は当時の日本国民のだれ一人知ることではなかった。陸海軍報道部の勝った勝ったの誇大宣伝ばかり。それで日本人一般は勝っているものと思って呑気なもの、都会でも田舎でも、あっちでもこっちでも戦勝祝いのお祭り騒ぎをくりひろげる。その大小の例を挙げるに困らないが、ここには二つだけ、かなり大がかりなものを。

まずその一つ。昭和十七年は満洲建国十周年の年にあたっていた。で、九月十五日、それを記念する中央式典が日比谷大音楽堂で賑々しく行われている。委員長が高松宮宣仁殿下。そしてこの十周年記念に関連して、面白いものを見つけたので、お目にかける。陸軍の善通寺師団司令部が発行した宣伝ビラの一つである。

「人口四千三百万　鉄道延長四倍　石炭採掘量三倍　発電力三倍　鉄精錬量三〜四倍
郵貯高四百倍……だが、銘記せよ！　この蔭には十余万の英霊と　北辺を守る皇軍の労苦のあることを　南の夢に北を忘れてならぬ」

何をおっしゃる善通寺さんよ、である。できたてホヤホヤの満洲国は、なるほど、三倍とか五倍とかで、裕福になったかも知れぬが、建国二千六百二年の日本は物資不足でアップアップしはじめ、南の夢だって、いまや強風の前の塵の如くに吹き飛びつつあったのである。

もう一つ。日本文学報国会は、事務局長久米正雄の主唱のもと、大いに国に報いるための大事業として「大東亜文学者大会」を大々的に帝国劇場で開催した。発会式が十一月三日のことで、その目的は「日本文化の真姿を認識せしめ、かつ、共栄圏文化の交流を図って、新しき東洋文化の建設に資せんとするものである」というもので、大東亜共栄圏諸地域の代表的文学者約三十人を東京に招いたのである。これがはたして目的を完遂するために役立つかどうか、わからないまま、であった。

出席者は、満州国から古丁、爵青、呉瑛、バイコフ。蒙古から和正華、恭佈札布。中華民国から銭稲孫、張我軍、周化人、許錫慶、丁西林、柳雨生……といちいち書いたところで詮もない。氏名に少しでも記憶のあるのは『虎』を書いたバイコフ氏（白系ロシア人）と銭稲孫氏ぐらいで、あとは何処の何方様やら見当もつかぬ。書くだけ無駄な努力というものである。一行はまず宮城奉拝、明治神宮参拝させられ、最高級旅館の最上の部屋に通され、出されるのは超一流のコックや板前による特別料理、そしてとっておきの芸者……なんてことも、もうどうでもいいことか。下司の勘繰りなれど、ずいぶんとカネがかかったことであろうな。こんなお祭りを華々しくやっているときではなくなっていたのに。

肝腎の会議は四日、五日に開かれる。発言した日本の文学者の名は左の通り。

戸川貞雄（司会）、久米正雄（大会委員長）、菊池寛（議長）、武者小路実篤、斎藤瀏、亀井勝一郎、長与善郎、藤田徳太郎、横光利一、吉屋信子、吉植庄亮（以上第一日）、富安風生、白井喬二、細田民樹、加藤武雄、尾崎喜八、木村毅、川路柳虹、舟橋聖一、林房雄、高田保、片岡鉄兵、吉川英治、中河与一、村岡花子、豊島与志雄、春山行夫、一戸務、高橋健二、中村武羅夫（以上第二日）。

何でつまらぬことを書くのか。もちろん、文学的資料としての意味もある。むしろわが安吾さんの名のないことを確認したかったから。でも、書いてしまってから愚かであったことよ、とつくづく思う。そもそも坂口安吾の名のあるはずはないではないか。

宮本武蔵と勝夢酔

では、このころ安吾さんは何をしておられたか。

関井光男氏の「編年体評伝・坂口安吾とその時代」（『国文学』昭和五十四年十二月号）によれば、「八月、『島原の乱』を完成するべく新潟に帰省し、二葉町の長兄献吉の家で一夏を過ごしたが、執筆は進展せず、『大井広介という男』（『現代文学』）、『居酒屋の聖人』（『日本学芸新聞』一日）を発表。九月上旬に上京し、『今日の感想』（『都新聞』三十日）を発表した。その後も『島原の乱』は遅々として進まず、大井広介邸で読書する日を送り、十月、『宮本武蔵』の構想を立てて、十一月、『剣術の極意を語る』（『現代文学』）、『青春論』（『文學界』～十二月）を発表。『宮本武蔵』は『青春論』の一部に用いられて中絶し……」という相変わらずの半ばグウタラで、半ば熱心な作家的な生活であったようである。

しかも、大井広介「坂口安吾伝」によれば、「青春論」が『文學界』に掲載されたころであったという。

「大観堂の主人が、改まって、これまでこころやすく坂口さんよばわりをしてきましたが、今後は師として立てますといいだした。気をよくした坂口先生、それから毎晩のように、この弟子をよびだし、のみしろの勘定奉行をやらせた」

かくて、晩秋から初冬にかけて、坂口先生はくる夜もくる夜も、『現代文学』の発行引受人の大観堂主人北原義太郎と飲み歩いて、オダをあげていた。

ただし、いい調子になりすぎて、ある夜のこと、いつものとおり軍資金をもってすぐにこいと電話をすると、大観堂のいうことには、それどころではありません。いまさっき父が亡くなりました。この野郎メ、ぬけぬけと嘘をつきやがって、と坂口先生は酔っぱらった勢いもあって、車を走らせる。

「坂口はのみしろを吐きださせて凱旋(がいせん)したようにかいているが、当時大観堂にきいたところでは、勢いこんで車をのりつけたが、本当だったので鼻白み、ほうほうの体(てい)で退散されましたという。いずれにせよ、二週間たらずで、先生から坂口さんに逆戻りした」

と大井は嬉しそうに書いている。

ウヘェー、勝手に弟子を名乗っているこっちと違って、はるか前に正式に弟子入りした北原義太郎なる御仁がいたとは！　まったく存じなかっただけにいささかメンツをつぶされた想いであったものの、それもたったの二週間、とわかって大いに安心立命した。

それはそれとして、北原兄弟子（?）が「青春論」に参ったとはさすがに目が高い。これはまことにいいエッセイであり、これをネタに長々と一席やりたいところながら、スペースがなくなった。で、ほんの一言だけ。

とにかく、このエッセイの、勝海舟の親父の勝夢酔を激賞しているところを、わたくしはこれまでに何度も何度も読み返している。

もちろん、ここには宮本武蔵が登場し、むしろ武蔵を安吾さんは丁寧に、くわしく書いている。武蔵は見事な青春を生きたと。すなわち《剣術は所詮「青春」のものだ。特に武蔵の剣術は青春そのものの剣術であった。一か八かの絶対面で賭博している淪落の術であり、奇蹟の術であったのだ。》ただしその賭博とは、《一か八かであるが、しかも額面通りではなく、実力をはみだしたところで勝敗を決し、最後の活を得ようとする》やり方である。これをわかりやすくすれば、《刀だけが武器ではない。心理でも油断でも、又どんな弱点でも、利用し得るものをみんな利用して勝つ》と安吾はいうのである。

ところが、武蔵は二十八歳でこの一か八かの真剣勝負をやめてしまう。つまり青春とあっさりオサラバしてしまった。青春は年齢に非ず、青春であるためにはつねに一か八かしかありえないもの。青春とはこの一か八かに殉じてこそ永遠に輝くものであるがそれなのに、武蔵はおめおめと青春を捨てて、つまらぬ大人になろうとし、得々と『五輪書』なんかを書いている。そも、この『五輪書』なんてものは、《深遠を衒って俗に堕し、ボンクラの本性を暴露しているに過ぎない。》と安吾はくそみそに軽蔑する。《どうせここまでやりかけたなら、一生涯やり通してくれれば良かったに。そのうちに誰かに負けて、殺されてしまっても仕方がない。そうすれば彼も救われたし、それ以外に救われようのない武蔵であったように僕は思う。鋭気衰えて『五輪書』などは下の下である。》

そんな武蔵にくらべれば、勝夢酔のほうはアッパレであるとベタ惚れなのである。勝海舟好きのわたくしはそれが大いに気に入っている。この夢酔なる人は《不良少年、不良青年、不良老年と生涯不良で一貫した御家人くずれの武芸者》であった。が、《いつでも死ねる》という確乎不抜、大胆不敵な魂が流れている傑物である、と安吾さんはいう。つまり死ぬまで青春であった。そこが悟りすまそうとした武蔵とは大違いなのである。

《ただ彼自身は我がまま一パイに自分の人生をたのしんだ。凧の中のゴミのような人生に生命の火を全的にうちこんでいたのである。

息子の海舟はもッと立派なことに生命の火を打ちこんだだけの相違であった。》

『安吾史譚』(昭和二十七年五月)の勝夢酔について語った小論の末尾である。[*9] いかがなものか。いつでも死ねるの覚悟のもとに、なさんとすることに生命の火を全的にうちこんで、というのは、安吾さんがひどく感動したかの九軍神がそうではなかったか。

ともあれ、こうして昭和十七年は過ぎ去っていった……。

＊9　勝海舟好きとして、『安吾史譚』に書かれている安吾さんの手放しの海舟礼讃は、なんど読んでも気持がよくなる。関係ない話ながら是非とも引用しておきたい。
《……海舟という人は内外の学問や現実を考究して、それ以外に政治の目的はない、そして万民を安からしめるのが政治だということを骨身に徹して会得し、身命を賭(と)して実行した人である。近代日本に於(おい)ては最大の、そして図抜けた傑物だ。／……幕府制度の欠点を知悉(ちしつ)し、それに代るにより良き策に理論的にも実際的にも成算があって事をなした人は、勝った官軍の人々ではなく、負けた海舟ひとりである。……官軍の誰よりも段違いに幕府なき後の日本の生長に具体的な成算があった。》
ことのついでに宣伝をさせて戴く。勝海舟を思う存分に褒めあげた『幕末史』を新潮社から刊行した。あわせて読んでもらえると心から有難く思う。

第八章

どんな犠牲をはらっても飛行機を——昭和十八年

文学に専念のときに非ず

昭和十八年の安吾と太平洋戦争の本題に入る前に、前年の『現代文学』十二月号に発表された安吾の「文学と国民生活」に少しふれておきたい。

このエッセイは短いものながら、戦時下の小説家坂口安吾の覚悟のほど、らしきものについて語られているところがちょっとばかり面白い。キリシタンの人々の《宗門に殉ずる一念たるや真に感動すべきである》とえらく賞賛しながら、安吾は《外国人の指導に服すという日本人の信徒達に対して、どうしても打ち解けきれぬ不満を消すわけに行かぬ》と否定的な言葉も少しく加えている。この「外国人」を言論取締り官憲当局や陸海軍報道部に、「信徒達」をそれらにシッポを振る作家たちと置き換えてみると、安吾のいわんとしていることはすこぶる明瞭になる。作家たるもの、検閲や発禁をなんぞ恐るることやある、なのである。その上で安吾さんは珍しく揚言していうのである。

《作家の中には支那事変以来小説が書きにくくなったと言う人もあるが、僕はあんまりそういうことを気にかけていない。何を書いても悪いことなんか書く筈がないと信じているのだ。良いことをしよう、役に立とうとする意識なしに文学は有り得ぬのだから、

作家は自信を以てただ文学に専念すべきであり、敢て人の思惑は気にかけぬ方がいいと思う。》

ところが、戦争下の現実は残念ながら作家が「自信を以てただ文学に専念」できるときではなくなっていた。

昭和十八年に書かれた作品でいまもまともに読めるものとなれば、たとえば、谷崎潤一郎の「細雪」(ただし途中で雑誌掲載中止となる)、中島敦の「弟子」と「李陵」(とくにこの「李陵」は傑作である)、太宰治の「右大臣実朝」、高見順の「東橋新誌」ぐらいのものか。あとは作家名は秘すが、一山いくら、ただただ当局の要請に従順きわまりない「比島従軍記」とか「青年将校」とか「キスカ撤収作戦」とか、その他エトセトラ、上の鼻息をうかがったものばかりがならんでいる。大日本帝国の文運はまことに貧弱そのものである。

上のオボエめでたい、ときの売れっ子ですらざっとこんな具合、いわんやウダツのあがらない作家においてをや、雑誌や新聞などからのお呼びがかかるべくもない。原稿をもちこんでも、即刻お帰り下さいと追い出されるのがオチである。で、この年の安吾さんのお仕事たるや『現代文学』一月号に短いエッセイ「五月の詩」を、同三月号にこれも短いエッセイ「講談先生」、『知性』五月号に短い評論「伝統の無産者」、『現代文学』六月号にごく短いエッセイ「巻頭随筆」、同九月号に自伝的小説「二十一」、同十月号にまたまた短いエッセイ「諦らめアネゴ」と以上六篇、これが真に誠実に文学に精進した成果のすべてである。

当時、安吾さんは三十八歳、男ざかりである。なのに、全部でこれだけの仕事である。これでよく大いに飲み喰いし生活ができたものよと、心配よりも感嘆のほうが先に立つ。そこで勝手に想像するに、大井広介邸をさながら自分の家のようにみなして寝泊まりして、富豪のすそにぶら下がってせっせと喰いつないでいたから、栄養失調にならずにすんだものならんか。

これまで何度も引用しながら紹介を忘れていたが、実は大井広介は本名麻生賀一郎といい、九州は福岡で炭鉱を経営する麻生鉱業という財閥の一門に連なる人であった。元首相たる麻生太郎氏とも恐らくつながりがあるのであろうが、興味がないからとくに調べない。とにかく、その他大勢の有象無象とは違っていて、軍需産業の一族の懐はホカホカ、食糧はまだ潤沢であったに違いない。

安吾さんご自身も書いている。

《大井広介の家へ行って、月のうち十日ぐらいはブラブラしていたが、彼の家は食糧が豊かで、非常に助かったものだった。》(「世に出るまで」)

まったく、もつべきものは裕福な一族に生まれた友なり。大金持につらなるよき人物と知己になっていて、安吾は幸せであった。

国粋主義が大手を振るって

作品が短いものばかりでかくも少なくては、この年の安吾さんの三百六十五日をカバーするのは、やっぱり無理と申すほかはない。勢い安吾さんとは関係ない昭和十八年の出来事に筆を及ぼさざるをえないのは、これまでと同じである。

▽一月十三日、内務省情報局が「米英そのほか敵性国家に関係ある楽曲一千曲をえらび、この演奏、紹介、レコード販売をすべて禁止する」という通達を発した。お蔭(かげ)で、ジャズやブルースは歌うことや演奏などすべて禁止となる。「ダイナ」「アラビアの唄」「私の青空（マイ・ブルー・ヘブン）」をはじめとして、「コロラドの月」「上海リル」「サンフランシスコ」などが日本から消えていった。ただし、「ラスト・ローズ・オブ・サマー」と「ホーム・スイート・ホーム」は、「庭の千草」および「埴生(はにゅう)の宿」として、日本語で歌われるときはとくに許可されている。

ついでに、歌謡曲「燦(きら)めく星座」（男純情の愛の星の色……／作詞＝佐伯孝夫／作曲＝佐々木俊一）にまでクレームがついてしまった。

「星は帝国陸軍の象徴である。その星を軽々しく歌うことはまかりならん」

かくて日本の音楽は、軍国歌謡ばかりに……。

▽二月、英米語の雑誌名が禁止、改名せよと命令される。『サンデー毎日』は『週刊

毎日』に、『キング』は『富士』に、『オール讀物』は『文芸讀物』に、『セルパン』は『新文化』に、といった具合である。さらに店の名も軒並みに変えられた。台東区の喫茶店を例にとると、「ロスアンゼルス」が「南太平洋」に、「ヤンキー」が「南風」に。なかでも「ルンバ」の主人が考えに考えてつけた店名が傑作である。一字変えて「グンバ」（軍馬）とは、お見事！

　要するに、二月二十三日に陸軍報道部が決定した決戦標語「撃ちてし止まむ」[*10]そのままに、敵に最後の止めを刺すまで、敵性語はいっさい使うな、ということである。裏を返せば、日本精神のいっそうの確立そして高揚である。一億国民、いまこそ発揮せよ、大和魂、なのである。

　安吾はこうした熱狂的な大和魂の鼓吹、不条理な日本精神の強調といった世の滔々たる風潮を、エッセイ「五月の詩」でさりげなく皮肉っている。端的にいえば合理主義への賛歌をおこなっている。

《大東亜戦争このかた、日本文学の確立だとか、日本精神の確立だとか言われているが、日本精神だとか日本的性格というものは決して論理の世界へ現れてくるものではなく、又、現わし得べき性質のものではない。……日本精神だの日本的性格などを太鼓入りで探しまわる必要は微塵もない。すぐれた魂の人々が真に慟哭すべき場合に遭遇すれば、かくの如く美しく日本の詩を歌い出してくるではないか。……僕は断言するが、日本精

神とは何ぞや、などと論じるテアイは日本を知らない連中だ。》
▽三月二日、兵役法が改正され、朝鮮や台湾にも徴兵制を布いて、八月一日から施行されることになる。いよいよ国民根こそぎ動員のときがきた。
▽四月一日、中等学校改正令（中学・高女・実業学校を一年短縮、これまでの五年制を四年制とする）また、中学校の徴兵延期制が廃止される。
▽四月六日、文部省は「敵性スポーツである野球はけしからん、やめろ」と指令し、六大学野球連盟は解散が命ぜられ、六大学リーグ戦は中止となる。
ちなみに、この四月一日にわたくしは入学試験に合格して、東京府立第七中学校の一年生になる。ただしこの年の七月一日から東京都制が発足し、都立第七中学校一年生となる。いま思えば、何やかやと大変なときに中学生になったものである。

「瓦全たるよりも玉砕」

しかし、もっとも大事件であったことが、その直後に起きたのである。四月十八日、連合艦隊司令長官山本五十六大将が最前線を視察飛行中に敵機の攻撃をうけて、名誉の戦死を遂げる。暗号解読により、予定された時刻に、予定された地点で米戦闘機は待ち伏せて攻撃、山本の搭乗する中攻機の撃墜に成功したのである。日本海軍にとって、いや、日本国民にとっても、これ以上の衝撃はなかった。それだけに山本の死は秘中の秘とされ、ほぼ一カ月後の五月二十一日になって、国民に広く知らされた。

さらにその九日後の五月三十日、大本営報道部は悲痛な発表を行った。

「アッツ島守備部隊は、五月十二日いらい極めて困難なる状況下に寡兵よく優勢なる敵にたいし血戦継続中のところ、五月二十九日夜……全力を挙げて壮烈なる攻撃を敢行せり。爾後通信全く途絶、全員玉砕せるものと認む」

昭和天皇は、玉砕の報に怒りをあらわにした。

「このような事態になるとは、前から見通しがついていたはずである。しかるに五月十二日に敵が上陸してから一週間後に対応措置が講ぜられたとは……」

中学一年生のわたくしはこのとき「瓦全たるより玉砕」という死の教訓をしっかり教えこまれた記憶がある。カワラとなって生きのびるより、玉となって砕けん、それが日本人らしい生き方であり死に方なんであると。いずれにしても日本国民のごく一般は「玉砕」という言葉にはじめてお目にかかったのである。そして、ひとしくある種の覚悟を固めなければならないときがきたと、この連続した悲報から感じたことは確かである。

安吾さんにもこれらはショックな報道であったようである。『現代文学』六月号の「巻頭随筆」で、かなりな熱弁をふるっている。

《山本元帥の戦死とアッツ島の玉砕と悲報つづいてあり、国の興亡を担う者あに軍人のみならんや、一億総力をあげて国難に赴くときになった。

飛行機が足りなければ、どんな犠牲を忍んでも飛行機をつくらねばならぬ。船が足りなければ船を、戦車が足りなければ戦車を、文句はぬきだ。国亡びれば我ら又亡びる時、すべてを戦いにささげつくすがよい。学校はそのまま工場としてもよく、学生はそのまま職工となるも不可あらんや。僕もそのときはいさぎよく筆をすてハンマーを握るつもりである。》

そして、自分にはこんなときには戦時体制の文学など考えるだけムダと思われる。百万の空文なんて戦争のクソの役にも立たない、宣伝とか戦意振興ということなら、ラジオの軍艦マーチつきの大勝利のほうがはるかに役立つ。とにかく戦果をつぎつぎに挙げるほうがいいのである、と論じてきて、こんな風にこのエッセイを結んでいる。

《飛行機があれば勝つ、そうきまったら、盲滅法、みんなで飛行機をつくろうじゃないか。そんなとき、僕は筆を執るよりもハンマーをふる方がいいと思う。その代り、僕が筆を握っている限り、僕は悠々閑々たる余裕の文学を書いていたい。文学の戦時体制は無力、矛盾しやしないか。》

また、小説「真珠」にも、こんな一節があったことが思い出せる。小田原で十二月八日を迎えたときの感想である。

も持っている。ハワイをやられて、引込んでいる筈はない。多分、敵機の編隊は、今、太平洋上を飛んでいる。果して東京へ帰ることができるであろうか。》

安吾さんが、この戦争においてはもう大艦巨砲は役立たぬとの賢者の先見をもっていた、とはまさか思えないのであるけれども、「全てを犠牲に飛行機をつくれ」「敵は世界に誇る大型飛行機の生産国である」と書いている。勝つためには飛行機だというのが、たしかに戦中の安吾の思想であったらしいのである。これには脱帽である。

いまさら申すまでもなく、太平洋戦争は空母の戦争であった。飛行機の戦争であった。戦艦が主力の過去の海戦史の原則や戦訓は、塵あくたのように捨てられたのである。制空権なくしては制海権をえられない。空を制した方が海上も陸上も制したのである。海上での戦艦同士の一大決戦など夢のまた夢と化した。この革命的な戦理を安吾が心得ていたとは！　これにはびっくりするばかり。海軍軍人の多くがまだ巨大戦艦大和と武蔵こそが最後の勝利のカギをにぎるものと、そんな阿呆なことを考えているときに、である。

「国士と共に死ぬとき」

ここで、またまた「ぐうたら戦記」かよと笑われそうであるが、いままであえて残しておいたところを引用することにしたい。太平洋戦争にどう直面するか、安吾がその覚悟を述べているところである。

《国の運命は仕方がない。理窟はいらない時がある。それはある種の愛情の問題と同様で、私は国土を愛していたから、国土と共に死ぬ時がきたと思った。私は愚な人間です。ある種の愛情に対しては心中を不可とせぬ人間で、理論的には首尾一貫せず、矛盾の上に今までも生きてきた。これからも生きつづける。》

そして、これは前にも一度引用したと思うが、

《私は始めから日本の勝利など夢にも考えておらず、日本は負ける、否（いな）、亡びる。そして、祖国と共に余も亡びる、と諦めていたのである。》

もう一つ、開戦の日のことを想起して。

《日本人は雨が降っても火事でも地震でもなんでも時候見舞の挨拶の口上にするのであるが、戦争だけは相手のケタが違うので時候見舞の口上にははまらなかったのかな。思うに日本人という日本人が薄ボンヤリと死ぬ覚悟、亡びる覚悟を感じたのではないだろうか。》

これまでにもふれてきたのでもお分かりであろうが、安吾さんはイデオロギーに基づいた反戦思想家なんかではなかった。それはハッキリしている。

しかし、この「ぐうたら戦記」が戦後に書かれたものゆえに、かえって強く考えられるのであるが、「私は国土を愛していたから、国土と共に死ぬ時がきたと思った」、あるいはまた、「祖国と共に余も亡びる」というのは、なみの覚悟では書けない言葉であろう。戦後日本のあっちにもこっちにも反戦主義者や平和主義者続出の、イカサマな風潮に乗っかって、いくらでも恰好よく書こうと思えば書けたのである。昨日までの軍国主義者が今日は民主主義者になった例は山ほどあった。それなのに、このアッケラカンさ。さすが！　安吾さん、と喝采したくなるほど、真ッ正直そのものである。ある意味では、太宰治、石川淳、織田作之助など、いわゆる無頼派といわれる作家に共通している正直さ、ともいえようか。

わが祖国を亡ぼしてなるものかと、この大戦争に黙々として身命を捧げたまことに多くの日本人。たかが「一銭五厘」の消耗品とさげすまれながら、国民は一所懸命に戦ったのである。自分もまた、その日本人の一人として、とくに積極的に戦争に加担するわけではなく、ただ見物しているだけかも知れなかったけれども、とにかく、みなと運命を共にして悔いはない、というのが、戦中のおのれの思想にもっとも忠実なる坂口安吾の決断であったのである。もっとアッサリといえば、日本というこの可哀そうな国や同胞を裏切らない、というきわめて倫理的な決断といっていい。そこには余計な思想や主義主張なんか要らないのである。

ここでもういっぺん、十七年の暮れに発表された「文学と国民生活」の一節を引きたい。

《僕は時局的な小説などは決して書く気持ちがなく、そういう僕に人々は時局認識がないなどと言うかも知れぬが、然し、僕は何を書いても決して間違いがないという大いなる自信をもっているのだ。なぜなら僕の本性に理知を超えて根を張った祖国愛とか日本的性格というものは目覚ましく強力で、文学というものは、決してその本性を偽ることの出来ないものであるから、だから僕が真に誠実に文学に精進する限り、僕が何を書いても決して祖国の人々をあやまらしめるものを書く気づかいはないという自信を持っているわけだ。》

安吾さんは、なんと、愛国者であることか。上に立つ軍部や政治家がアホーゆえに、亡国の戦争がはじめられた、かくなる上はやむをえん、愛する祖国日本が一敗地に塗(まみ)れ敗亡するまで、こっちも覚悟をきめて、トコトン付き合うほかはない。それが戦中の安吾さんの生き方であったのである。

助かるための水泳猛訓練

ところで、日本国民がいかに踏ん張ろうとも、十八年も夏から秋にかけて戦況のほうはますます怪しくなってきた。戦争遂行のために国内状況も日々窮屈になっていく。五月、薪や木炭が配給制となる。六月、衣料簡素化のため男子は国民服、女子は元禄袖に。同六月二十五日、「学徒戦時動員体制確立要綱」が決定、学生の勤労動員が決まる。七月、大日本出版報国団結成。同七月、愛国狂熱の文学者三十名、率先して勝利祈願のミソギ錬成をはじめる。八月、民間企業の社長などにも徴用令実施。九月八日、イタリアが無条件降伏する。同九月、第二回大東亜文学者大会。同九月、東条内閣の閣議は、女子が代替しえる職業の男子の就業の禁止を決定する。禁止になったもの、小使、給仕、受付係、行商、集金人、電話交換手、理髪師、出札改札係、車掌など十七職種である。いま思えば、これを契機として男に代わって職場に進出してきた大和撫子が俄然強くなっていったのである。同九月、閣議は、大学、高等学校在学中のものは、満二十六歳まで兵役につかなくてもよしという「徴兵猶予の特典」廃止、という決定をした。これによって、学生・生徒の徴兵猶予は全面中止、どしどし召集令状（赤紙）を送りつける。かくて十二月一日に第一回学徒兵入隊が行われることになった。

この国家総動員で国内情勢がはげしく揺れ動くころ、われらが安吾さんは、いったい、何をしていたのであろうか。昭和二十二年に発表された回想「わが戦争に対処せる工夫の数々」が、すこぶる詳細にかつ面白く、そのころのことを語ってくれている。

《昭和十七年、十八年、この二年間、私は六月末から十月始めまで、三ヶ月半も郷里の新潟市へ行った。私は殆(ほとん)ど帰郷したことがないのだが、なぜこの年に帰郷したかというと名目は長篇小説を書きあげるため、というのだ。》

北の海に面した新潟は涼しいから長篇小説の執筆には最適である、と大観堂主人をうまくたらしこんで、印税の前渡しを受け取っての帰郷であったらしい。ところが実際は、戦後の三年間を越後で暮らしたわたくしの体験からいうと、北国・新潟県の夏は東京よりもはるかにむし暑い。夜なんかのムシムシときたら、これはもう昼間以上で、まさにむし風呂、素っ裸でも汗がタラタラ流れ落ちてやまぬ。原稿用紙がビショビショになって、とても仕事など出来るものではないはずである。では、フウフウいいながら安吾さんは何を、一体全体していたのか。読者諸氏も、事実を知って、思わずウヘーッとなるにちがいない。

《朝、昼、夕、三度ずつ海へ行く。雨が降っても、低気圧襲来大暴風雨狂瀾怒濤(きょうらんどとう)という時でも、風をひいて熱があっても出掛けて行くので、人ッ子一人いない狂瀾怒濤にくるくるまかれたり、ぐいぐい引きこまれたり、叩きつけられたり押し倒されたり、あまり気持のいいものではないが、他日輸送船がひっくり返ってみんな死んでも自分だけ助かろうという魂胆だから、こうして人ッ子一人いない暴風雨下、暗澹(あんたん)たる空の下に、波にくるくるまきつけられてたたきつけられていると、いったい外(ほか)の日本人は自殺するつもりなのかな、と自分だけひどく頼もしくなってくるほどだ。いい年をして、と笑うなか

れ。四十五十面さげて二等卒で召集される、それが戦争の現実ではないか。》
いやはや、芭蕉の「荒海や佐渡に横たふ天の河」ではないが、荒れる日本海で、輸送船沈没のさいの助かるための自主的猛訓練をしていたとは。

歴史タンテイ眼を磨いたとき

ではあるが、安吾さんはこんな水泳訓練にばかり励んでいたわけではなかった。タシカなこととしていえるのは、戦時下において、なす仕事がなくなってますます、歴史の勉強をつづけていたということである。小田原で三好達治のサジェスチョンをうけて読みはじめ、大井広介のところでキリシタンの殉教や天草四郎に関する諸論文や資料を徹底的に読破する。そして十七年、十八年の新潟滞在では、その興味の幅をさらに日本の歴史全般へと広げていく。古代、中古、中世の諸文献が集められ、無茶苦茶な勢いで歴史の森へわけいっていった。こうしたとき、安吾さんはまことに勤勉なのである。

そして安吾さんの関心の最高にいきついたところは、戦国乱世にあったと思われる。もちろん「道鏡」など古代史にも安吾ならではの突っこみもあるが、その後の、黒田如水を描いた「二流の人」、そして「信長」、豊臣秀吉を主題の「狂人遺書」、さらに「家康」などの傑作快作をみると、野心、執念、裏切り、卑劣、謀殺、阿諛迎合と、あらゆる権謀術数の限りをつくして生き抜いていくモノノフたちへの異常なのめり込みがあったのである。

深読みすれば、安吾さんの見た戦時下の日本人の姿がそっくりそこにある、といえるのではないか。ケチで、秘密主義で、陰謀好きで、こすっからくて、出鱈目で、ルールというものがあるようでない。もしルールがありとせば、力量や器量にまかせて何をやってでも勝てばいい、勝ったものにすべての正義があるというルールである。戦国も戦時下日本も、たいして変わりがないのである。

自称して安吾の弟子の歴史探偵であるわたくしが、金科玉条としているのは、何を隠そう、安吾の「歴史探偵方法論」（昭和二十六年）の一節である。

《歴史というものはタンテイの作業と同じものだ》

といった上で、安吾さんはこう快調にまくしたてる。

《証拠をあげて史実を定める歴史というものはその推理の方法がタンテイと完全に同一であるのが当然であるが、史家はその方法に於て概ね狂っているし、狂った方法を疑うことも知らない。現代のタンテイ眼から見ると、日本の史家のタンテイ法はまったく神代的で、銘々が手前勝手で、幼稚というか拙劣というか、いくら書物をタクサン読んだって推理や立証の仕方に狂いがあって、推理力が劣等ならば意味をなさない。史家にとって史料を多く読むことも大切な学問であるけれども、史実を突きとめるためのタンテイ眼や推理力が狂うならばゼロで、歴史という学問にとってタンテイ眼こそは心棒であり、チミツで正確なタンテイ眼があってはじめて史料を読む仕事が生きた学問となるのである。》

弟子を自認するわたくしがこれを案ずるに、要するに、歴史を正しく知るためには、史料の欠如を推理で補い、通説を否定する史眼が必要となってくる。史眼とはすなわち正確で合理的で緻密な知的推理のことである。ゆえに絶えざる錬磨をしておかねばならない、ざっとそんな意味というわけである。

それにつけても、戦時下というのは師匠にとって暇で暇でしようがなかったとき、それこそもっぱらタンテイ眼を磨くに最適のときであった、ということになるのであろう。わたくしもまた、タンテイ術極意直伝の弟子たらんと、日々推理眼をしっかりと身につけるべく、飽きもせずにこれを書いているのである。

二つの目出度い話

理屈っぽい話をゴチャゴチャやっているうちに、十八年も秋となった。樹木の葉っぱが黄色くなるとともに、十月中旬に東京に戻ってきた安吾さんに、目出度いことが二つ、やってきた。

十月下旬、短篇集『真珠』（「風人録」「波子」「孤独閑談」「木々の精、谷の精」「古都」「真珠」を収録）が大観堂から出版された。このときの海軍報道課長平出（ひらいで）大佐にからんでちょっとしたスッタモンダがあった話はすでに書いた。が、作家杉森久英さんの『小説坂口安吾』によると、大観堂主人ではなくて、安吾自身が陸軍省ではなくて警視庁に呼び出されたということになっている。エッと思わず声がでる。

「君は真珠湾攻撃のような神聖なる日に、白昼から酒を飲んだりして、はなはだよろしくない」「はあ、今どき酒はなかなか手に入らんですから」「いくら手に入らんからというて、よろしくない」「……………」「聞くところによると、君は大変に貧乏しとるそうだね」「はあ、ときどき絶食することもあります」といったやりとりがあって、係官に大いに同情され、

「この本は、ともかく初版三千部だけは見のがすことにしよう。君の収入源を断っては、気の毒だからね」

と出版を許される。そして安吾さんが帰りかけると、呼び止められて、

「君はきっと、いまにいい作家になれるぞ」「ありがとうございます」「君がまた何か書いたら、読みたいものだ……いや、これは小官の個人的感想にすぎん」

といって、係官は急にむずかしい顔をした、と杉森さんは書いている。

大観堂主人 vs.平出大佐と、安吾 vs.警視庁係官と、どっちが事実やら、いくらタンテイ

眼を働かしてみてもさっぱり見当がつかぬ。どちらもほんとうであった、としておこう。

つづいて十二月には、評論集『日本文化私観』（「日本文化私観」「青春論」「ＦＡＲＣＥに就て」「大井広介という男」「文学のふるさと」「長島の死」附「エスキス・スタンダール」を収録）が文體社から刊行されたのである。大いに祝うべきことならん。

この本の出版には、『真珠』のときのような呼び出しはなかった。特高や憲兵といった連中は、評論集などに視線が回らなかったのかもしれない。海老原光義氏の書いたものによると、この評論集は定価一円八十銭、特別行為税十銭、合計一円九十銭であったという。また奥付には、出版会承認第四八一〇二四号と麗々しくしるされてあるそうな。認可は用紙割当がやかましかった証しであるが、それにしてもいくらか反戦時的といえるこの本が、よくぞ出版されたものよ、と思わざるをえない。いまや圧倒的な米軍に押しまくられて、ギルバート諸島のタラワ、マキンの玉砕につぐ玉砕（十一月二十五日）という悲愴なる空気が支配している世に、こんな本を読むのは、たしかに特別贅沢な行為であったのであろう。

左様、十月二十一日、秋雨の冷たく降りそそぐ明治神宮外苑競技場で敢行された出陣学徒壮行会のことも書き忘れてはなるまい。東京と近県の大学、高等学校、専門学校と師範学校七十七校から、二万五千人の学生が勢ぞろいして分列行進をした。スタンドには六万人の後輩や女子学生が見送りに集まっていた。彼らを前に東条英機首相は獅子吼する。

「諸君のその燃え上がる魂、その若き肉体、その清新なる血潮、すべてこれ御国の大御宝なのである。このいっさいを大君の御為に捧げたてまつるは、皇国に生を享けたる諸君の進むべきただ一つの途である」

若い血潮の諸君はみな銃をとれ、残る男女はみな徴用に応じて鍬をとれ、ハンマーをとれ、戦う道に二つなし、まさに国家総力戦、国民総動員の苛烈な世になっていた。そして秋も深まると白紙の徴用がいよいよはげしく出されるようになった。兵役法も改正されて四十五歳の男にまで赤紙（召集令状）が容赦なくくるご時勢である。こうなると、『現代文学』同人たちは戦々恐々である。このさい、もっとも頼りになるのは、大井広介ならぬ麻生ナニガシである。軍需産業である麻生鉱業の社員にもぐりこめれば、徴兵や徴用から免れることができるやも知れない。乱世には知恵は使うべし、恥を忘れて狡猾に生きるべし、である。

《井上友一郎が先ず社員となって九州へ、つづいて平野謙、荒正人と俄か石炭社員ができたが、どうも坂口安吾という呑んだくれだけは社の風紀に関するといって入れてくれないから仕方がない。》

と「わが戦争に対処せる工夫の数々」で大そう安吾さんはボヤいている。どうやら普段の素行の悪さが祟って、支店長の覚えめでたからずというのが入社ならずの理由であったらしい。というのも、安吾さんはときどき宿酔（ふつかよい）をさましに東京にあったこの会社の本社へ遊びに行って、常習的に社長の椅子（いす）にふんぞりかえり、ゴウゴウと鼾（いびき）をかいて昼寝していたというではないか。これで入社出来ると思ったら大間違い、戦時下の世の中はそんなに甘くはできていない。

とにかく、あぶれた安吾の明日はすこぶる危ういということになった。

＊10　戦争中、「欲しがりません勝つまでは」とともに、決戦標語「撃ちてし止まむ」ほどくり返しとなえられた言葉はない。これを大きく掲げることによって、不退転の決意を示し、国民に一億総攻撃の精神を奮い立たせる大運動を展開しようというのである。この標語は『古事記』の神武天皇の御製（ぎょせい）とされている歌からとった。荒ぶるものを平らげて、建国の大業を成しとげた神武東征の精神にならおう、われら皇軍を信ぜよ、の意である。このため宮本三郎画のポスター五万枚を作成し、本土はもとより満洲、さらには占領地の中国、南方の各地にまでくばる。負け犬の遠吠えのごとしか。

第九章

戦勢急転落と「魔の退屈」

——昭和十九年

出版社統合と「横浜事件」

まことに蕪雑なことながら、またまたのっけから、安吾さんをさし置いて、時局がらみの話からはじめなければならない。出版・雑誌ジャーナリズムが被った御難についてである。

昭和十九年が明けるとともに、前年よりすすめられてきた雑誌統合がいよいよ本格化されることになる。昭和十七年の新聞統合につづいて、検閲や監視を容易にするため、軍報道部と情報局の指導のもとに、日本全国で五百近くある出版社を百九十五社にしぼる、要らざるものは廃業させる。かつ、口うるさく論評する総合雑誌は三誌のみ、あとは外す、というはなはだしく強圧的な指令が各出版社に下された。

残される総合雑誌三つとは何と何と何か。これが衆目の一致するところ軍国主義的御用雑誌とみられていた『現代』『公論』、そして毛色のかなり違った『中央公論』の三誌である。陸軍報道部の出版・雑誌担当の課員である秋山邦雄中佐が、一月十一日に駿河台の雑誌会館でひらかれた会議の席上で、おごそかにご託宣をのべたという。

「『現代』と『公論』は文句なしである。『中央公論』は首を傾げるところ大であるが、対外宣伝上必要と思われるので、総合雑誌として残すことにする」
まさしく鶴の一声、出席していた各出版社の担当役員たちはへへェーと頭を下げるほかはない。かくて『改造』が時局雑誌へ、『日本評論』が経済雑誌へ、『文藝春秋』が文芸雑誌へと追いやられる憂き目にあった。

文藝春秋社長菊池寛は、この決定にたいして『文藝春秋』十九年三月号誌上の、自分のコラム「話の屑籠」でありったけの不満をぶつけている。

「本誌は、総合雑誌として第一の部数を有している。……知識階級層の絶大の支持を得ているし、東亜共栄圏において、満洲国、中華民国その他において、日本の雑誌中に最も著聞しているものでないかと、自負している。支那事変以来、官庁軍部方面の指導指示に即応して、ひたすら戦争遂行に協力したから、その方面からのお小言や非難をあまり受けたことがない。そればかりでなく、昨年は陸軍報道部から感謝状さえいただいている。これは総合雑誌中、本誌だけではないかと思っている。二、三年来たびたびの紙の減配においてもその減配率は他誌に比較して、遥かに少かったのである。だから、総合雑誌としての資格においては、遥かに他誌を凌駕するものと信じていたのである。が、整備の結果は、御存じの通りである。が、その理由が、貶価的なものでもなければ懲罰的なものでもないことは、ここに断言しておきたいのである」

が、いくら文壇の大御所がこのように吼えようとも、どうにもならないくらい言論統制の厳しさ、苛酷さは極点にまで達していた。ついでに書いておくが『文藝春秋』が総合雑誌としての最後の号で、菊池は「話の屑籠」のペンを擱いている。よっぽど腹にすえかねたにちがいない。

さらに一月二十九日早朝から、出版界を震撼したもっと大きな事件がはじまった。神奈川県の特別高等警察（特高）は、この日を手はじめに、都下の雑誌編集者を中心に、新聞記者、研究所員などの一斉検挙を、ものものしく強行していったのである。計四十九人。罪状は治安維持法違反、これを「横浜事件」とよぶ。

検挙された編集者は『中央公論』『改造』『日本評論』から、「岩波書店」にまで及んだ。これら編集者は、共産党再建をもくろんでいるという嫌疑をかけられているが、もちろんウソっぱち。そこで、その虚構の犯罪事実を強引にでっちあげるために、特高がとったのは、脅嚇と拷問の一手。とにかく、やみくもに架空のストーリーをこしらえあげていった。

捕まった編集者たち全員が、取り調べの合間に聞かされた特高の、嫌味な、自信たっぷりのセリフがある。

「吐いても吐かなくても、どっちでも同じよ。どうせお前さんたちの会社はつぶされるんだからな」

事実、七月十日、雑誌『改造』『中央公論』に廃刊令、両社に解散命令。といった具合に、いくつもの出版社はこの年の七月末までにつぶされていく。すさまじく、イヤらしく、まったく許せぬ時代であった。

『現代文学』終刊号の傑作

苛烈な言論統制と、底をついた用紙と、日本の雑誌は完全に機能を失ってしまった。雑誌のみではなく、優先的に用紙の配給をうけていた新聞までが、半ペラ裏表の朝刊のみという段階に追い詰められている。要するに、日本のジャーナリズムはあってなきが如し、惨憺たる情況となっていたのである。かかるマスコミ界の危機存亡のとき、孤軍奮闘で頑張ってきた『現代文学』はどうであったか。無念なことに、要らざるものと認定され、十九年一月号をもって廃刊と苛酷な運命に直面した。われらが安吾さんの頼みの綱は、かくてプッツンと切れたのである、ああ。

その最終号の『現代文学』に、安吾さんは「黒田如水」という短篇小説を書いている。《もう原稿用紙もなかったので、いろんな寄せ集めの紙に書いた。》

と、昭和三十年四月号『小説新潮』に発表した「世に出るまで」で回想している。実はこの年の二月十七日に安吾さんは急逝しているのであるが、それはともかく、頼みの綱の雑誌の最期を弔って大いにハッスルしたものとみえる。それにしても、「日本文学報国会」に属していないもの書きは、員数外として、原稿用紙を手に入れることもできなかったのであろうか。差別の時代であったのか。

冬樹社版『全集』の改題によれば、いまは「二流の人」というタイトルで読むことのできる中篇小説の第一話「小田原にて」がそれであるという。そこで、久し振りに、豊臣秀吉が麾下の大名・武将に総動員をかけて、北条氏政の籠もる小田原城攻めをテーマにしたこの「小田原にて」を開いてみた。

織田信雄と徳川家康とが味方するとみせかけて北条側に寝返りの噂しきりの小田原陣中で、平然と二人のところへ遊びにいく秀吉の無類の人たらしぶり、天衣無縫ぶり。実は安吾さんその人を髣髴させて思わずクククとなる。

《秀吉は腹蔵なく酔っ払った。梯子酒というわけで、家康をうながし、連立って信雄の陣へ押掛ける。小田原は箱根の山々がクッキリと、晴れた日は空気に靄が少くて、道はかがやき、影黒し、非常に空の澄んだところだ。馬上から野良に働く鄙には稀な娘を見つけて、オウイ、俺は関白秀吉だ。俺のウチへ遊びにこいよウ、待ってるゾウ。胸毛を風になぶらせて、怒鳴っている。》

そのいっぽうで、敗北を承知で優勢な武田軍に三方ヶ原で戦いを挑み、散々の敗戦で逃げる若き日の家康の泰然自若ぶりも活写する。これまた安吾さんそっくりといえる。

《顔も鎧も血で真ッ赤、ようやく浜松の城に辿りつき、門をしめるな、開け放しておけ、庭中に篝をたけ。言いすてて奥の間に入り、久野という女房に給仕をさせて茶漬を三杯、それから枕をもたせて、ゴロリとひっくり返って前後不覚にねてしまった。堂々たる敗北振りは日本戦史の圧巻で、家康は石橋を叩いて渡る男ではない。武将でもなければ、政治家でもない。蓋し稀有なる天才の一人であった。天才とは何ぞや。自己を突き放すところに自己の創造と発見を賭るところの人である。》

　そしてこんな飛び抜けた英雄たちの間に挟まって、主人公の黒田如水の野心満々ながら、哀しいかな、いちばん肝腎な何かが欠けている二流の人ぶり。

　主に対しては、忠、命を捨てて義をまもる。そのくせ、どうも油断がならぬ。戦争の巧いこと、戦略の狡猾なこと、外交のかけひきの妙なこと、臨機応変、奇策縦横、行動の速力的なこと、見透しの的確なこと、話の外である。しかし、……

《如水は律義であるけれども、天衣無縫の律義でなかった。律義という天然の砦がなければ支えることの不可能な身に余る野望の化け物だ。彼も亦一個の英雄であり、すぐれた策師であるけれども、不相応な野望ほど偉くないのが悲劇であり、それゆえ滑稽笑止である。秀吉は如水の肚を怖れたが、同時に彼を軽蔑した。》

　いやあ、いずれも懐かしの昔なじみばかり。トクトクと一杯汲み交わして、何となくスチャラカチャンの、いい気分となった。

　いまになれば、ここに造形されたどの英雄像も、かならずしも目新しいものではないであろう。人たらしの秀吉も、いざというときには並外れた度胸をしめす家康も、野心家にしてはあまりに律儀（りちぎ）な如水も、凡小な時代小説家によってしきりに書かれている。でも、戦時下のこのころにおいては、日本の歴史小説史上で初といっていいくらい画期的な英雄理解であり造形であった。これまで誰も書いたものはいない。それも盛り沢山の史料や文献をなぞって造りあげたものではなく、つまり、そんな紙の上の証拠だけではなく、「探偵は現場百遍」の格言どおりに、安吾タンテイが単刀直入にこれら英雄その人たちのフトコロに飛び込み、自分でその人物になったつもりで推理をひろげ、自分で確かめ、自分で納得し、これしかないというギリギリのところで磨き上げた、げんに呼吸している人物像であったのである。

そしてあらためてわかったのは、この十九年一月発表の「黒田如水」（すなわち「小田原にて」）の一篇が、昭和十五年このかた何年にも及ぶ歴史勉強の、つまり歴史探偵としての第一回の調査報告書であり、戦後になってぞくぞく世に問うことになる歴史小説群の根幹をなしている貴重な作品であるということである。「信長」も「家康」も「狂人遺書」も、斎藤道三を書いた短篇「梟雄（きょうゆう）」（何を隠そう、日本でいちばん初めにこの小説を読んだ光栄をもつのは、編集者としてこの原稿を受けとったわたくしである）も、『真書太閤記』も『安吾史譚』も、それぞれの面白さのもともとはことごとくこの短篇にあったのである。

「鉄砲」に描かれた織田信長像

さらに『文芸』二月号に発表された短篇「鉄砲」は、ごく短いものながらピリリと山葵(わさび)をきかせた快作である。もちろん、主題は鉄砲の日本伝来いらいの簡略な歴史といったものであるが、読後に心に残るのは、颯爽(さっそう)と描かれ論じられている織田信長ということになる。「黒田如水」で秀吉、家康、如水を描いた安吾さんは、この小説で、勢いのつくままに新しい信長像の造形にも挑戦したかったのであろう。それは見事に成功した。

《信長は理知そのものの化身であった。……鉄砲の威力に就(つい)て、信玄の如く速断、見切りをつけなかった。利用しうるあらゆる可能を究明して戦術を工夫独創した。鉄砲その物も発達したが、彼の編みだした戦術は同時に日本最初の近代戦術であったのである。》

つまり、鉄砲は一発射てばおしまいで結局戦闘の役には立たない、とあっさり速断した武田信玄をはじめ戦国の他の武将たちとは違い、信長はそこから新戦術を編みだした、というわけである。そして、このあと安吾はいわゆる鉄砲の三段斉射(せいしゃ)を丁寧に説明する。今日のわれわれは耳にタコのできるくらい聞かされたり、あるいは小説で読まされたり、マンガやテレビで観(み)せつけられたりしているから、武田の騎馬軍団を殲滅(せんめつ)した長篠(ながしの)合戦での三段の鉄砲戦術についてはとくと承知していて、ちっとも珍しい話ではない。けれども、昭和十九年ごろには、はたしてどうであったか。
《信長の天下は、鉄砲の威力によって得ることの出来た天下であったが、鉄砲を利用し得た信長は偶然の寵児ではなかったのである。つとに鉄砲を知った信玄が利用に気付かず滅亡し、各地の諸豪鉄砲を知らぬ者はなかったが、之を真に利用し得る識見と手腕は信長のみのものだった。》

　こうして安吾は、先陣をきってだれよりも早く、中世から抜けでた〝近代人〟信長像を描いて世に知らしめたのである。

《信長はその精神に於いて内容に於てまさしく近代の鼻祖であったが、直弟子秀吉を経、家康の代に至って近代は終りを告げてしまったのである。
　家康は小田原征伐の功によって、関八州を貰い、江戸に移った。このとき彼の最初の法令の一つは領内の鉄砲私有厳禁ということであった。信長は戦争に於て速力を重視した。進軍と共に輸送路の確保に重点をおき、縦横に道を通じることによって、その戦勝の因をなした。家康は鉄砲の製造発達を禁じ、橋を毀し、関所を設け、鎖国した。》

　やたらと引用が長くなったが、なにとぞ、読者はこの一節を活眼してとくと読まれんことを。

　安吾は言外に、いま強大国アメリカと戦っている大日本帝国の戦略・戦術批判を恐れることなく大胆にやっているのである。戦争において速力を重視せよとは、すなわちのろのろ走る大艦巨砲にあらず飛行機を重視せよ、である。輸送路の確保とは兵站(へいたん)の確保、補給の重視である。さらにいえば、信長が見事に発揮した識見と手腕とは、精神主義ではなくて、あくまで科学的であり、理知的であり、合理的な戦術であった。日本陸海軍よ、それに学べということである。

この短篇のラストの文章は、いま読んでもギョッとする。

《今我々に必要なのは信長の精神である。飛行機をつくれ。それのみが勝つ道だ。》

およそ小説にはあるまじき一行を、大和魂だ、精神力だ、撃ちてし止まむだ、とやたら夢想にちかいことを叫びつつ、補給をないがしろにして玉砕(ぎょくさい)また玉砕、敗退に敗退をつづけている軍官のリーダーたちへ、神がかりではダメ、合理的であれ、理知的であれと、安吾さんは意見具申(ぐしん)したかったのであろう。

「竹槍では間に合わぬ」事件

ところで、事実は小説よりも奇なり。そう意見具申した安吾さんもマサカと思うような裏の事件が、この時点で実は起っていたのである。

この年の二月半ば、陸軍と海軍との間で、血をみないではすまないような激烈な大論争がもちあがっていた。それは連合艦隊司令長官古賀峯一(こがみねいち)大将の強硬な要求からはじまった「航空資材をわが海軍へもっと寄越せ」大論争なのである。

前年の一年間をたっぷり使って質量ともに整備し、新編制なったアメリカの大機動部隊が、年が明けるとマーシャル群島に猛烈な攻勢をしかけてきた。二月六日にはクエゼリン、ルオット両島の日本守備隊玉砕、二月十七日、日本海軍の真珠湾ともいうべきトラック島が大空襲をうける。しかし連合艦隊は反撃のしようもなく、艦船四十三隻沈没、飛行機二百七十機を失うという壊滅的な打撃をうける。この大敗北に言葉を完全に失ったのが海軍。ところが東条首相は「戦局は決して楽観は許されない。しかし、これを乗り切ってこそ、必勝の道はひらかれる。国民諸君はいまこそ一大勇猛心を奮い起こすときである」とやたらに威勢がいい。

海軍は首相のいうことなんか聞いていなかった。われらが要求するのは、「せめて一千機の飛行機を」であり、ゆえに航空資材を多く海軍に寄越せ、である。それこそが悲鳴に近い海軍の要求である。しかも今度こそは、一歩も退かじと眦を決しての大そうな意気込みであった。そして海軍報道部長栗原悦蔵大佐は二月二十二日の記者会見で、「飛行機がなくては海軍は戦争ができない。しかし、海軍は政治力をもっていない。ゆえに、残念ながらどうすることもできない」と切々と訴える。

翌二十三日、毎日新聞は海軍の要求に呼応するかのように、「勝利か滅亡か、戦局はここまで来た」「竹槍では間に合わぬ。飛行機だ、海洋飛行機だ」「戦争は果たして勝っているのか……」と大きな記事をのせる。[*11]

これにカンカンになったのが東条首相で、とくに「海洋飛行機」の文字にカチンときた。これまで軍需物資を陸軍が優先的にとっていることへの痛烈な非難、と読みとったからである。ただちに、これは敗戦主義であるというイチャモンをつけて、新聞は発売禁止、関係者の厳罰を命じた。これに毎日新聞社は執筆者の新名丈夫(しんみょうたけお)記者の処罰はこばみ通し、編集局長吉岡文六と次長加茂勝雄に責任をとらせて休職の処分を発表する。しかし、東条の憤怒(ふんぬ)はこんなことではおさまらない。時をおかず報復にでる。記事掲載の三日後、新名記者に召集令状を発し、即刻、郷里の丸亀(まるがめ)連隊へ入隊せよ、と命じてきた。乱暴にして横暴かつ無茶苦茶もいいところであるが知ったこっちゃない。これを「竹槍事件」という。

安吾の「鉄砲」発表は、そんな無法ともいえる召集が、陸軍の恐喝(きょうかつ)のもとにまかり通っているちょうどそのときである。安吾の「飛行機をつくれ。それのみが勝つ道だ。」の一行が、かりに東条首相あるいは陸軍報道部の目にふれていたら……、この三文文士野郎メ、さては毎日の新名とグルになって、海軍の肩をもちやがったな、不届き千万もいいところ、けしからん、前線行きだ！　と、ただちに赤紙が、と思えないでもなかった。「鉄砲」と竹槍事件のタイミングがまことにぴったり合いすぎている。

乱世ゆえに、何がどう誤解されるかわからない。危ないところであった、そして安吾さんが売れっ子でなくてよかった、と喜んでいいのかどうか、わたくしは相当に迷っている。

ところで蛇足ながら、陸軍と海軍の大論争の決着である。侃々諤々、喧々囂々の議論が連日戦わされたものの、泰山鳴動して鼠一匹と昔からいうとおり、航空資材の配分は陸海軍で半分ずつ分ける、という政治的な妥協で話がまとまる。なあーんだ、と読者は思うであろう。それでも海軍は、これまでの陸軍六ないし七、海軍四ないし三が、五分五分となったのであるからと「勝った勝った」と大喜びで乾杯のグラスを連日挙げたという。呆れてものもいえない、とはこのこと。いったい、東京にいる陸海軍のお偉方たちや参謀たちは、どこと戦争をしていたのか。本気でアメリカと戦争をしていたのであろうか。

「私の魂は荒廃していた」

安吾はこの直前の二月八日の「東京新聞」にも八百字ちょっとのエッセイ「歴史と現実」を寄稿している。《戦争という現実が如何程強烈であっても、それを知ることが文学ではなく、文学は個性的なものであり、常に現実の創造であることに変りはないと思われる。》の一行が目につく。が、その「現実の創造」がもはやできないときなのであった。いくら戦争とは直接に関係なく、個性的で独創的な文学を、と念じても、発表の場がどこにもなくなっては如何ともしがたい。文学者としての坂口安吾は二月八日新聞掲載のこの記事をもってアッサリ消え去ったのである。せっかく歴史小説という大鉱脈を掘りあて、これからおのれの信ずる文学を書きに書くことができると思ったときに。世は無常と安吾さんになり代わってただただ歎くほかはない。

　さりとて、三十九歳の男いっぴき、武士は食わねど高楊枝と浮世ばなれした生き方をすることは許されない。それに赤紙または白紙がいつなんどき郵便屋によってとどけられるか、お上の匙加減一つのオッカナイときなのである。いや、実は、その呼び出しの紙の白いほうが、すでにとどけられていたようなのである。

　戦後の二十一年十月発表の回想エッセイ「魔の退屈」に、そのことが書かれている。それによると、やむなく徴用令状をもって出頭したものの、「どうも御苦労様でした」と馬鹿丁寧に送り返されたというのである。

《私は戦争中は天命にまかせて何でも勝手にしろ、俺は知らんという主義であったから、徴用出頭命令という時も勝手にするがいいや何でも先様の仰有る通りに、というアッサリした考えで、身体の悪い者はこっちへ、と言われた時に丈夫そうな奴までが半分ぐらいそっちへ行ったが、私はそういうジタバタはしなかった。けれども、役人は私をよほど無能というよりも他の徴用工に有害なる人物と考えた様子で、小説家というものは朝寝で夜ふかしで怠け者で規則に服し得ない無頼漢だと定評があるから、恐れをなしたのだろうと思う。私は天命次第どの工場へも行くけれども、仰有る通り働くかどうかは分らないと考えていた。私が天命主義でちっともジタバタした様子がないので薄気味悪く思ったらしいところがあった。》

それでどうなったかといえば、「御苦労様でした」とシャバに戻ってきたものの、自分の才覚だけではどうにもならないとき。いくら何でもこの非常時にブラブラしているわけにもいくまい、それに役人の気が変わる恐れもあるからと、間に立つ奇特な人の世話もあり、徴用のがれの意味もあって、安吾さんは何とか軍需産業の一つでもある日本映画社の嘱託になれたらしいのである。が、このせっかくの勤め先が、《一週間に一度出掛けて、試写室でその週のニュース映画と文化映画と外に面白そうなのを見せて貰って、専務と十五分ぐらい話をしてくれればよろしい》(「日映の思い出」)という、要するに行っても行かなくてもいいところであったという。これは楽ではあるが、ろくな給料ももらえず顎が干上がる現実はいぜんとして変わりがない。

とにかく、天命に万事を任せていてもすることがないから、気の狂うくらい毎日が退屈なんである。「魔の退屈」には、恐ろしくブッチャマケタことが書かれている。《私の魂は荒廃していた。私は悠々と読書に専念していたが、私の心は悪魔の国に住んでおり、……悪魔というものは、ただ退屈しているものなのである。なぜなら、悪魔には、希望がなくて、目的がないのだ。悪魔は女を愛すが、そのとき、女を愛すだけである。目的らしいものがあるとすれば、破壊を愛しているだけのことだ。》

それにしても「魔の退屈」とはほんとうによくつけた題名である。安吾さんはただ退屈していた。天命のままひたすら退屈していたのである。

そのときである。昔から不運は踵(きびす)を連ねてくるという。かの矢田津世子(やだつせこ)が結核で亡くなったのである。三月十四日、享年三十八。縁が切れてから八年たっているが、安吾の胸にはまだ重い重い「永遠の人」としての彼女がずっと住みついていたようなのである。[*12]

昭和二十二年三月発表の自伝的小説「二十七歳」に書いている。

《私は死亡通知の一枚のハガキを握って、二三分間、一筋か二筋の涙というものを、ながした。そのときはもう日本の負けることは明かな時で、いずれ本土は戦場となり、私も死に、日本の男はあらまし死に、女だけが残って、殺気立った兵隊たちのオモチャになって殺されたり可愛がられたりするのだろうと考えていたので、私は重荷を下したようにホッとした気持があった。》

そして最後にもういっぺん凄絶(せいぜつ)な本音を安吾さんは書いている。

《私の心に、気鋭なもの、一つの支柱、何か、ハリアイが失われていた。私はやぶれかぶれになった。あらゆる生き方に、文学に。そして私の魂の転落が、このときから、始まる。》

マリアナ沖とレイテ沖

転落がはじまっているのは、安吾の魂だけではない。とにかく全国民が死にもの狂いで戦っているが、大日本帝国の滅亡への転落は、加速度をましてはじまっていた。十九年度の軍事費は国家予算の八五・五パーセントの七百三十五億円に及んだ。この数字がそのまま大日本帝国の断末魔の苦闘を物語っている。

質量ともに爆発的な飛躍をみせるアメリカの大機動部隊の猛威のまえに、戦略が根本的に破綻した日本軍は、後手後手となる防御いっぽうの戦いで、十九年の戦いはただ鉄と火の大暴風に追いまくられるばかり。太平洋の各所で鉄と火に肉体をぶつける玉砕がつづいた。安吾さんのいうとおり「日本の負けることは明か」すぎていた。

六月から七月にかけ、サイパン、テニアン、グアムのマリアナ諸島の守備隊が玉砕、島々は米軍のものとなり、これで超空の要塞Ｂ29による日本本土空襲は確定的となった。また、六月十九日に生起したマリアナ沖海戦は〝決戦〟という名を冠するに値する日米海軍総力をあげての激突であった。結果はあっけなかった。日本海軍は一年がかりでやっと養成した航空部隊が壊滅、そして戦果はゼロ。米戦史が「まるで七面鳥を撃ち落とすように」と形容するほど、アメリカ海軍の開発したレーダー、ＶＴ信管などの新兵器の防空幕のなかに、日本機は突入していってつぎつぎに撃墜された。未帰還機は実に三百九十五機。

科学的、合理的であれ、という安吾の「信長の精神」を、ついに学ぼうとしなかった日本軍の悲劇というほかはない。そしてこの瞬間に、太平洋戦争の大日本帝国の勝利は決定的になくなったのである。

さらに十月のフィリピン諸島レイテ決戦の陸上戦の大失敗、それにともなって出撃した連合艦隊水上部隊は、戦艦大和、武蔵を中心に、「天祐を確信し全軍突撃せよ」との命のもと、死力をつくして戦った。が、制空権のないところ、巨大戦艦も所詮は無力というほかはなく、練りに練ったオトリ作戦も成功せず、ここに壊滅する。また、史上初めて編制された神風特別攻撃隊が、米空母に果敢な体当たり攻撃をかけたのは、このときである。十月二十八日、海軍報道部はこの十死零生の特攻攻撃を国民に公表する。命令ではなく志願による、ということであったが、国民はだれも信じなかった。

こうした戦勢急転落のまっただ中にあって、安吾さんは何をしていたのであろうか。村上護さんの『安吾風来記』に書かれているこのころの安吾像にわたくしも同感する。

「安吾はとにかく愚劣を承知で、戦争に殉ずるほかはないと覚悟を決めていた。おめずおくせず、彼は悠悠わが道を行くの平常心をくずさなかった。ホシガリマセンカツマデハなどといわないで、彼は酒もよく飲んだ」

酒といえば、この年の五月から、「国民酒場」という店があちこちで開店した。売るのはウィスキーや日本酒なら一合、ビール大ビン一本、生ビール一杯だけ。それ以上はお断り。それでも配給の酒では足らない飲んべえたちには、干天の慈雨ともいうべきもので、開店前から歩道に四列縦隊の行列ができた。ただし、定数がくると「今日はここまで」で無情にもチョン切られて大騒ぎとなるのが常であった。店ではほとんど立ち飲みで、左手にかたちだけの塩漬けの菜っ葉がお通しがわりに乗せられる。

作家高見順は「ひどく惨めな不快な感じだった。なんだか捕虜になったみたいだ」と日記に記しているが、安吾さんはその〝捕虜〟にしょっちゅうなっていたようである。もういっぺん村上護氏の一文を引いてみたい。作家石川淳と連れ立って、銀座の国民酒場の前の行列にならんでいたというところを。

「午後の六時から三級ウィスキー約一合を、それも二百人分だけ売っていた。それを飲むためには、一時間も前から行列にならばなければならなかった。その行列のなかに、安吾や石川もいたわけである」

この愚劣な戦時下という現実に、正直にトコトン付き合う安吾さんの姿がここにある。このように、貧しくて哀れにして可笑しくもある日常がくり広げられている東京の空に、十一月一日、マリアナ諸島からB29がはじめて姿を見せる。それから十数回にわたる写真偵察ののち、本格的な東京空襲が開始されたのが、その月の二十四日のことである。編隊は八機、十二機、二十四機と波をなして東京上空に進入してきた。この日から日本本土全体が〝銃後〟にあらず〝戦場〟となった。

　さて、爆撃がはじまるとともに、安吾さんは少なくとも退屈男ではなくなることができた。

《せっかく戦争にめぐり合ったのだから、戦争の中心地点を出外れたくなかったのである。これも亦好奇心であった。色々の好奇心が押しあいへしあいしていたが、中心地点にふみとどまることという好奇心と、そこで生き残りたいという好奇心と、この二つが一番激しかったのである。死んだらそれまでだという諦めはもっていた。》（「魔の退屈」）よかろう、死んだらそれまで、なんの未練もない。しかし、断々固としてオレは東京を離れないぞ、という安吾さんの太平洋戦争が、それも戦場見物人としての戦争がいよいよ幕をあける。

＊11　毎日新聞の記事がでたとき、海軍報道部の先任参謀の田代格中佐は「本日の毎日新聞は、全海軍がいわんとしていいえなかったことを代弁しており、部内の絶賛を博している」と、わざわざ記者クラブに顔をみせいい放った。そんなであったから、赤紙を受けとった新名丈夫記者は、否応もなしに丸亀連隊に入隊させられたものの、海軍側の尽力もあって、七月に東条内閣の総辞職とともに、復社することができたことを付け加えておく。
＊12　昭和二十六年に発表の「秋田犬訪問記」（『安吾の新日本地理』）で、着くやいなや

地元の新聞記者に秋田の印象を聞かれた安吾は「秋田はいい町だよ。美しいや」と答え、そしてこう書いている。

《私は秋田を悪く言うことができないのです。なぜなら、むかし私が好きだった一人の婦人が、ここで生まれた人だったから。……汽車が横手市を通る時には、窓から吹きこむ風すらも、むさぼるばかりに、なつかしかった。風の中に私がとけてしまってもフシギではなかったのです。》

矢田津世子は秋田県南秋田郡五城目(ごじょうめ)町生まれ。安吾さんはまことに素直な人であるな。ちなみに矢田津世子の小説は講談社文芸文庫に『神楽坂』があって、いまも読むことができる。

第十章

焼夷弾の降りしきるとき——昭和二十年

「勝利の日まで」の唄のこと

昭和二十年（一九四五）の東京の新年は零時五分、警戒警報の長いサイレンで明けた。エッセイストで芸能家の徳川夢聲（むせい）が日記に書いている。

「三時頃の高射砲と半鐘（はんしょう）で起きる。敵機はすでに頭上を去り、向うのほうで焼夷弾（しょういだん）を落としている。大変な元旦なり。娘たち、警戒解除とともに八幡神社に初詣で。除夜の鐘鳴らず、除夜のポー、除夜の高射砲。

敵機去り雲くれないに初日かな

元暁の焼夷弾こそあぶなけれ」

およそこんな風に、一月に七回、二月に九回、三月に七回、四月に十回、五月に九回と東京都民は爆弾やら焼夷弾やらの大空襲をうけ、ホトホト我慢のならぬ、非人間的な毎日を送らされた。そして心のなかでも人間らしさを綺麗（きれい）さっぱりに失ってしまっていた。

当時中学二年生のわたくしなんか、警戒警報ぐらいでは「アメ公、うるせえぞ、また来やがったか」と毒づいたまま、頭から布団をひっ被（かぶ）って必死に眠りを貪（むさぼ）っていた。そして、短く、断続的に、ヒステリックに空襲警報のサイレンが鳴りわたると、やっと床から起きあがるのを常とした。昼は勤労動員で軍需工場でこき使われ、夜は空襲で叩き起こされる。疲労と寝不足がたまって眠くて眠くて仕方がない。それでいっそう不機嫌に、他人が死ぬことに馴れて無感動に、いや、自分が死ぬことにも無感覚になっていた。横着に眠りこけている上に爆弾が落ちれば、それでおシマイ。それもまた運命と、すべてを諦め達観していたのである。

　めでたい年の初めのお年玉であろうか、この朝の読売新聞のコラム〝紙弾〟は面白い記事をのせた。

「戦う都民へお正月の贈り物として警視庁では健全娯楽の映画、演劇、寄席などの興行時間を元日から七日までの松の内と、十五日から十七日までの藪入りの間は、朝九時からはじめてよろしいこととした。／映画館の方は四回上映、演劇の方は三回興行であるから、いずれも夕方までにははねるわけであるが、この期間中に限り閉場時間を遅らせ夜間まで興行してもさしつかえないことになったので、都民も家庭の防空態勢を備えたらゆっくり鑑賞できよう」

　大いなる悲観は楽観に通じる、というけれども、連日の空爆下の都民生活のなかにもわずかに余裕と余力あり、ということならんか。笑わせるね。

ところで、あの激越きわまる空襲下で映画を観たという記憶が、わたくしにはほとんどない。そもそも映画なんて製作されていなかったのではないか、と思っていたら、櫻本富雄さんの『大東亜戦争と日本映画』（青木書店）という労作にぶつかって、ヘエーと思った。空爆をうけつつ、どうしてどうして、映画人が頑張って映画を撮っていたことをこの本で知ったのである。そういえば、なかでも、溝口健二監督「宮本武蔵」、稲垣浩監督「狼火は上海に揚る」、渡辺邦男監督「後に続くを信ず」、黒澤明監督「続・姿三四郎」なんかは、いくらか記憶は怪しげながら、その二十年当時に、映画館で観たんじゃないかな。

なかんずく、成瀬巳喜男監督、サトウハチロー脚本、山田五十鈴、古川ロッパ、高峰秀子、市丸、徳川夢聲たちが出演の「勝利の日まで」は、あまりのバカバカしさにゲラゲラと笑い転げた記憶がたしかにある。櫻本氏は書いている。

「慰問爆弾が南海の孤島に発射され、爆発すると中から慰問団員が現れるといった人をくったストーリー。本来は軍の慰問作品として製作されたもので作品不足でなかったら公開されなかったのである。同題の主題歌は霧島昇が歌って流行した」

左様、特筆すべきは、映画ではなくその霧島昇が歌った主題歌のほうなんである。単なる流行ではなくてまさしく当時にあっては「超」の字がつくほどの大流行。いまどきの元気な後期高齢者諸氏なら、オオ、あの歌か、とたちまちに口誦さまれるに違いない。

〽丘にはためく　あの日の丸を　仰ぎ眺める我等が瞳

何時かあふるる感謝の涙　燃えて来る来る心の炎
我等はみんな　力のかぎり　勝利の日まで　勝利の日まで
（作詞＝サトウハチロー／作曲＝古賀政男／編曲＝仁木他喜雄）

それにしても、勝利の日まで、勝利の日まで、とでっかい声で歌いつつ、間もなく家が焼夷弾の直撃で丸焼けとなり、おのれも死の断崖に立たされる、なんて予感もなく、軍需工場で油まみれになってよく頑張ったものよ。そんな中学二年生のおのれの一所懸命さ。懐かしいというよりも、そぞろ哀しい気持になる。戦争とはなんと無残なものであることか。

文化映画「黄河」のこと

肝腎かなめの安吾さんを放っぽり投げたまま、戦争中の映画に関する役にも立たぬ長話かと思われる方も多かろうか。前章でもふれたように、昭和十九年の秋ごろから、安吾さんは日本映画社（日映）の嘱託となっており、空襲下の毎日を月給取りで過ごしている。あるいは徴兵逃れ、あるいは徴用逃れ、つまり世を隠れ棲む男にかぎりなく近い国策会社への就職であったが、ともかくも映画界の一隅に身をおいていたのである。もしその気になったら立派な文化映画の一巻もつくれる機会もあったかもしれない。なるほど、戦後になって、「一週間に一度顔を出してサラリーを貰うだけの仕事」と本人は気楽に告白している。そして、二十二年二月発表「日映の思い出」では、こうも書いている。事務のU氏とは二巻ぐらいの純粋な芸術映画をつくるという約束で入社したゆえに、として、

《二巻ぐらいの短篇芸術映画ということを言いだしたのは私で、私は能の感覚の頂点だけを綴じ合せたような短篇映画ということを考え、伊勢物語などにその素材に手頃な短篇などを空想していた。こういう観念の幻想的な組み立てには、退屈という大敵があって、美の魅力の持続の時間に限定があり、せいぜい二巻ぐらいのものだと考えていたのである。》

なるほど、それならば、その気になりさえすれば、安吾さんらしい幻想的な文化映画がつくれたのかもしれない。是非にも実現して貰いたかった、が、まずは不可能であったであろう。なぜならば戦況の悪化、それも大負けに負けつづけて、本土まで追い詰められてのめったやたらの無差別絨緞爆撃下にあっては、能だの伊勢物語だのの文化映画の製作は、とうてい無理な話であることは書くまでもない。

結果として、安吾さんが日映でやったことといえば、

《脚本を三ツ書いた。一つも映画にはならなかった。三ツ目の「黄河」というのは無茶なので、この脚本をたのまれたのは昭和十九年の暮で、もう日本が負けることはハッキ

リしており支那の黄河のあたりをカメラをぶらさげて悠長に歩くことなど出来なくなるのは分りきっているのに、脚本を書けと言う。思うに専務は私の立場を気の毒がったのだろうと思う。何もせず、会社へも出ず、月給を貰うのはつらい思いであろうと察して、ここに大脚本をたのんだ次第に相違なく、小脚本ではすぐ出来上って一々面倒だからという思いやりであったに相違ない。》(「魔の退屈」)

と、結局はすべて計画倒れで、いとも呑気な茶飲み話だけということになる。

ただし、そこは勤勉なところもある安吾さんである。例によって一つのことに打ち込むと脇目もふらず熱中する、という人並み外れた特質ももっている。さっそく黄河についての猛勉強を開始する。黄河とは、歴史的にも地理的にも、物凄く怪物的な性格をもつ独特な大河なのである。そのさまざまな面からの正体を確認すべく安吾さんはシャカリキになった。文献という文献にあたりだし、神田の内山書店と山本書店という中国専門の古本屋に足繁く通いだす。B29の空襲がいよいよ激しくなるなか、この文化映画はどう考えてみたって実現の見込みのない仕事、とわかっちゃいるけれどやめられぬ。さりとて調べに調べていくら克明な報告書を残したって、間もなく中国が戦勝国になり、大日本帝国は敗戦国となるにきまっているから、すべてはオジャン、水の泡と化す、徒労もいいところなのである。それも十分に承知の助。でも、黄河に関する読書に日夜ひたすら打ち込む。そこに坂口安吾という作家の真骨頂がある。

《……黄河以外の支那に就ても書く為には読みすぎるほど読んだけれども、まったく脚本を書く気持にはならない。硫黄島が玉砕し、沖縄が落ち、二ヶ月に一度ぐらい専務に会うと、そろそろ書いてくれ、と催促されるが、もとより専務は会社内の体裁だけを気にしているので、撮影が不可能なことは分りきっている。》（「魔の退屈」）

　念のために記すが、硫黄島の玉砕は二十年三月十七日、沖縄の陥落は六月二十三日。撮影開始のカチンコが打てるときにあらず。要するに、空しく、果敢なく、しかし退屈凌ぎには読書がいちばん、というところであったか。

　では、この昭和二十年に小説あるいはエッセイを書くことはなかったのか、といえば、まんざらそうでもなかった、らしい。『新文學』なる雑誌の依頼に応じて、きちんと締切を守って小説一篇を書いて送った形跡がある。主題などすべて不明。しかも、発禁の恐れがあるから、という雑誌社側の判断で、掲載も見合わせられたらしい。三月二十二日付の安吾の手紙が残っている。それが何ともいえず、颯爽として、スカッと潔くて、すばらしい。

《拝復、こういう時局に雑誌を編集なさるのもなみなみならぬ御心労のことと拝察、原稿御返送のことについては一向こだわっておりませぬ。けれども、小生はケンエッというものを念頭にして小説を書くことは一切しませぬので、お求めのような小説を書くために心を用る気持にもなりませぬ。平和な時代がきて何を書いても通用するような時が

きましたら改めて書かして頂くことにしましょう。》
検閲なんか知ったこっちゃない、吾が道をいくのみ、という。安吾さんの文学精神の、何という清らかさ。あらためて、脱帽である。

人間が焼鳥のごとくのこと

空襲下の安吾さんはそれではほかに何をしていたのか。

《兄から新潟へ疎開しては、という話があったが辞退したのは、東京最後の日、つまり日本の最後の日を見とどけようという考えであった。東京と一緒に死んでも仕方がないと考えていた。露の命というものにさほど執着はなかったから、劇（はげ）しいものの好きな私は降りしきるバクダンが怖しくもあったが、何もない平凡よりはマシだと思っていた。一思いに死ぬなら之（これ）も結構だと計算していたのであった。》（「焼夷弾のふりしきる頃」）

もう一つ。

《私は友人縁者からも疎開をすすめられ、家を提供するという親切な人も二三あったが、それを断って危険の多い東京の、おまけに工場地帯にがんばっていた。私は戦争を「見物」したかったのだ。死んで馬鹿者と云われても良かったので、それは私の最後のゼイタクで、いのちの危険を代償に世紀の壮観を見物させて貰うつもりだった。》（「わが戦争に対処せる工夫の数々」）

つまり、ある意味ではノホホンとした、度胸のいい、颯爽としたる覚悟のもとに、東京の最後の日、すなわち大日本帝国最後の日を見とどけるべく、戦争の見物にせっせと精を出していたのである。東京が完璧に破壊しつくされ、瓦礫と鉄骨だけの焼け野原となっていくのをつぶさに眺めている。人間がさながら虫けらのようにプチンプチンとつぶされ、あるいは大量にまとめてガバアッとぶち殺されていくのをひたすら凝視していた。

戦後の『新潮』二十一年六月号発表の「白痴」にはウムと唸らされた描写がある。それは三月十日の、B29の初の夜間低空からの焼夷弾による絨緞爆撃的大空襲で、火に追われて逃げに逃げ、まわりには屍体がゴロゴロのなかを、川まで追い詰められて九死に一生、生死の間をさまよった体験をもつわたくしには、言葉を発しえないほどの衝撃をうけたすさまじい小説である。

《三月十日の大空襲の焼跡もまだ吹きあげる煙をくぐって伊沢は当もなく歩いていた。人間が焼鳥と同じようにあっちこっちに死んでいる。ひとかたまりに死んでいる。まったく焼鳥と同じことだ。怖くもなければ、汚くもない。犬と並んで同じように焼かれている死体もあるが、それは全く犬死で、然しそこにはその犬死の悲痛さも感慨すらも有りはしない。人間が犬の如くに死んでいるのではなく、犬と、そして、それと同じよう

な何物かが、ちょうど一皿の焼鳥のように盛られ並べられているだけだった。犬でもなく、もとより人間ですらもない。》

このリアリズム！

この三月十日の朝の、広漠たる焼け野原には、人間の尊厳といった綺麗事なんかはひとつもなかった。小説「白痴」の主人公の伊沢が見たのは、無残に焼き殺され並べられた黒いものだけで、もはや人間という名で呼ばれるものではなかった、という。じつは、辛うじて生き延びたわたくしが、この朝に、ほんとうに数多く眼にしたのもそれであった。わたくしのまわりにあるのはゴロゴロ転がっている炭化して真っ黒になった物体ばかり。その数知れず。しかし、いま思うと、わたくしはそれまでにあまりに多くの同じ屍体を見てきていたためか、感覚がすっかり鈍磨しきっていて、転がっている人間の形をしたそれらが気にもならなかった。

当時中学生の、東京で焼け出され、さらに茨城県下妻に疎開していって敵戦闘機に銃撃されここでも死ぬ想いをし、大日本帝国の勝利に子供なりに早めに絶望しきっていたわたくしなんかと違って、人間の、そして文化の、この壮絶にして壮大な死と破壊こそが、未来の輝かしい創造へとわれわれを導いてくれる、と戦時下の大人の安吾さんはしっかりと考えていたようなのである。

今日の戦争というバカげた大破壊から、きっと明日の真の人間と文化の創造が生まれる。いまこそはまさしく歴史の偉大なる転換点なり。絶望なんかクソ喰らえ。なれば、破壊に巻き込まれて無駄に死ぬようなことがないよう思いっきり身体を鍛えておくこと、そして戦争という狂気の実相をシッカリと観察しておくこと、そこに真の生きる価値がある。安吾さんはそう確信して戦争を見物しつづけていたのである。

水風呂と大谷石担ぎのこと

そこで、安吾さんが身体の鍛練のためにやった猛訓練とは何ぞや？「わが戦争に対処せる工夫の数々」に正直に書かれている。

その一、水風呂に入ったこと。新潟では荒々しい日本海でやったが、東京にはあいにく泳げる海がない。そこで、この水潜り（もぐ）の鍛練は前年の夏ごろからはじめた。

《……水風呂は燃料もいらず、時間もかからず、至極いい。秋になった、九月になった。十月になった。外気は寒くなっても井戸水の温度は同じことで、もぐってしまえば、夏の水浴と同じことだ。》

そして十二月となった。安吾は踏ん張って水風呂をつづける。B29が飛来（ひらい）してくるようになり、爆弾を落とすようになる。ますます「耐久力」をつけるために、水風呂に入って大きく息を吸って頭から潜（もぐ）る。

《もうちょっとの間と歯をくいしばって腹の五臓の底の底まで冷えてくる鋭さを五分ぐらい我慢している。それはたしかに慣れると爽快なものだ。》と自慢げにおっしゃいますが、空襲警報のサイレンを聞きながら、ポツンとひとり水の中で首だけ出してあたりを眺め渡し、しかもあまりの寒気と冷気に心臓に異常をきたし、素っ裸でひっくり返ったりしている安吾さんの姿を想像致しますと、やっぱりケケケケケと忍び笑いがしたくなってくる。

その二、二十年夏の初めから終戦まで、毎日十五貫の大谷石(おおやいし)を担(かつ)いで走ったこと。脚力とともに腕の力を強くする。

《私はパンツ一つの素ッ裸で、エイヤッと大谷石に武者ぶりつき荒川熊蔵よろしく抱きあげるのだが、おかげで胸から肩は傷だらけ、腕はミミズ腫(ば)れが入り乱れてのたくり廻っている勇しさで、全くどうも、頭の上にはB29がひどくスマートな銀色をピカピカさせて飛んでいるというのに、地上の日本は戦国時代の原始へもどって、生き残る訓練だといって、大谷石に武者ぶりついている。》

すなわちこの戦国時代の豪傑(ごうけつ)的頑張りには、たとえば爆風で防空壕(ごう)が押し潰(つぶ)されても、あるいはまたアメリカの大軍を日本本土に迎え撃っての決戦で、米軍戦車にひそかに隠れている壕が踏みにじられても、エイヤッ！　と石や材木をはねのけて地上に躍(おど)り出そう、という決死的に生きる算段あってのことなのである。

《近所の連中は気が違ったかと思って呆気にとられているが、私は心に期するところがあって俗人を軽蔑している。》

痛快というか、無茶苦茶というか、壮絶というのか、アホらしいというか、安吾さんならではの猛烈な奮闘ぶり、奮戦ぶり、鍛錬ぶりである。何としても最後まで生きのびて戦争を見物したいがために、こんな猛訓練を空爆下にやっていた豪傑は、日本中どこを見渡したって金輪際、いない。

消火のために獅子奮迅のこと

では、身体を鍛えて見物に徹した安吾さんは、三月十日の無差別の絨緞爆撃にはじまって、一木一草も残すことなく、満目蕭条、一望千里の焼け野原となっていく東京にとどまって、何を見つづけたのか。

かれが起居し水風呂に潜っていた蒲田区安片町（現・大田区東矢口二丁目）の家の周辺は工場地帯である。当然のことながら、マリアナ諸島の米戦略空軍には絶好の攻撃目標となっていた。それで、しょっ中、ときならぬ爆弾に見舞われ、焼夷弾がバラまかれ、戦後の『青年文化』第二巻第一号（昭和二十二年一月）に書いたエッセイ「模範少年に疑義あり」で、安吾は「まったくウンザリしたものだ」と大いにボヤいているほどやられている。

　そして、それは四月十五日、と断定できるのであるが、この夜、二百機のB29が来襲して蒲田区の九九パーセントを焼き払った。*13 ところが、まわりが綺麗に焼け野原となったこの夜、安吾さんの家をふくめてわずかに三十軒ほどの一区域がポツンと焼け残された。このとき、見事なる奮闘ぶりをみせ、安吾を驚かした女性がいる。それは安田屋のおカミさんであったという。彼女はどうやら罹災者で安吾の家に仮泊まりしていたらしい。安吾さんは褒め讃える。

《驚くべき度胸の人で、爆撃下の二時間手を休めず井戸の水を汲みつづけていたが、四方八方に落ちてくる焼夷弾に頭一ツ下げなかった。神田の職人の親方の娘で、子供の時から職人達の世話を見て姐御のように育った人であるから、さすがに見上げたものだと思ったが、江戸のカタギというものはこの戦争で最も光を見せたものの一つであった。》

（「焼夷弾のふりしきる頃」）

　それにしても、なぜ焼け残ったのであろうか。

　当時、安吾の家の両隣に軍需工場の寄宿舎があり、そこに寝起きしている工員が六十人ほどいた。さっきのエッセイ「模範少年……云々」によれば、そのなかに、《酒など持ち帰って酔っ払って唄ったり、警報が鳴っても起きたことがなく、おまけに電燈をつけ放しておくので、かならず近所の誰かに怒鳴られる。近所の塀を叩きこわして燃料にしたり、家庭菜園の泥棒もあいつらだろうなどと憎まれ者の》不良少年の工員が七、八人ほどいた。じつは、この連中が命をまとに踏みとどまって、消火に猛烈な頑張りを発揮したから焼け残ったのだという。ところが、五十名ほどのふだんは真面目な優良工員たちはまったく役立たず。《隣家へ焼夷弾が落ちて火事になってもボンヤリ眺めているだけ》であったという。

さらに、その後の五月二十三日、焼跡になっているあたり一面かまわず闇雲に、ほぼ二時間ほど、B29は焼夷弾攻撃を蒲田区にかけてきた。このとき、安吾さんも日頃の鍛錬よろしく獅子奮迅の戦いをしている。

《私の前後の二軒に五十キロ焼夷弾、その他あっちでもこっちでも、総計二三百にあまる大小焼夷弾の雨がふった。一つ消す、又一つ。それを消す、又、落ちる、二時間ブッ通したのだ。ヘトヘトに疲れて、私など目が廻り、どうにとなれ、もう厭だ、と動く力もなくなったほどだ。》

ところが、このときに目を見張る大活躍したのがタカシ君という青年。安田屋のおカミさんの息子で、会社の規則ずくめにたいしては不平不満でタラタラ文句ばかり、工員としては大いに不良の方であった。その少年が燃え上がる猛火の真っ直中に躍りこんで、阿修羅のごとくに火と戦った。安吾の家も、前後左右の家々も、この少年の捨身の肉弾突撃によってふたたび焼け残ったのである。ああ、それなのに、このときも模範工員たちときたら、警戒警報で勢揃(せいぞろ)いをし、空襲警報になると各自全財産を背負って、号令一(いっ)下(か)粛々(しゅくしゅく)と逃げ出していったではないか。これでは安吾さんならずとも慨嘆(がいたん)したくなるというもの。

《日頃自分の好き嫌いを主張することもできず、訓練された犬みたいに人の言う通りハイハイと言ってほめられて喜んでいるような模範少年という連中は、人間として最も軽蔑すべき厭らしい存在だと痛感したのである。》（「模範少年に疑義あり」）

そして気に入ったほうには手放しの絶賛の言を。

《東京の鉄火の血には信頼できるものがあり、外見は浮薄であり不良であっても、魂に血が通っているのだ。》（「焼夷弾のふりしきる頃」）

屍体のかぶっている戦闘帽のこと

こうして安吾さんが危機に直面しながら〝人間〟なるものを学んでいるうちに、東京はもう完全な焦土(しょうど)の広がりとなり、攻撃は地方都市へ移ってB29にも見放されてしまう。やがて焼跡に雑草が生えだしたころ、それでもときどきB29が飛んできては、迷惑千万にも爆弾を落としていったりする。そのために安吾さん宅の付近で防空壕がペシャンコになり、なかに入っていた七人の工員が窒息死するという惨害(さんがい)があった。そのときのその屍体の後始末のことを、「わが戦争に対処せる工夫の数々」のなかで安吾さんは克明に書いている。
すなわち、この死んだ七人を火葬にすべく、二人の工員らしい男が材木の上に屍体を順に積み上げていた。安吾さんは近所に手紙を出しにいく途中で、その情景をフト目にしたのである。二人の工員は鼻唄まじりにドッコイショと屍体を材木に積み上げながら、一つの屍体がまだ真新しい戦闘帽をかぶっているのに気づく。すると、その戦闘帽をぬがせ、無造作に横っちょへポイと投げた。そのアッサリした動きを認めて安吾さんは書いている。
《あとで誰にいくらに売ったか知らないが、私は然しチラと横目にこれを見て、別に厭な気はしなかった。青空の明るい夏であった。すべては健康であった。野武士というものも、こんな風な、健康なものであったに相違ない。人間の健康さだか、森の狸や狢のような健康さなのだか知らないが、私は今でも忘れない。ヒョイと帽子をつかみとって横へ投げすてた。だいたい屍体に対する特殊な感情や態度が微塵もないので、罪悪的な暗さは全くない。開放的で、大らかで、私が健康を感じたのは私が落ちぶれたせいではないのである。私をとりまく環境が、こういう風になっていた。》
もちろん、そこには罪悪の匂いすらないと安吾はいう。二人の工員はまったくの無心であった、と安吾はいう。嘘も隠しもなく、それが戦争というもの、戦火に生きる人間の真の姿というもの。爆弾下の無感動な、ごく淡々として、平凡な行為をなんら憎む必要なんかない。もし、そこになにか感ずべきものがあるとするならば、それは人間の宿命の哀しさというもの。平和な安穏（あんのん）な時代には見えてこない人間の心の奥底にあるもの、普段は隠されているもの、それが苛酷（かこく）な戦争ゆえに自然と見えてしまったまでで。つまりそれが人間というものである。

強圧的な体制の命ずるままに、それを維持するためにどんなにか人々は犠牲を払ってきたことか。そんな生き方が虚偽であることを戦争が明確に見せてくれた。それよりも人間は自分本位に自然に生きることに徹せよ、である。乱世の人間は体裁では生きられない。体裁では危機を乗り越えることはできぬ。

このようにして、まわりに山ほどもころがっている死と残酷の真っ只中にあって、とにかく生き残ることを考えつつ、大いなる破壊と殺戮（さつりく）の地獄とを見物しながら、安吾さんは〝人間〟を見る目を鍛えに鍛えていったのである。

やがて戦争が終わり安吾を文学の鬼に推（お）し上げる「堕落論」が書かれるが、その三分の一を費やしての戦争末期の体験談というのは、それゆえにまことに納得できる。したがって、これを私小説として読むことができるのは、いわば当然なのである。屍体の戦闘帽をとってヒョイと投げる無心な、健康な路傍（ろぼう）での風景、つい微笑（ほほえ）むことができても、そこに憎むべきなにものもない。むしろ人間とは何と可愛らしいものか、と思えるくらいである。そしてそこからまことの建設がはじまると見るべきなのであると安吾はいうのである。その意味から、安吾の太平洋戦争とは、空襲体験と同義といったほうがいいのかもしれない。

偉大な破壊が好きであること

そう観じてくると、「堕落論」のなかのびっくりするような、いくつものセリフはすべて納得できるというもの。

《私は偉大な破壊が好きであった。私は爆弾や焼夷弾に戦き(おのの)ながら、狂暴な破壊に劇し(はげ)く亢奮(こうふん)していたが、それにも拘らず(かかわ)、このときほど人間を愛しなつかしんでいた時はないような思いがする。》

《私は偉大な破壊を愛していた。運命に従順な人間の姿は奇妙に美しいものである。》

《あの偉大な破壊の下では、運命はあったが、堕落はなかった。無心であったが、充満していた。》

いやいや、どうせ引用するならば、小説「続戦争と一人の女」(『サロン』第一巻第三号、昭和二十一年十一月)を全編写しとったほうが、ずっと分かりやすいのかもしれない。安吾が自分の目で見、そして体験した太平洋戦争の実相というものがすこぶるよく出ている。しかし、まさか全文を写すというわけにもいかない。やむなく、つまみ食いをすると、ここにはカマキリとデブという六十歳ぐらいの小金を貯めた二人の助平オヤジが登場する。しきりにいやらしく誘いの手をさしのべるのであるが、結局は元娼婦あがりの淫蕩（いんとう）なヒロインの女の手玉にとられる愚物（ぐぶつ）なのである。とくにこのカマキリたるや、日本が戦争に負けるのをウハウハ大喜びしているヘンな奴。そしてこう考えている。

《男の八割と女の二割、日本人の半分が死に、残った男の二割、赤ん坊とヨボヨボの親爺の中に自分を数えていた。そして何百人だか何千人だかの妾（めかけ）の中に私（注・ヒロインのこと）のことを考えて可愛がってやろうぐらいの魂胆なのである。》

　戦争中、同じように、男が八割死んで俺は二割の中に生き残って……なんて不届きの考えをしていた日本男子が相当いたことは間違いない。その上に、このカマキリやデブといった後期高齢者ならざる老人どもときたら、露骨に自分が死ぬことや自分の家の焼けることを怖がっているくせに、

《他人の破壊に対する好奇心は若者よりも旺盛で、千葉でも八王子でも平塚でもやられたときに見物に行き、被害が少いとガッカリして帰ってきた。彼等は女の半焼の死体などは人が見ていても手をふれかねないほど屈（かが）みこんで叮嚀（ていねい）に見ていた。》

　この点に関しても、向島（むこうじま）の私が住む町の周辺にもそんな助平オヤジが、たしかに存在していた。遠出しての空襲見物のついでに、破壊された家から何かチョロマカしてくる

悪い輩もいた。人間とはそんなもので、自分が被害者とならないかぎり、破壊とはたしかに見物に値し、他人の不幸を横目で眺めて喜ぶところがないわけではなかった。安吾さんの観察には嘘いつわりはコレッポッチもない。が、この小説ではそのこと以上に、ホトホト生きることに倦み疲れた元娼婦のヒロインが、壮烈なる、ある意味では〝地獄〟そのものを見せてくれるような言葉をつぎつぎに吐いてみせる。このアッケラカンさ、ノホホンさ、それを列挙するほうがよろしいのかもしれない。

《夜の空襲はすばらしい。私は戦争が私から色々の楽しいことを奪ったので戦争を憎んでいたが、夜の空襲が始まってから戦争を憎まなくなっていた。》

《夜間爆撃の何が一番すばらしかったかと訊かれると、正直のところは、被害の大きかったのが何より私の気に入っていたというのが本当の気持なのである。照空燈の矢の中にポッカリ浮いた鈍い銀色のB29も美しい。カチカチ光る高射砲、そして高射砲の音の中を泳いでくるB29の爆音。花火のように空にひらいて落ちてくる焼夷弾、けれども私には地上の広茫たる劫火だけが全心的な満足を与えてくれるのであった。》

《私はラジオの警報がB29の大編隊三百機だの五百機だのと言うたびに、なによ、五百機ぽっち。まだ三千機五千機にならないの、口ほどもない、私はじりじりし、空いっぱいが飛行機の雲でかくれてしまう大編隊の来襲を夢想して、たのしんでいた。》

もっともっとあるが、これでやめる。これらすべての言葉は元娼婦のものにしてさにあらず、安吾その人の実感的かつ正確きわまりない戦火の感想なのであろう。

そうだ、二十二年八月に発表されたエッセイ「散る日本」にもあったことを思い出した。戦争終わってこのかた、一度だけ原子爆弾のアメリカのニュース映画を観たほかは、映画も劇もレビューも野球も相撲も見たことがない、見たいともおもわない、としたあとで、安吾はこううそぶいた。

《思えば空襲は豪華きわまる見世物であった。ふり仰ぐ地獄の空には私自身の生命が賭けられていたからだ。》

あるパイ一屋の女のこと

戦後すぐに、戦争を一種冒瀆したかかる小説をいくつも書いた安吾の度胸のよさには感服するばかり。ところで、さらにもう一つ感服するのは、どうやら安吾さんは現実にこの小説の女のモデルとおぼしき女と、焼夷弾降りしきるなかで、すべてを忘れてエロチカルにあのことだけをよろしく励んでいたようなのである。強調の必要ないかもしれないが、ときに安吾さんは満三十八歳、モリモリであった。

いままでにも何度か引いた自伝的エッセイ「魔の退屈」の、ごく終わりのところに突然のようにこの人間離れした女がでてくる。

《女は晴着のモンペをつけてアイビキにでかけてくるくせに、魂には心棒がなく、希望がなく、ただその一瞬の快楽以外に何も考えていないだらしなさだった。何のハリアイも持っていなかった。そしてただ快楽のままに崩れて行く肉体だけがあった。

「あなたはむずかしい人だから、あなたと結婚できないわ」

と女はいつも言った。……停車場まで送ってやると、電車がきても何台もやりすごして乗らず、そのくせ、ニヤニヤしているばかりで、下駄でコツコツ石を蹴ったり包みをクルクル廻したりしながら、まったくとりとめのないことを喋っている。そうかと思うと、急にサヨナラと云って電車に乗ってしまう。何も目的がないのだ。》

おやおや、もしかしたらかの亭主持ちのお安さんが、またまた安吾を追っかけて現れ出てきたのかな、と一瞬思えたものであったが、見当外れのようである。安吾の戦後の小説「白痴」や「外套と青空」や「女体」に出てくるような、精神性のひとかけらもない、ただ肉体だけ、性欲だけに純粋に生きている女で、お安さんとは大違い。それを証明して、大井広介が『文學界』（昭和三十年四月号）の「坂口安吾の想い出」に、安吾からの来信にふれて、すこぶる楽しいことを書き残してくれている。

「（一通は）坂口があるパイ一屋の女と恋仲になった。せまい店で、女とコック兼主人の二人きり、坂口はそうとはしらず、あけすけに口説いていたら、女は主人の女房であったという便り。その後編（の他の一通）は深刻で、思いあまってとびだした女と、安宿を転々しているうち、坂口はお臍（へそ）の中にエロダニというのが喰いついてとれない。どうしたものか。私は何時か宮内寒弥（みやうちかんや）がエロダニの妙薬を知っていると話していた。私から問い合せると、返事した。こう書くと滑稽（こっけい）な手紙のようだが、哀調切々、心中でもしやしないかと心配した」

これは明らかにエロダニに譬（たと）えて、十九年の秋ごろに、自分からかなり積極的に口説いたものの、肉欲にのみのめり込んでいる変チクリンな女にとっ捕まってのベトベトの苦闘を、安吾さんは「哀調切々」として訴えたのであろう。その挙げ句に「心中」の（ことによったら無理心中の）心配までされるなんてタダゴトではない。ではあるけれども、安吾さんは心中についていては、いくらか安心していたのではあるまいかと判断する。やがては日本帝国が完全に壊滅するときがくる。何もかも噴き飛んでしまう日の訪れは案外に急速なのかもしれない。そうなれば国家と心中するのみで、女と心中なんかしている暇はないのである。

《この女はただ戦争に最後の大破壊の結末がきて全てが一新するということだけが願いであり、破壊の大きさが、新たな予想し得ない世界への最大の味覚のようであった。》（「魔の退屈」）

「この女」を「安吾」とおき換えてみるといい。安吾はひそかにそう確信していたのである。が、状況は何やら怪しくなってきた。最後の最後まで大日本帝国は戦いの限りをつくして滅亡するものと決めていたのに、日本の軍部は大言壮語すれど、ほとんど無抵抗で、あれくらい狙いやすい低空で飛来するB29には手も足もでない。いや、出せない。こんなに弱くては、《東京が敵軍に包囲されドンドンガラガラ地軸をひっかき廻し地獄の騒ぎをやらかした果に白旗があがったとき、モグラみたいにヒョッコリ顔をだしてやろう》(「魔の退屈」)という安吾の目論見はパアになりそうな形勢にいまやなっている。

そう考えられはじめたとき、つまりみじめに生き延びた未来を考えたとき、安吾はかなり心底慌てふためくものを感じたのではあるまいか。すべてがガラガラポンとはならずに、こりゃ恥だけこの世に残すことになる。大井広介は、「貴方が私に寄越した手紙の所有権は私にあるんだぞ」とニタニタしている。安吾はそこで「遺言にて書簡集は一切発刊を禁じておくから」と反撃したが、大井はどこ吹く風。安吾は思う、いやはや、困った事態に相なった、あんな手紙が後世に残っては……、と。

ところが、なんと、六月、大井邸は大空襲で灰燼に帰す。安吾ははるばると蒲田から千駄ヶ谷まで歩いて見舞いにやってきた。茫然自失している大井の顔を見た安吾さんは、慰めの言葉を一言いうと、すぐに訊ねた。「ときに、今度は例の手紙も焼けたね」。大井がうなずく。安吾の手紙も何もかも全部煙とともに灰サヨナラとなっていた。安吾はニッコリ、それは包みきれない嬉しさを示した笑顔であったという。そして、焼跡整理の手伝いをすることなく、また歩いて蒲田へ帰っていった。その足どりはスタコラといとも軽やかであったにちがいない。

＊13　四月十五日から十六日にかけての空襲のことを、消防庁の調査結果をもとに書いておく。十五日午後九時二十分「警戒警報」、十時三分「空襲警報」、空襲が始まったのが十時十五分、「空襲警報」解除が十六日午前一時十五分、「警戒警報」解除が二時十五分である。来襲したB29二百機の攻撃は三時間にわたったことがわかる。安吾さんが奮闘したのはこの三時間である。攻撃は大森、蒲田、目黒を中心に、麻布、世田谷と広範囲に及び、主として焼夷弾によるもので、瞬時にして多発火災発生し、「民防空は全く戦意を喪失し、見るべきものはなかった」とされている。焼失家屋六万八千四百余戸、死傷者二千五百六十一人。安吾さんがその一人でなくてよかった。

第十一章 「人間は生き、人間は堕ちる」——昭和二十一年

根こそぎの大動員のこと

昭和二十年八月十五日の大日本帝国の降伏を書く段になった。その前に、戦時下の安吾さんについて書き残している大そう気になることがある。そのことについて、ここはどうしても少々くわしくふれねばならないと思っている。

それで前提として余計なことを書く。この年の四月一日の沖縄本島への米軍の上陸を迎えて、大本営陸軍部（参謀本部）が策定せざるをえなくなった一大作戦計画にふれておく必要がある。すなわち、ここまで追い詰められてきて、なりふり構っていられぬと、具体化した本土決戦の作戦準備計画（作戦要綱）についてである。それは四月八日に、全軍に厳かに示達された。

「一、日本陸軍はすみやかに戦備を強化して、米軍必滅の戦略態勢を確立し、米軍の侵寇を本土要域において邀撃する。戦備の重点を関東地方および九州地方に保持する。

二、（略）

三、本土要部に対する米軍の攻略企図はつとめてこれを洋上に撃破するとともに、上陸する米軍に対しては、果敢な地上攻勢をとり、迅速な決戦を求める。」

そしてこの作戦要綱にもとづいて、日本陸軍はシャカリキとなって、四月十日ごろから召集令状を多量に連発していった。とくに、月が替わった五月には、新たに編制する決戦師団十九、独立混成旅団十五のための第三次大動員を下令する。それは五月二十三日にはじまったもので、師団を約二万人、旅団を約一万人として計算すれば、じつに五十余万人からの兵隊の大動員である。

参謀本部の作戦部長宮崎周一中将は悲痛な叫びをあげた。

「かまわん、質よりも何よりも量だ。老兵だろうと、武器や弾薬が不足であろうとかまわない。とにかく敵上陸地点に張りつける兵隊の数が大事なのである」

上陸してくる強力なる米軍に大打撃を与えるためには、人海戦術による肉弾攻撃あるのみ。役たたぬ老兵でも消耗戦を戦うためには大歓迎である。この非人道的な乱暴きわまりない大動員によって、まさしく日本本土の在郷軍人が根こそぎ召集されたし、未教育の第二乙種合格や丙種不合格のものにまで、委細かまわずドシドシ赤紙が送り届けられたのである。

天皇は大元帥の軍装に大勲位と功一級の副章をつけ、元帥刀をさげて、各連隊長を宮城に召して恭しく軍旗を授与した。いかに数多くとも一括ということはせず、連隊ごとに勅語をだして授与するのである。記録によれば、四月に八旒、五月に四十旒という沢山の軍旗が新設の連隊の先頭にはためいたという。そして決戦師団の連隊には歩兵第二百三十一連隊といった風に二百台番号が、沿岸配備兵団の連隊には三百台番号が与えられた。

召集スッポカシのこと

さて、安吾さんとはおよそ関係のなさそうなことを例によって長々と書き綴ったが、そのわけは、左の文章に遭遇したからである。

「そんなある日、正確には四月十五日の午後、安吾にも召集令状が来たのである。そのとき、彼は四十歳、そんな年齢で鉄砲かついで歩くのはいかにもしんどい。それに戦争は誰の目にも勝ち目のないのはわかっていた。そんなとき突然、届いた召集令状に、彼は困惑したに違いない」

ところがその夜にB29による大空襲。

「多くの人が焼け死んだ。といって、一人一人の死亡確認などをする公的機関は存続していない。安吾はこれさいわいと自らを死亡したことにし、うまい具合に徴兵を逃れたのである」

出所は作家村上護さんの好著『安吾風来記』。エッ、こんなことってあるの？　と思う暇もなく、さらに安吾研究家の浅子逸男さんつくるところの貴重な坂口安吾の「年譜」にも、わが疑問を弾き飛ばすがごとく、「四月十五日、召集令状がきたが、その夜の空襲で蒲田は焼け野原となったため、召集をすっぽかすことができた」とあるのである。

これらの記載に、わたくしは心底面食らったのである。いくらすべて出鱈目でゴチャゴチャにして目茶苦茶な空襲下とはいえ、鬼より怖い召集令状からこんなに易々とズッコケることができるなんて、まったくの話がウヘェーと腰の蝶番を外すほかはない。

空襲下、町内のありとあらゆることに責任をもつ町会長にして防空団長であった父親をもつ中学二年生（当時）のわたくしには、空襲で死んだことにして徴兵逃れができるなんてとうてい信ずることができない話。満目蕭条の三月十日の一日中、自分の家の焼跡に哀れな中学生を独りとり残して、屍体確認やら死亡証明書やら家屋罹災証明書やら学校転校証明書やら、町内の諸事百般の雑事処理で三日も四日も飛び回っていた親父のことを想い起すと、赤紙からのズッコケなんて夢のまた夢と思われてくる。ましてや安吾さんの家は焼け残っているのである。安吾さんの生存を確認している近隣の住人も山ほどいるのである。

ああ、いまどきの若い人々には、戦争中の鉄鎖の如き特別高等警察（特高）や憲兵の魔手の恐ろしさや、在郷軍人や警防団の狂気の探索ぶりなんか、多分に理解できないのであろう。それに右に書いたように、四月はまだそれほどの大動員ではなく、官憲にもかなりの余裕があったころである。確実に焼け死んだとわかればともかく、銃殺刑は確実という破廉恥なる敵前逃亡者をたやすく見逃すようでは軍全体の士気にかかわる。名誉にかかわる。かれらは草の根をわけても血眼になって捜し出すにきまっている。

それに安吾さん自身はかすかにもそのことについてふれていない。いずれも戦後に書いたもので、いくらかは面白おかしくしようとの誇張や虚構やシャレもまじっているかもしれないが、安吾さんは自分の行為や行動を隠蔽したり誤魔化したりしない作家である。一つ二つ、長く引いてみる。

《私は六月の中頃だろうか、もう東京が焦土になってのち、勇気をふるって「黄河」の脚本を書いた。……ただ重苦しさの厄をのがれるためというだけの全然良心のこもらぬ仕事であった。だいたい、あの戦争の荒廃した魂で、私に仕事のできる筈はない。書きかけの原稿を焼いた私は、私自身の当然な魂を表現していたのである。私はただ退屈しきった悪魔の魂で、碁にふけり、本を読みふけり、時々一人の女のハリアイのない微笑を眺めて、ただ快楽にだらしなくくずれるだけの肉体をもてあそんだりしていただけだった。》（「魔の退屈」）

また、このハリアイのない女との会話も同作品に書かれている。

《「あなたのところ、赤ガミが来ないのね」／「こないね」／「きたら、どうする」／「仕方がないさ」／「死ねる」／「知らないね」》

これが実際に赤紙からのズッコケ人が書くことであろうか。さらにまた、《友達がなくなったので困ったが、奇妙に本屋が焼け残ったので、三日に一度は本屋街を歩いていた。神保町、本郷の帝大前、いずれも本屋だけ残っている。本郷の本屋が神田の半値ぐらいに安いのも土地の良心であったろう。又、早稲田のグランド上にも本屋街が焼け残り、ここには知人の大観堂があった。出掛けて行って他では手に入らぬ本をせびると、外ならぬ遠路の珍客ですから、と彼は笑って、倉庫からとりだしてきて無性に私を喜ばしてくれることもあった。》（「焼夷弾のふりしきる頃」）

こんな風に、生きのびるために会社へ出掛けたり、焼け残った人々とヘボ碁にふけったり、神田や本郷や早稲田の本屋街に頻繁に出入りしたりしたら、アレヨという間に官憲にひっ捕まるにきまっている。密告や中傷がまかり通っているときなんである。だいたい、古今東西、かかる大手をふって出歩いている亡命者ないし潜行者がいたなんて話を聞いたことはない。ギネス・ブックものである。

その上に、日本降伏の直前の八月十二日、東京新聞に、なんと安吾さんは空襲下の唯一の作品であるごく短いエッセイ「予告殺人事件」を発表している。さきに予告のビラを撒いて、B29は中小の地方都市に予告爆撃というものをやりだしたが、これはまさしく予告殺人事件と同じである。でも、日本人は根本的に楽天的な国民で、シンから悲観し打ちのめされるということはない、として安吾さんはこう論じている。

《私の隣組は爆弾焼夷弾雨霰とも称すべき数回の洗礼を受けたのであるが、幼児をかかえた一人の若い奥さんが口をすべらして、敵機の来ない日は淋しいわ、と言ったという。私は之をきいて腹をかかえて笑ってしまったが、全く日本人は外面大いにつらそうな顔をして毎日敵機が来て困りますなどと言っているが、案外内心は各々この程度の弥次馬根性を持っているのではないかと思った。》

召集ズッコケの非国民が、ヌケヌケと署名原稿を発表するなんて危険なことをよく出来たものよ。もちろん、日本降伏が三日後にあるなんて知りようもないのであるから、捕まえてくれと自分から名乗り出たようなものではあるまいか。いや、令状は本名の坂口炳五であって、それが安吾と同一人とはお釈迦様でも気がつくめえ、ましてやウスノロの特高や憲兵においてをや、とでも夫子は楽観していたのであろうか。

それにしても、あのすさまじい時代に超人的にすぎる度胸のよさ、である。まさか、まさかと思いつつ、ときには猿飛佐助のごとく、ときには孫悟空のごとく天衣無縫の安吾さんのことである。あるいは、ズッコケもあり得たことかと考え直したくなる。さて、どんなものか。[*14]

胸中に吹き荒れる戦争のこと

八月六日のヒロシマ、九日のナガサキ、満洲、そして十五日の「堪え難きを堪え忍び難きを忍び……」の天皇放送によって、日本国民はこの悲惨にして無残な戦争が終結したことを知らされた。それはまた、あまりにお粗末な録音であったばかりに、「堪え難きに堪えて最後の一兵まで戦え。いっそう奮起せよ」との大元帥陛下の大号令と勘違いして、放送を聞いたものも相当多くあったという。それくらい民草には想像を絶した、あっけなくも情けない降伏であったのである。

多くの知識人や作家は慟哭をもってこの八月十五日を迎えた。それを細かく一人ひとり書く余地はないから略す。ただし、若い読者に理解してもらうために、何人かの俳人のその日のことを詠んだ句をあげる。当時の日本人がどんな気持で敗戦を迎えたか、少しくわかってもらえるであろう。

・秋蟬も泣き蓑虫も泣くのみぞ　高浜虚子
・烈日の光と涙降りそゝぐ　中村草田男
・泣くときは泣くべし萩が咲けば秋　山口青邨
・何もかもあつけらかんと西日中　久保田万太郎

その上、念のために付け加えておけば、放送が終わってしばらくしたのちに、民草の心を満たしたのは、もはやB29は来ない、空襲はない、死なななくてもよくなった、という最大の嬉しさであったこともまた確かではあるが。

わが安吾さんの天皇放送を聞いた時点での感想らしきものを、ほじくり返して探したけれども、ない。戦後に書いたものの中にも、とくに八月十五日にふれて書いたものはないといっていい。[*15]ただ、「ぐうたら戦記」のお終い(しま)にそれらしいものがあった。天皇放送を聞きながら安吾さんが想いだしたのは、十六年十二月八日の、小田原(おだわら)のガランドウ宅の二階で目をさまし、昼ごろに外へ出たときの妙に人通りのない、ポカポカ天気の道のことであった、という。

《生きて戦争を終ろうとは考えていなかった。とはいえ、無い酒をむりやり探して飲んだくれ、誰よりもダラシなく戦争の年月を暮した私であった。そして虚しい戦いのみはまだだらしなく私の胸の中にだけ吹き荒れているのである。》

国家が降伏して誰もが戦争は終わったと思いホッとしたときにも、すなわち、安吾の戦争は、まだ終わりを告げてはいなかったようなのである。言い換えれば、その胸の中に〝戦後〟はまだ訪れてきてはいなかったというのである。

創刊あるいは復刊雑誌のこと

とにかく徹底的に戦い、徹底的に敗北して、戦争が終わったのである。九月末には「新聞言論制限法全廃」の指令が、連合国軍総司令部(GHQ)から日本政府に通達され、雑誌・出版界は、俄然、息を吹き返した。いや、蜂の巣を突いたように、騒然と沸きたった。予想よりはるかに速やかに、言論・出版の自由が戻ってきたのである。

そう、たしかに自由はとり戻されたのであるけれども、話はそんなにトントンとうまくいかなかった一面があるのである。すなわち紙が徹底的になかった。売れるとわかっていても、紙がなくては雑誌はつくれない。

しかも、当然のことながら、まず大手を振って活動を開始できたのは左翼系の指導者とそれにしたがう出版業者であった。戦争中とは立場の大逆転が訪れた。戦時中の右翼系の役員で占められていた統制団体の日本出版会は解散となり、今度はそれまで冷飯を食わされていた左翼系の人々によって占拠された社団法人日本出版協会へとさっさと衣替えしたのである。しかも左翼系ばかりではなく敗戦に便乗一旗組の出版社も、千載一遇とばかり、日本出版協会になだれこんだ。そして、これまた当然のことながら、この団体が出版用紙の配給、何社には何程の用紙を与えるべきかの割当権を、一手に掌握したのである。与えられた言論の自由とは無関係に、紙はともかくまだ統制物資であるから、協会を経ないかぎり、一枚といえども入手できなかった。これでは自由な活動もままならない。

それと占領政策にしたがって、出版物はすべてゲラ刷りのうちに、ＧＨＱの検閲係に届ける必要があり、ＧＨＱの気に入らない個所があれば、ただちに削除された。そして検閲は左翼的なものにはすこぶる甘かった。さらに二十一年一月九日には、GHQのスポークスマンが「日本の出版界には、戦争中、軍国主義的な出版物を発行して、戦争を煽ったり、国民を誤らせた出版社がある。いま調査中だが、適当な措置によって、出版界は粛清されねばならぬ」と言明する。

この発言に乗っかって、一月二十四日、日本出版協会の定時総会がひらかれる。そこで「戦犯出版社をつぶして紙を分配せよ」「粛清委員会をつくれ」の発言と、断固反対の怒号入り乱れるなかで、強引に〝戦犯七社〟の即時除名が票決される。〝A級〟戦犯の烙印がおされたのは講談社、主婦之友社、家の光協会、旺文社、第一公論社、日本社、山海堂の自他ともに認められる七社。さらに〝B級〟指定の十一社のなかに、博文社、新潮社、誠文堂新光社、文藝春秋社などがあげられていた。

文藝春秋社の社長にしてかつての文壇の大御所菊池寛は、こうした仲間同士が刺し合う風潮をニガニガしく思ったのであろう、「其心記」（『文藝春秋』昭和二十一年一月）に書いている。

「今度の戦争中にも、こうした便乗派が到る処に跳梁した。それは、軍部に便乗することによって、出来るだけ自分の地歩を護持しようというのであった。こういう連中に限って他人を非国民呼ばわりをし、自分の滅私奉公ぶりを吹聴し、出来るだけ自分を社会の第一線に押し出そうとするのである。既成勢力を倒して、自分がそれに取って替ろうとするのである」

しかし、正直なところ菊池の言はなんとなく弱々しい。

そんなこんなで、戦後の日本の出版・雑誌ジャーナリズムは、旋風に吹きまくられるように乱れに乱れた。菊池のいうごとく、昨日まで神州不滅とか、天皇帰一とかいっていた連中が、一夜にして進歩派革新派を名乗って、日本を四等国と罵り、天皇をヒロヒトと呼びすてにしてテンとして恥じなかった。てんやわんや、である。紙の割当の不安、戦犯指名の不安、GHQの検閲の不安と、前途には不吉な暗雲のみがたちこめてはいる。しかも、何をやるにもいちいち〝民主化〟の理屈がつかないことには、世の中に出ていくことが不可能なのである。

そんな怪しげな時代の奔流ではあったが、とにもかくにも、与えられた自由の空気を満喫して、雑誌界はいまや完全に息を吹き返した。昭和二十年に創刊あるいは復刊された雑誌は、『思想』『新時代』『文學』『文藝春秋』『新生』『早稲田文學』『新潮』『オール讀物』など三十四誌。そして二十一年一月になると、『改造』『自由』『世界』『中央公論』『展望』『三田文學』『りべらる』『近代文學』など二十六誌が一挙に創復刊されたのである。文運はいまや隆盛の一途をたどるばかり。

こうなれば、物書きはだれもが、われ雌伏何年なりしか、なんて指折って数えている暇はないのである。もちろん、われらが安吾さんの出番がいまこそやってきたのである。

特攻隊員が闇屋となること

と、意気込んでわたくしは書いたものの、戦後の昭和二十年の当の安吾さんの仕事ときたら、『新時代』創刊十月号に創作「露の答」があるだけ。翌二十一年になって、『近代文學』創刊一月号に創作「わが血を追ふ人々」、二月二十五日発行の『月刊にひがた』第三号にエッセイ「地方文化の確立について」、『早稲田文學』三月号にエッセイ「処女作前後の思い出」、そして『新女苑』三月号に創作「朴水の婚礼」とつづくが、とり立ててどうということはない。書きたいことはうんと貯まっているであろうに、どうしたことか。

そんな拍子ぬけもいいところで、ドッカンと、『新潮』四月号の「堕落論」が打ち出されたのである。世をさながらひっくり返さんばかりに。

頽廃と猥雑と虚脱、そして廃墟、そこから立ち上がろうとする戦後日本の心意気を象徴するこのエッセイについては、あまりに多くの人々によって、四方八方からあまりにも多くのことが書かれ、論ぜられている。わたくしなんかがシャシャリ出る余地はこれっぽっちもない。何を書いても二番煎じとなるのがオチならん。それに第一章でいっぺんふれておいた。それゆえ、同じことを書くことになって楽しくはないから、読者のほうはもっと楽しくないにちがいない。でも、坂口安吾をして戦後文学のエースとしての人気作家に押し上げた栄光の作品を素通りしては、安吾さんに申し訳ない気もする。何だ！　お前は作家にして作家にあらざるボロボロの冴えない時代の俺だけを書いて逃げ出すのかッ、と泉下からドヤサレそうである。で、やんぬるかな、しぶる筆を以下にすすめることとする。

街は焼け野原である。痩せこけた人間が眼ばかりギラギラ光らせて、ヨロヨロと畜生道餓鬼道をうろつき歩いているときであった。骨肉相争い、長幼序なし、仁義礼智忠信孝悌などどこ吹く風と、人をみれば泥棒か人殺しと思えのとき。そんななかで、われら日本人は破れ電車にイノチガケで乗り、ただパンのためにシャカリキになって働きだした。まだそんな殺伐たるときであった。でも肝腎なのは、生きとし生けるもの誰もが生き抜くために、ともかく元気を出し溌剌としていたことである。尻尾を巻いた負け犬はほとんどいなかったことである。そのときに安吾が唱えたのである。

《日本は負け、そして武士道は亡びたが、堕落という真実の母胎によって始めて人間が誕生したのだ。生きよ堕ちよ、その正当な手順の外に、真に人間を救い得る便利な近道が有りうるだろうか。》と。

前にも引用したが、わたくしの好きな一節をもういっぺん引用する。

《醜の御楯といでたつ我は。大君のへにこそ死なめかへりみはせじ。若者達は花と散ったが、同じ彼等が生き残って闇屋となる。ももとせの命ねがはじいつの日か御楯とゆかん君とちぎりて。けなげな心情で男を送った女達も半年の月日のうちに夫君の位牌(いはい)にぬかずくことも事務的になるばかりであろうし、やがて新たな面影を胸に宿すのも遠い日のことではない。》

しかし、だからといって、人間が変わったのではない。人間は元来そういうもので、変わったのは世相の上皮だけなんだ、と安吾さんは言い切った。

《人間は変りはしない。ただ人間へ戻ってきたのだ。人間は堕落する。義士も聖女も堕落する。それを防ぐことはできないし、防ぐことによって人を救うことはできない。人間は生き、人間は堕(お)ちる。そのこと以外の中に人間を救う便利な近道はない。》

引用するのも無駄なくらい人口に膾炙(かいしゃ)する一節である。

《堕ちる道を堕ちきることによって、自分自身を発見し、救わなければならない。政治による救いなどは上皮だけの愚にもつかない物である。》

爆死体を処理する青年たちの無心な作業、安吾はそれを戦争に特有の異常さとはみなかった。それがまともな人間というものであり、現実というもので、ありそうにないのに、しかし現実よりももっとリアルな現実がそこにあった。規則に忠実な優等生はくその役にも立たなくて、鼻つまみの不良少年のほうがはるかに人間として偉かった。

ことほど左様に、人間を呪縛するがんじがらめの規則や、架空の観念を捨ててみれば、真の現実が、真の人間がよく見えてくる。

もっと正確にいえば、戦時下の異常な緊張感のうちにあった精神の純粋さのほうがフィクションそのもので、すべてマボロシなり、ということ。大義名分だの、不義はご法度(はっと)だの、滅私奉公だの、忠君愛国だの、七生報国(しちしょうほうこく)だの、ありとあらゆるニセの着物を脱ぎ捨てよ。そして好きなものを好きだと言い切れる赤裸々(せきらら)な心になれ。つまり、既成概念の打破、支配者側が強制したタテマエ論を捨てよ、偽善をすてて〝堕落〟しろ、そうすれば、そこから生きる道が見つかる。それこそが人間再建の第一歩であると、安吾さんはその一事を元気よく言いつづけるのである。

一言でいえば、正しく堕ちよ、である。

戦争という大いなる破壊を通過して、そこから蘇生(そせい)する国家と人間が、既成の規範など眼中におかないのは当然のことじゃないか。安吾さんの主張はすこぶる明快であり鮮烈であった。

しかも、安吾さんは過去の日本人がそれによって立っていた〝骨〟を、ぶち切るために、あえて自分の身を切って血にまみれながら主張したのである。

天皇を拝賀すること

ただし、以上は、残念ながら昭和二十一年春のリアル・タイムの考察にあらず。これもすでに書いたことであるが、わたくしがはじめて「堕落論」を読んだのは、二十三年の夏休み、旧制浦和高等学校の寮の一室においてである。しかも、堕ちよ、人間は堕ちて初めて本物の人間になる、という何やらハッタリめいた言葉よりも、当時のわたくしは安吾さんが説いているつぎのような言葉のほうにショックを受けた、という記憶がハッキリ残っている。

すなわち天皇および天皇制について論ぜられているところである。いまはそのことについて、もう一度、少しく書いてみる。

《天皇制は天皇によって生みだされたものではない。天皇は時に自ら陰謀を起したこともあるけれども、概して何もしておらず、その陰謀は常に成功のためしがなく、島流しとなったり、山奥へ逃げたり、そして結局常に政治的理由によってその存立を認められてきた。》

まさしくそのとおり。幕府を倒してみずから親政をやろうとした後白河法皇、後鳥羽上皇、後醍醐天皇エトセトラ。いずれも成功したためしがない。とくに後醍醐天皇の建武親政なんか、わずか三年で瓦解した。南朝擁護の筆致で徹底する『太平記』ですら、王朝衰微の因は天皇にあり、といわんばかりの口ぶりで批判する。要するに、天皇が政治に関与するとロクなことはなく、大間違いなり、ということであった。

《〔天皇は〕社会的に忘れた時にすら政治的に担ぎだされてくるのであって、その存立の政治的理由はいわば政治家達の嗅覚によるもので、彼等は日本人の性癖を洞察し、その性癖の中に天皇制を発見していた。それは天皇家に限るものではない。代り得るものならば孔子家でも釈迦家でもレーニン家でも構わなかった。ただ代り得なかっただけである。》

これにはさすがにブッタマゲました。生まれてこのかた、現人神としてただ最敬礼するのみであった天皇陛下。その存在がただ政治的都合によって表にでたり裏に引っ込んだり、力を持ったり無力になったりとは！　その事実の指摘には真実眼からウロコが落ちた感があった。いまになれば常識的で、何の変哲もない話であるかもしれないけれども、敗戦後の万事がぐつぐつと煮えたぎっている当時にあっては、驚天動地の快（怪？）論であったことはたしかである。しかも、担げるものならレーニン家でも構わない、なんてアンマリであった。

《彼等は本能的な実質主義者であり、自分の一生が愉しければ良かったし、そのくせ朝儀を盛大にして天皇を拝賀する奇妙な形式が大好きで、満足していた。天皇を拝むことが、自分自身の威厳を示し、又、自ら威厳を感じる手段でもあったのである。》

彼等とは、政治的権力者たち。豈いにしえの源平藤橘のみならず、軍国日本の政治閥ども軍閥ども官僚閥ども財閥どもと、その取り巻きもまた然り。彼らの政治的目論見によって、利益追求によって、われら戦時下日本の民草はずいぶん馬鹿げたものを信じさせられ拝まされた。また、そのために生命を落とした。

大小の国粋主義者たちは、とにかくその馬鹿げたことに自分たちの威厳と存在意義と自己満足とを感じていたのであろう。だからといって、それをあざ笑うわけにはいかない。いまさら怒るわけにもいかない。われら民草も戦争中何かにつけて似たことをやっていたこともたしかであった。

しかしながら、と安吾さんはいう。

《天皇制自体は真理ではなく、又自然でもないが、そこに至る歴史的な発見や洞察に於て軽々しく否定しがたい深刻な意味を含んでおり、ただ表面的な真理や自然法則だけでは割り切れない。……美しいものを美しいままで終らせたいという小さな希いを消し去るわけにも行かぬ。》

何はともあれ、これまでのように、天皇のために、国のために死ななくともよい、命を捨てるほどの超越的なものなど、もうこの世にはないと覚ったのが、わたくしたちの戦後のスタート。それゆえに、高校の寮内では、天皇の戦争責任論とか、それにともなう退位論とかの声々がようやくかまびすしくなりつつあったのである。そのときの、安吾さんの〈美しいものを美しいままで〉という言葉は、やっぱりジーンと胸に滲みてきたことを覚えている。

それにしても、といまは思う。あのころの口角泡を飛ばして徹夜での、われら焼跡派のやり合いは、程度の低いチャチなもので恥じ入るばかり。いやはや、二十歳ごろとはお互いに純真であり純粋であったなあ、と、ただただ懐かしく想うだけであるが……。

「サラバ、サラバ」のこと

このあと安吾さんは『新潮』六月号で小説「白痴」を発表する。ある意味では無頼派安吾のスタートを飾る記念碑的な快作である。いっぺん三月十日の焼跡の屍体のところで引用したし、同じところをもう一度書き写したくなってくるが、それはやめる。

《その家には人間と豚と犬と鶏と家鴨（あひる）が住んでいたが、まったく、住む建物も各々の食物も殆（ほとん）ど変っていやしない》

という書き出しには圧倒された覚えがある。人間も豚も犬も鶏も家鴨も同じ、といわれて、まったくそうだよなあ、とボロ服を着て、食えるものは何でも口に入れ、米粒のほとんどないお粥（かゆ）をすすりながら、しみじみと情けなく、かつクソッ今に見ていろ、と思ったものであった。

さて、戦前の昭和の、さっぱり作品の売れない時代の安吾さんと、ほんとうに長く懇々（こんこん）たる知己（ちき）としてつき合ってきた。それは安吾さんの孤独な、退屈な、ヤケクソの、しかし身をもって人間の本性を見極めるために必死に生き抜いていた時代といえる。そして、安吾さんの太平洋戦争は、戦争が終ってからもなお戦いつづけていたが、この「堕落論」と「白痴」を書くことによって目出度く〝終戦〟となった、と考えられる。そして「堕落論」と「白痴」以後、坂口安吾は戦後派の旗手となり、貯めに貯めておいた巨大な作家的エネルギーを奔騰させ、来る日も来る日も馬車馬のように原稿書きに追われることとなる。そうした流行作家の安吾さんと昵懇となろうと思えば、また別の覚悟がいる。

いまは「サラバ、サラバ」とひとまず手をふって別れるのみである。

＊14　安吾さんの赤紙ずっこけの話はやはりガセネタであるまいかと思えてならない。ところが、そう思う途端、安吾さんなら度胸よくやりかねないかもしらんと、たちまちにわが推理がひっくりかえる。疑心暗鬼とはまさにこれならんか。そして、関井光男さんの「編年体評伝」にある「（大井邸が罹災したあと）友人達が焼けだされたり疎開で東京を去ってしまったので、この頃はもっぱら罹災した大井広介邸の防空壕で寝泊まりしてパイ一屋の女主人と遊ぶ毎日を送った」という記載に、なるほど、ずっこけ通すためには蒲田の家より防空壕のほうが……と思ったりしている。永遠に解けない難問ということか。

＊15　敗戦直後の安吾さんの心境の一部が、昭和二十六年十二月一日発行の『新潮』掲載のエッセイ「風流」にある。何ともいえぬくらい素直に書かれているのが、いい。

《私は日本が戦争に負けるまで、自分がこれほど日本を愛しているということを知らなかった。

国やぶれて山河あり、とはまさしく私の感慨でもあったが、八月十五日に敗戦を確認したとき、それが四年前の十二月八日から確信していた当然の帰結であったにも拘らず、「日本が本当によい国になるのは、これからだ」という溢れたつ希望と共に、祖国によせる思いもよらなかった愛情がこみあげてきて、こまった。……

ただ、私がそのころ信じることができたのは、当分の年月、餓鬼と絶望の無法と混乱の暗黒時代がうちつづくにしても、この惨たる焦土から「自然に」正しい芽が生れない筈はないということだった。》

安吾さんの優しさが溢れでているいい文章である。

むすびの章

桐生の安吾邸での一週間

わたくしは雑誌編集者として生前の安吾さんに何度か会ったことがある。作家チームの三塁手にして四番打者の安吾さんと、野球の試合をしたこともある。そのいちばん初めの対面は、忘れもしない、昭和二十八年（一九五三）三月、安吾さんが仮寓としていた群馬県桐生市本町二丁目の旧家の書上文左衛門（本名、史郎）邸を訪れたときである。先ごろ、ご子息の坂口綱男さんから訂正されたが、そこはてっきり離れ家と思っていたが、実は書上家の主屋であった由で、とにかくばかばかしいほど広大な家であった。

前年の二十七年二月に伊東市からここに引っ越してきたばかりという。間に立って転居の世話をした作家の南川潤氏の書いたものによると、それは雪まじりの雨の日であったらしい。

「安吾さんは、宏い部屋を、落着かなそうにうろうろ歩きながら、べらぼうに大きな家だねえ、やけに広いから寒い寒い、と云いながら、果してこの元禄何年の堂々たる家構えにすこぶる満悦そうであった」

わたくしが訪れたときは、もう安吾さんはすっかり落着いていて、突然の来訪者を快く迎え入れてくれた。ついでに、犬嫌いのわたくしを、顔だけでも普通の小犬くらいある毛のふさふさとしたデッカイ犬（コリー種だそうな）も迎えてくれた。ラモーという名のこやつの客の歓迎ぶりは堂に入っていて、いきなり巨顔をわが頰にすり寄せてくるのである。そしてペロペロなめてくれるのである。ウヒャーと思わず悲鳴が出たが、ご主人の安吾さんは、「こやつは決して嚙みはしないから安心せよ」とニコニコしていう。

「お世辞をつかっているんだ。こやつは客がくると美味いものにありつけることを知っているんだな。こやつはみずからが人間であると信じていて、よその犬どもなんか見向きもしない。人間が好きなんだ」

そういわれても生きた心地がしないこっちは、小説の原稿を頂戴したらさっさと退散しようと思っていた。ところが、その肝腎の原稿が一枚も出来ていないというではないか。出版社に入社一週間目のわたくしは、先輩に「もう出来ているはずだから」といわれてはるばると桐生くんだりまでやってきただけ、その約束がパァとなっていると知らされても、アッケにとられるだけで、あとの算段がつかない。エッといったきり言葉をのんで立ちすくむばかりである。すると、夫人の三千代さんがやさしい声でいう。

「出来上るまでここにお泊りになられるといいわ」

この一言で、わたくしはこのだだっ広い家でご厄介になることになったのである。業界用語で、原稿をとるため作家をホテルなどに閉じこめることをカンヅメという。この場合はわたくしが逆カンヅメになったわけである。といって、この新入社員は命ぜられてすぐ往復の電車賃だけをもって社をすっ飛び出してきたから嚢中はカラ、近所の宿屋に泊って待機するだけの軍資金はないのである。でも、ご厄介になっても一晩か二晩であろうと楽観していた。

かくてラモーと毎日顔を見合わせねばならない悲劇的なこととなったが、予想に反してそれも一日や二日ではなくなった。来る日も来る日も、着々と進んでいると安吾さんからは聞かされたものの、原稿が仕上がらない。それで実に一週間に及ぶノホホンとした長逗留と相なったのである。一週間たって家を出ていったきり何の連絡もないので、わたくしの母が会社に恐る恐る電話をかけて尋ね、それでやっと会社のほうでも、安吾邸へ送りこんだ新人社員のことを思い出してくれたというから、まことにのんき極まる時代であった。

「バカもん、一週間も泊りこんで、いっぺんくらいは連絡するもんだッ。それに雑誌の校了はとっくにすんでしまっているんだ」

と編集長に電話口で怒鳴られて、すっかりしょげ返り、「原稿が出来ても出来なくとも、明日帰ります。クビになるかもしれません」と安吾さんに申し出たら、その翌朝、三千代夫人が四十枚の小説の半分だけを渡してくれた。斎藤道三のことを書いた「梟雄」という短篇である。

　そっと夫人が教えてくれた。

「昨日一晩で書いたのよ」

「エッ、それじゃいままで……？」

「そう、一枚も書いてなかったのね」

　ほんとうにこれには仰天した。夕食で酒を酌みかわしながら、毎晩、安吾大先生が「あともう少しだ」といっていたのは、あれはいったい全体何であったのか。

「残りの半分は、向島の実家に帰る用事があるので、明日の午後、浅草駅でお渡しするわ。今度は大丈夫、書きはじめたら早いんですから」

　三千代夫人の顔が救世観音のように見えた、と書いたら常套に過ぎようが、真実である。じつはもう間に合わないらしいんですが、とはとても言えなかった。

　こんな仰天ばなしはともあれ、この一週間、わたくしは安吾さんの話をジカに聞いた。古代史にはじまって戦後日本まで。天衣無縫、奔放不羈とはこのことならんかと思った。この世に横行するニセの権威、ニセの道徳、ニセの文学、ニセの倫理に向って、壮烈に巨弾をぶっ放すような安吾さんの話に、ひたすら陶然と聞き入ったことが思い出せる。生涯にあれほど輝いた、値千金の春の夜はなかった。

　安吾さんの口癖は「バッカダネー」であった。何度、頓珍漢な受け答えをして、安吾さんからこの言葉を浴びせかけられたことか。社会へ出たての青二才でなく、一人前の男として扱って、ずばりずばりと痛烈なことをいうが、妙に温かった。形容すれば、〝もっとも爽快にして強烈な精神の巨砲〟にガーンとふっ飛ばされたようで、こっちはいっそう気分爽やかになれたのである。そして感動したのである。

欅の大木のような歴史探偵のこの人に、わたくしが弟子入りすることにきめたのは、ご厄介になってから何日目のことであったであろうか。その夜のことは以前にも書いたことがある。わが人生開眼の夜である。何度くり返し書いても面白い話ということになろう。歴史探偵の極意を知る上からもタメになる話といえよう。で、勝手ながらまた書くことにする。

歴史タンテイ開眼の夜

「『大化改新』というのは蘇我の悪政をただすための、政権奪取のクーデタなんかではなかった。皇極天皇の子の、中大兄皇子が智恵者の藤原鎌足と組んで、蘇我天皇家を倒すという武力革命だった、とみるべきなんだな」

と、コップの冷や酒をぐびぐびやりながら安吾さんはいう。こっちはアッケにとられる。

神武・綏靖・安寧・懿徳・孝昭・孝安……と記憶する歴代天皇名をわざわざたどらなくとも、蘇我天皇が史上に存在するはずはない。ホントかいな……。

「もちろん、書かれたものとしては存在しないさ。なぜなら、聖徳太子と蘇我馬子が共同編録したといわれる『天皇記』『国記』『氏族本記』のほとんどがこの革命のさいに完全焼滅してしまったからな。『日本書紀』は、それらを蘇我氏が焼いたと書いているが、違うねェ。むしろ中大兄皇子と鎌足らが草の根をわけて探しだし、徹底的に消滅せしめたに違いない。勝者というものは、いつの時代でもそういうことをするもんだ。そうみるのが正しい歴史眼さ。『天皇記』にはきっと蘇我家こそ天皇家である、とでも書いてあったに違いないからなあ」

その日――皇極天皇の四年（六四五）陰暦六月十二日は、朝から土砂降りの雨であった。板蓋宮の大極殿に、蘇我入鹿（別名・鞍作）をはじめ廷臣が参集した。朝鮮使を迎えるに当って石川麻呂が上奏文を読みあげる。それを合図に刺客が入鹿に襲いかかった。血まみれになった入鹿の巨軀は階の下に蹴落とされた。

いっぽう、別働隊はこのとき父の蝦夷の病臥する畝傍山麓の蘇我邸を包囲した。すべてが迅速にはこばれた。不意打ちをくらって豪邸は炎上、蝦夷は炎の中に自殺する。そしてこのとき、貴重この上ない『天皇記』『国記』などの史料も灰燼に帰していった。

「『日本書紀』によれば、以上のような次第なんですが、考えてみれば『天皇記』『国記』という最高文書が蘇我家にしかなかった、というのも、おかしな話ですね」

「お見事、お見事。青年よ、いいところに気づいた」

と、安吾さんはご機嫌で、書庫から八世紀のはじめごろ書かれたとみられる『上宮聖徳法王帝説』（岩波文庫本）をもちだしてくる。「いいかね」と、この文献のある部分を示した。それは西暦六四三年に、蘇我入鹿が聖徳太子の子の山背大兄王とその一族を殺害した記事。

「飛鳥天皇御世、癸卯年十月十四日に、蘇我豊浦毛人大臣の児・入鹿臣□□林太郎、伊加留加宮にいましし山代大兄及び昆弟（昆は兄の意）等、合せて十五王子ことごとく滅ぼす也」

また、その入鹿が殺された六四五年の記事はこうである。

「□□□天皇御世、乙巳年六月十一日に、近江天皇、林太郎□□を殺し、明日を以て其の父・豊浦大臣子孫等を皆滅ぼす」

この両記事にある□の部分は欠字になっている。安吾さんは、虫くいなんかではなく意図的な欠字である、といった。しかも「はなはだ曰くありげなところが欠字になっておるな」と笑う。ちなみに、飛鳥天皇とは皇極天皇のこと、近江天皇はのちの天智天皇、林太郎とは蘇我入鹿を示す。

「さて、前の〝入鹿臣□□林太郎〟の欠字だがね、これには、天皇か、大王か、それに類する語を入れて読んでみる。あとの〝□□□天皇御世……〟の欠字には林太郎、または蘇我一門がいた甘檮岡(あまかしのおか)を、そして〝林太郎□□を殺し〟には天皇か大王を入れて読む。つまり、山背大兄王らを殺すとともに、蘇我氏は間違いなく天皇位につき、民衆もそれを認めるにやぶさかでなかった存在とオレは解するんだな。私製の一人ぎめの天皇じゃ、こんな書き方をされるはずはないな」

正直なところもう一度〝ホントかいな〟と思った。しかしぐびぐびやりながら、圧倒的な自信と迫力をもって語る安吾さんを眺めていると、甘檮岡に君臨した蘇我入鹿こと林太郎天皇がそこにいるような気になってきたものであった。

こうして安吾さんの推理を信じるとすれば、記紀すなわち『古事記』や『日本書紀』にもとづいて戦争中に習った日本古代史のように、蘇我親子は逆賊なんかではなく、天皇を称したばかりでなく、民衆もそれを認める大いなる存在であった。そして飛鳥板蓋宮にすむ皇極天皇一族と国権を二分して対立抗争、強権で皇極天皇派を圧倒しようとしたばかりに、逆に殺された。大化改新はまさに〝革命〟であったのであろう。わたくしはフムフムと納得した。

さらに安吾さんはつづける。この説にたいして考えるべきことは、どちらの天皇が正統か、などということではない。当時の王権は〝共同体の象徴〟のような意味をもっていた。飛鳥天皇と甘檮岡天皇を同列において、なぜそのような二つの天皇家の対立が生じ、対立はどう解消されたのか、それをさぐることが大切、それが歴史を学ぶということなんであるな、と。

そして、最後に、安吾さんは呵々大笑していった。

「日本の古代史は探偵小説みたいなものさ。だから、記紀の記事をもって、これが史実だときめこんで、崇めたてまつって真偽の証拠の規準にする、それで簡単に判定して、しかもそれに疑いをもたない探偵なんて、信ずるに足らん愚物なんじゃよ。要は自分なりのタンテイ眼をしっかり働かせることじゃな」

こんな風に毎晩、川中島合戦にはじまって、織田信長、関ヶ原合戦、天草四郎とその反乱、そして鉄砲と日本人について、懇切ていねいな歴史の腑分けを教えられたのである。安吾流のタンテイ術を伝授されたのである。これで開眼しなけりゃ、「バッカダネー」と笑われた上に、「どじの、ぼんくらの、表六玉の、おたんちんの、罰当りの、あんぽんたん野郎」と罵倒されてもやむをえないであろう。

かくて、この夜から、わたくしは安吾タンテイに許しをえずに弟子入りし、みずからも歴史探偵を名乗ることにしたのである。そしてあれから半世紀余、自分なりのタンテイ術に磨きをかけ日本近代史の解明に挑んでいる。

あとがき

本書の「むすびの章」で書いたとおり、わたくしは亡くなるちょっと前に編集者として安吾さんに会っている。単に出会っただけではなく、安吾邸に寝泊まりして、まさしく謦咳に接している。いや、世のすべてのニセを見抜く強烈な精神の棍棒で頭からぶちのめされたような、嬉しくも有難い時間を過ごしている。それも一日や二日ではなく、六日間もぶっつづけである。世に熱烈な安吾ファンや研究者は数多いが、いまになるとわたくしは類をみない貴重な体験をしたことになる。

しかも三千代夫人の名著『クラクラ日記』によると、わが訪問のときは、

「(伊東から移ってきて)身辺はひどくサッパリしてしまったが、淋しくもあるらしかった。『僕なぞは東京から二時間以上も離れれば、原稿を頼みに来なくなるだろう』などと云った」

と、安吾さんが心理的にもごく穏やかで、はなはだ無聊をかこっているときであったという。それだけに来客を喜んで迎えるやさしい気持になっていたらしい。しかのみならず、わたくしは原稿とりなんである。ことによったら、良き青年あり遠方より来たる、亦、喜ばしからずや、という心持ちになられたのかもしれない。

客がくると、このころの安吾さんは満面に笑みをうかべて、飲める人にはお酒を、飲めない人にはゴチソウを、夫人に命じたともいう。ところが、

「人によってお酒を飲むとねむくなって、寝てしまう人があるが、そんなのは大嫌いであった。彼はさっさと酒盛りを打ち切って自分の部屋に帰ってしまう」

とも夫人は書いている。不肖わたくしは安吾さんに勝るとも劣ることなき大酒飲みである。であるから、何時間でも酒を飲んだ顔もせずにへっちゃらでつきあえた。それもまた、わたくしにとってすこぶる僥倖なことであったに違いない。それに同じ東京は下町の向島に生まれて育った夫人とも大そう気が合った。とにかく、大袈裟にいえば、あの一週間はわが生涯最良の日々であったのである。


そんな自慢ばなしを、得意そうに、あまりにもしばしばくり返すものであるから、PHP研究所の編集者の大久保龍也君が、もうこれ以上はつきあえぬといった面持ちで、

「いっそ安吾さんについての本を一冊書いてくださいよ」

ととんでもないことをいいだすことになった。

「安吾さんに関する本はもう山ほども書かれていて、俺の出る幕なんてないよ」

「いや、手薄な部分もあるんじゃないですか。たとえば戦争中の安吾なんかどうですか」

「ウム、そういえばそう、名案かもしれない」

と、ついついわたくしは諾なった。それで、PHP文庫の月刊『文蔵』に連載がはじまることになって、二〇〇七年五月号でスタートを切り〇八年七月号まで休みなくつづいて無事に終わった。それをまとめたのが本書である。格言に曰く、自慢高言は馬鹿の内と。つまり本書は、おのがタンテイ的力量もわきまえず、安吾さんとの一週間を大そう吹聴した馬鹿もんであったがゆえに、断わるわけにもいかずムリヤリ書かされたもの、ということになろう。

『文蔵』連載中は根本騎兄君と瀬間芳恵さんのお世話になった。とくに瀬間さんの熱心な原稿督促にはしばしば恐れをなした。「一枚もできてない。どうしても欲しければ、わが家に一週間も泊まっていくか」と安吾さんばりに一度は脅かしてみたかった。ともあれ三君には感謝する。

なお安吾さんの文章の引用は筑摩書房の文庫の『坂口安吾全集』に主として依拠した。参考文献は別に掲げた。著者と出版社に厚くお礼申しあげる。

二〇〇八年十一月

半藤一利

〔参考文献〕

奥野健男『坂口安吾』文藝春秋　昭和四十七年九月
坂口綱男『安吾のいる風景』春陽堂書店　平成十八年七月
坂口三千代『クラクラ日記』文藝春秋　昭和四十二年三月
庄司　肇『坂口安吾論集成』沖積舎　平成四年十月
杉森久英『小説坂口安吾』河出書房新社　昭和五十三年九月
出口裕弘『坂口安吾　百歳の異端児』新潮社　平成十八年七月
野原一夫『人間坂口安吾』新潮社　平成三年九月
檀　一雄『小説坂口安吾』東洋出版　昭和四十四年十月
檀　一雄『太宰と安吾』虎見書房　昭和四十三年七月
村上　譲『安吾風来記』新書館　昭和六十一年三月
若月忠信『坂口安吾の旅』春秋社　平成六年七月
大井広介「戦争中の安吾」（『文學界』昭和三十年四月号）
大井広介「坂口安吾伝」（『現代日本文学館』第二十七巻）
三好達治「若き日の安吾君」（『文學界』昭和三十年四月号）
関井光男「編年体評伝・坂口安吾とその時代」（『国文學』昭和五十四年十二月号）

〈付録一〉

偽作『安吾巷談』　靖国の神々

〔前口上〕

坂口安吾は一九〇六（明治三十九）年十月二十日に新潟市で生まれた。二〇〇五年は安吾さん生誕一〇〇年記念の年であった。

安吾さんの弟子と自称し、歴史タンテイを勝手に名乗っているわたくしにも、師匠について何か論ぜよ、との注文がいくつかきた。弟子は師を崇(あが)めることをもって第一義とす。師について余計なことは書きたくないと、いくらか心残りを覚えつつすべて断った。ところが『文學界』という純文学雑誌の編集者は、容易なことでは引きさがらないで、グチャグチャとわけのわからぬ口説き文句をいい、とにかく安吾さんについて書けの一点張りでねばる。根負けしてついに口車に乗って余計なことをいった。

「安吾さんのことなら何でもいいのであるか」

とたんに、敵（？）は眼を輝かしました。

「左様。何でもいいです」

「出鱈目(でたらめ)でもいいのか」

「かまわない」

かくまで会話がトントン進んでは、義をみてせざるは勇なきなりで、

「師匠には、文明批評家坂口安吾の名を高からしめたタンテイ的ルポルタージュ『安吾巷談』という傑作がある。そのニセ物でもいいか。安吾いまの世に生きてありせば、この右に左にと浮遊する日本をどう観ずるか。不肖の弟子のこのオレが坂口安吾になりかわって、一大タンテイ記をものするというわけであるが、それでもよろしいか」

「大いに結構、毛だらけ、灰だらけであります」

というわけで、『文學界』二〇〇五年十月号に、「偽作『安吾巷談』靖国の神々」が掲載されたのである。師匠ゆずりのタンテイ眼を働かしてなかなかの出来、と少しく自惚れたのに、何らかの、いや、正確には、ほとんど話題にもならなかった。正しくいいかえればウントモスントモ反響がなかったのである。なるほど、『文學界』は純文学の雑誌である、ものしたのは純文学にはあらざる代物である。文学にたいして真面目な、真摯な読者にはお呼びではなかったのであろう。かかるインチキは、この世に存在しないのも同然なのであろう。

じつは、それ以来、それが無念残念でならなかった。ためつすがめつ、わが文章を眺めながら、いかなる手段をつくそうとももう一度、陽のめを見させてやりたいものよ、と思っていたところ、嬉しいかな、このPHP文庫の月刊『文蔵』の編集部がいってくれたではないか。

「いやァ、ご熱意に打たれました。この文庫でよろしかったら……どうぞ」

よって有難いご厚意にトコトン甘えて、元原稿にかなり手をいれて決定稿を載せてもらうことにした。わが『文蔵』の読者を、『文學界』のそれより軽くみてのことではない。むしろ酸いも甘いも嚙みわけるこの雑誌の読者には、大いに楽しんでもらえるものと確信している。

その一　歴史探偵の突然来訪の事

某月某日、いったいぜんたい、どこのなにものの差し金なるや、やたらに重い本が五冊もドンと宅配便で拙宅に送りつけられてきた。あまりの重量に腰骨を折ってはかなわんとヘキエキし、ただ巨大なかたまりを眺めている。『靖国神社忠魂史』という仰々しい名と、それを証拠立てるように陸軍大臣官房・海軍大臣官房が監修といういかめしさ。A４判、革背、三方金箔の、一冊が平均一〇〇〇ページのぶ厚さで、布製の表紙には桜の花びらがちらほらと舞っている。編纂は靖国神社で、昭和八（一九三三）年九月から十年九月までに二年がかりで発行された非売品である。したがっていまは希覯本となっている。

編纂委員の代表が靖国神社宮司の賀茂百樹という耳なれない名ながら、委員のなかには沖縄攻防戦を指揮して自刃した牛島満、ガダルカナル戦で話題の人となった川口清健、海軍では三国同盟で活躍したドイツ大使館付武官小島秀雄、艦政本部長岩村清一と、いくらかは過ぐる戦争でおなじみのお歴々の名がみえる。

何事なるかわからぬままに、とにかくこの五冊の本の素性をそこまでは確認し、あとは恰好の昼寝の枕代わりとして、『文學界』などを読みふけっていた。と、「チワー」と顔なじみの編集者の半藤君がひょっこり顔をみせた。

「師匠、その後、脳ミソの加減はいかがですか」

と妙なことをいうこの男は、斎藤道三のことを主題とした短編「梟雄」を書いたときの担当編集者である。当時は入社したてホヤホヤの青年であった。その後数十年何かと付き合っているうち、この調子のいい男は、拙者の許しもなく勝手に弟子をもって任じ、歴史探偵を自称しはじめる。

初対面のとき「延暦二十年、すなわち西暦八〇一年、坂上田村麻呂の東国征伐の折りに従った武将に半藤宗正という人がありまして、帰途越後を通ったとき、田村麻呂はもっていた千手観音を安置し、宗正を代官に、以下の数人の部下をその地に留めて、これを守護せしめて去る、という記事が新潟県『中魚沼郡誌』（大正八年刊）にあります。つまり出身は越後、田村麻呂の代官の末裔であります」とことごとしく出自を名乗った剛の者で、こっちの迷惑千万などどこ吹く風、断ったところで弟子の看板を下ろしはすまい。

その彼が長い顎を突んだして、ごろんと寝ている私の頭越しに、面白い本でしょう、と胴間声でいう。本を送りつけたのはこやつであったのか。しからばコンタンはみえみえである。案の定で、毎日酒のんで酔っぱらっている間に、世の風潮は険しくなっておりますぞと、ケシかけるようなことをいう。再軍備の主張がいまや日本国の主流になりつつあります、ついては師匠のご感慨のほどは奈辺にありや？

そして探偵はポケットから何やら紙片を取り出して、

「軍備をととのえ、敵なる者と一戦を辞せずの考えに憑かれている国という国がみんな滑稽なのさ。彼らはみんなキツネ憑きなのさ。……中略しまして……（日本人が）軍備や戦争熱を支持し、国論も次第にそれにひきずられて傾き易いということは悲しむべきことではあるが、世界中がキツネ憑きであってみれば日本だけキツネを落すということも容易でないのはやむを得ない。けれども、ともかく憲法によって軍備も戦争も捨てたというのは日本だけだということ、そしてその憲法が人から与えられ強いられたものであるという面子に拘泥さえしなければ、どの国よりも先にキツネを落す機会にめぐまれているのも日本だけだということは確かであろう。……また中略しまして……戦争にも正義があるし、大義名分があるというようなことは大ウソである。戦争とは人を殺すだけのことでしかないのである。その人殺しは全然ムダで損だらけの手間にすぎない。……以上は、昭和二十七年十月号の『文學界』にご発表の、師匠のエッセイ『もう軍備はいらない』の抜粋であります」

　と読みあげる。古証文を突きつけられて、いささか呆気にとられ黙っていると、もう一つ、飛びきりのを読みます、と探偵はさらにもう一枚の紙を引っ張り出す。

「要するに、世界が単一国家にならなければ、ゴタゴタは絶え間がない。失地回復だの、民族の血の純潔だのと、ケチな垣のあるうちは、人間はバカになるばかりで、救われる時はない。／然し、武器の魔力が人間の空想を超えた以上、もはや、戦争などが、できるわけはないのだ。ここに至っては、もう戦争をやめ、戦争が果してきた効能を、平和に、合理的な手段で、徐々に、正確に、果して行かなければならない……とまあ、これは二十三年十月号の

『人間喜劇』所載の師匠が書くところの『戦争論』のほんの一節であります。いかに今日ただいま澆季混濁の世にして、世界情勢が疾風怒濤逆巻きつつあっても、師匠のお考え、と申すよりも、抱かれる理想は宗旨変えをしておりませんでしょうな」

　無礼なことを聞くヤツである。で、答えて、曰く。

「こうみえても、文士のはしくれ、まるで焼鳥のように折り重なってる黒コゲの屍体の上を吹きまくっている砂塵にまみれながら、イナゴのまじった赤黒いパンをかじって生きぬいた男だ。ましてや文士に二言のあるはずはない。くだらんこと詮索などせんで、勝手に送りつけてきたこのドデカイ本をみずからが読むがいい。とにかく口にチャックを閉めておけ」

と、大冊を二冊ほど引き抜いて手渡すと、やっこさん、とたんに素直になっておとなしく、探偵よろしく熱心に読み出した。

　ホウ、京都河原町通蛸薬師下ル近江屋の二階で、不意を襲われてともに横死した坂本龍馬と中岡慎太郎、それに江戸は伝馬町で刑死した吉田松陰が、それぞれ靖国の「祭神」のなかにいるのは当然としても、松陰と一緒に海外渡航を企てた金子重輔がいるのは、こりゃ面白いや。たしか重輔は萩の岩倉獄で獄死したんじゃなかったかな。獄死も殉難者に入るのか。おやおや、麻布一の橋で見廻組の佐々木只三郎に斬られた清河八郎が「祭神」のなかにいるのはなぜなんだろうか？　あんな二股膏薬的な策士が。と思えば、京都木屋町通三条上ルで暗殺された佐久間象山は祀られていないな。これまた不思議といえば不思議な話だな。……なるほど、そうか、八郎を殺したのは幕府側の剣客、象山のほうは長州系の勤皇の志士たち。

同じ被害者であっても、殺したほうの所属がここに祀られるためには勘案されるのか。オヤ、明治三十五年の青森歩兵第五連隊の八甲田山雪中行軍訓練の死者百九十九名も合祀されていないぞ。事故による殉職という不名誉な死はダメらしいぞ……。探偵はそんなことをときにフムフム、ときにブツブツいいながら、しばらく元気よく大冊の名簿を繰っていたが、アレアレアレと突然に素っ頓狂な大声を発する。田村麻呂麾下の武将たるわが半藤氏の末裔は、何と、たったの二人しか靖国神社に祀られていないではないかッ。

あまりといえばあまりの、人間離れした大声で、わがうつらうつらも消し飛んでしまう。何事が起こったのか。その説明によれば、半藤姓の祭神は、二人とも日露戦争での戦死者であるという。一は奉天の戦い、大韓屯で名誉の戦死をした半藤小十郎伍長、北海道出身。そして他の一が沙河の会戦で同じく名誉ある戦死の半藤広治一等卒、新潟県出身。

「伍長と一等卒という兵隊の位はともかくといたしまして、近代日本を建設するために半藤一族としましては国難に殉じたものがたったの二柱とは。ああ、これでは猛将半藤宗正の末裔の名が泣きまする」

「タンテイよ、そんなに嘆き給うことなかれ、だ。この五巻の本はすなわち維新前後から満洲事変までの約十三万にちかい〝死者のための本〟なんであるな。つづく日中戦争・太平洋戦争における勇士半藤が、それこそ数限りなく祀られておるかもしれんじゃないか」

と、いくら言葉をつくして慰めてやっても、探偵は索然たる面持ちのままでショボンとしている。

しばらくたって、ペコリといきなり頭を下げると、じゃあ今日はこれで失礼します、と夜道をとぼとぼ帰っていってしまった。その肩の落としようからみるとかなりの気落ちであったようである。それにしても、この編集者どのは大冊を断りもなく送りつけておいて、その上で、いったい何用あってのかかる夜半の作家訪問でありしぞや。それらしいことを一言もいわぬとは、そもそもコンタンはいずこに飛び散ったのか。玄妙、不可思議と申すほかはない。

その二 最初に祀られた人物の事

さて、このあと、数日間ぶ厚い五冊をためつすがめつ眺めていたが、いくらかは探偵の悄然(しょうぜん)たる後姿に触発されるところもあり、他のいくらかはそこはかとない興味が自然に沸いてきて、探偵の下司(げす)なコンタンに乗せられるのは癪(しゃく)なれど、パラパラとすることにした。ただし、新潟県出身の坂口なにがしの英霊探しではなく、この大冊がペルリ来航の嘉永六（一八五三）年六月このかた八十年たった昭和七（一九三二）年末までの日本近代史をくわしく叙述していることにわがタンテイ的関心が沸いてきたのである。

その書きっぷりたるや？……第一巻の凡例を援用すると、（原文は旧漢字）

《1．概(おほむ)ね編年的記述に従ひ、祭神の事蹟を顕彰すると共に維新完成に至る経緯を平明に理解せしむるに努めたり。
2．祭神の事蹟を叙するに直接ならざるものは仮令歴史的に重要なる事実と雖も便宜之を省略せるものあり》

とあるように、万事が祭神本位。余のものつまり祀られざるものたちのことは容赦なく排除すると、いけぞんざいにのたもうている。まさにそれゆえ、維新遂行のための最大の功績者西郷隆盛は、のちに明治政府に反旗を翻したゆえ賊軍となった。ゆえに断乎として排除で、祀られていない。「罪を憎んで人を憎まず」というけれども、そんな情はここには通用せず、その祀り方にはハッキリとした差別がある。すなわち、靖国神社は功労者の西郷さんを「憎んで」いることになろう。それで「便宜之を省略」するのでは、どう考えても真正の歴史というものではなく、つまりは靖国神社の持つイデオロギー性を明らかにしている本というわけである。

その内容は全五巻のうちの三冊までが日露戦争で、近代日本にとりいかに国運を賭し、総力をあげて戦われたものであったことかがわかる。それだけに多くの人が死なねばならなかった。この日露戦争の死者では、例外として、後方でありながら祀られている〝英霊〟があった。軍籍のない常陸丸の殉職船員がそれで、タンテイではないが、ヘエーというところである。

また、第五巻に「女性祭神・殉難誌」がくみこまれていて、幕末の「烈女節婦」からその後の「戦役事変に殉職した看護婦等」四十八人が合祀されていることが妙にくわしい。たとえば、慶応三年十二月二十五日、親幕の庄内藩兵などによる江戸薩摩屋敷焼討事件で、薩摩藩士落合孫右衛門の妻落合ハナ。彼女は「群がる敵兵中に単身抜刀の儘飛び込んで賊兵数名を斬りまくり、不幸敵弾に斃れ名誉の討死をした女傑で」あったという。なおこの戦闘による薩摩藩士などの戦死あるいは捕殺されしもの四十八人、いずれも殉難者として靖国神社に祀られた。親幕藩兵の戦死者たちのほうはもちろん〝賊軍〟であるがゆえに合祀はだめ。人間たるもの、そもそもが死んでしまえば元の木阿弥とはいうけれど、まさしくそのとおり。いや、それ以上に賊軍は塵芥のごとく毛嫌いされている。

また、さらに、たとえば合祀者の死亡年次よりする最初の殉難者はだれなるや、を探ってみれば、ペルリ来航の年（嘉永六年）の十二月三日に自刃した稲次因幡正訓、久留米藩の家老である。この人は同藩の禁門の変（蛤御門の戦い）で戦死した真木和泉と志をおなじくして尊皇攘夷派の首領となったが、反対派にひどくうとまれ、「父祖以来の恩寵を忘れ、異論を抱いて藩政を擾乱するものであるとの咎を受け」て幽閉されたが、「国事を憂ひ時運の否を憤るのあまり、遂に自刃して相果てた」と説かれている。

この大冊の第一巻には、この稲次因幡のように「国事を憂ひ、時運の否を憤」りつつ非命に倒れた人がまことに数多くいる。当時は攘夷こそが天皇の命令とうけとめ、（事実、文久年間［一八六一～六三］は、天皇はしきりに御陵や神社に外敵討散を祈願している。その朝廷がとても外国には勝てぬとわかって攘夷の方針をあらため、開国と国策を変更したのは慶応元年［一八六五］のことである）イノチガケで攘夷を成し遂げようとして志半ばにして殺された、あるいは自刃したいわゆる志士たちの骸（むくろ）がるいるいとして積みかさねられている。そこがこの大冊の奇も変もないカンジンカナメのところであるが、これ以上はきいた風な講釈となるし、キリがないのでこれにて幕とする。

その三　東京招魂社の祭神の事

こんな風に、何日かにわたって、百四十数年ほど前の幕末の死者たちと昵懇（じっこん）にしていると、陰々滅々（いんいんめつめつ）としてくる。その反面で、あらたなる興味もふきあがる。靖国神社とはそも何なるか。考えてみるまでもなく、人間サマを〝神〟として祀ることは神道古来のことにあらず。しかしながら、政治的敗者となった死霊が祟（たた）らないようにと崇め奉（たてまつ）って、大切に慰撫（いぶ）する「御霊（ごりょう）信仰」は、だれかさんの聖徳太子と法隆寺怨霊（おんりょう）説をもちだすまでもなく、昔からあった。

つまり魂祭（たままつ）りをすることで死者の霊を安んずる、古くから日本人だけが抱く信仰である。日本人は死霊にたいし畏（おそ）れをいだき、そして敬して遠ざける。鬼神という言葉があるように。とくに無念の憤死をした死者は、日本人にあっては神としてうやうやしく崇めるべき対象となる。中国人や朝鮮人とはそこが根本的に違うのである。

こう考えれば靖国神社がそうした伝統や日本的な考え方に根ざした存在であることがわかる。さらにこの五冊から靖国神社のそもそもの原型は幕末の尊皇攘夷運動のさいに横死あるいは憤死した志士たちを祀った招魂場にあることもわかる。これらの死者たちは反逆者であり脱藩者であり家に背いた不孝者たちが多かった。獄死、暗殺、自刃、闘死と、国事に奔走してさまざまな無念の死をとげたかれらの魂は、困ったことに故郷へは帰れない。幕府の目がやたらとうるさいから藩でも家でも葬式ひとつだせない。みそっかすである。そこで戻るべきところを失ったその霊魂はそのへんに浮遊せざるをえなくなる。あるいは怨霊となって悪さをするやもしれない。これらの霊魂を集めて、慰め崇めなければ霊は休まらないのである。

それで文久二年十二月二十四日に福羽美静たち六十余名の志士たちが京都東山の霊山で最初の大々的な招魂そして追悼の祭りをおこなった。式次第は幕府の定めた仏式の葬儀を嫌って、意識的に神道式にのっとった。対象とされたのは安政の大獄いらい国事の活動をともにし、中途で獄死・刑死あるいは自刃した同志諸君である。祭文にいわく、

「山行は草生屍、海行は水漬屍、大君の為に、大君の為に死ぬと思定めて……此人等の武く清く明き御魂を、同社に鎮斎、国中に報い、皇基の鎮護とも為んと、……」

さらに翌三年七月には、福羽を中心に津和野藩士たちが参集し、京都祇園社域内に小祠を建てて魂静めの祭りをおこなっている。思えばまだ幕府勢力が強かったときで、よくぞまあ睨まれるのを承知で挙行したものよ。

断じて行えば幕府もこれを避く、あとにつづくを信ずというわけで、慶応四（一八六八）年になると、国事に奔走して倒れた人びとの霊を祀る招魂社が日本各地に創建される。とく

に長州藩が熱心でたちまちに十五招魂社がつくられ四百六十四柱が祭神として祀られている。薩摩藩また然り、その年（九月に明治改元）末には各地で招魂社が創建されることその数二十三社、翌二年三十七社という具合である。

そして江戸城内の西の丸大広間において、明治改元直前の六月二日、東征大総督有栖川宮熾仁親王および三条実美が主祭者となり、戦没者の大々的な慰霊祭が行われる。このときの祭文には、薩長などの西軍が「皇御軍」とされ、旧幕府側の東軍は「道不知醜の奴」とよばれている。まったく「勝てば官軍」という原理そのものである。これを受け翌二年三月に東京が新しき日本の帝都ときまると、さっそく明治天皇の「深き叡慮に依て」各地の招魂社を一つにまとめて、大々的に東京招魂社がつくられることとなる。

社地をどこに定めるか。その選定にあたったのが大村益次郎で、一時候補地が上野の山とされていたのをひっくり返して、宮城（皇居）の戌亥の方角（西北）にあたる九段坂上ということになる。上野の山には彰義隊の怨霊がひそむことを益次郎が恐れたという噂もあるがどんなものか。わが国では中国伝来の鬼門、東北（丑寅）よりは、古くから西北（戌亥）の方角から悪しき寒風が吹き込み、警戒すべき方位とされていた。同時にその一方で、タマカゼ（魂風）すなわちよき霊魂の来訪する方角として神聖視されてきた。横死者の霊魂は、味方につければ、さきの祭文にあるように外敵を阻止する頼もしい力になるという考えである。厚く敬えば死後の霊魂がこの世の人びとを加護してくれる働きをもつことはひろく信じられていた。ましてや国家安護のため死んだ忠臣たちの霊ならば、外敵から宮城＝国家を守りぬくため、大いなる神力を貸してくれるにちがいない。これはよろしく九段坂上と決めるがよかろう。

明治二年六月二十八日、鳥羽伏見の戦いから箱館の戦いまでの、さまざまな西軍側の戦没者三千五百八十八人の霊を招きおろして、九段坂上に新造された本殿に鎮祭される。祭主は軍務官知事仁和寺宮嘉彰親王（のちの小松宮彰仁）で、同副知事の大村益次郎が副祭主である。このとき祭主の読み上げたノリトがある。

「海行かば水付屍、山行かば草生屍、額には矢は立つとも背には矢は立たず」

これがのちの靖国神社のはじまりである。そして祭りは六月二十九日から七月三日まで盛大に行われる。もちろん祀られた戦没者には新政府軍に刃むかった〝賊軍〟はだれひとりいない、念のため。つまり、はじめから、人間死んでしまえばみな同じ、という原理はここには通用させないのである。あいそもこそもないが、宮城を護るための社であるからである。

さらにいえば、幕末いらいの非業の死をとげたひとびとをして、〝神〟とするのは、日本文化の伝統や信仰に巧みに乗っかりながら、要するに近代の発明、創造、フィクションであるということである。伝統という言葉にだまされて、心眼を狂わせてはならない。

薩長などの〝進駐軍〟を迎え「公方様のお膝もと」のいまだまつろわぬ江戸町民どものご機嫌をとるために、連日の祭りでは、境内での相撲興行、大道芸などが盛大におこなわれ、花火を盛んに打ち上げる。のちのちの世ともなるとサーカス、自転車の曲乗り、ロクロ首などの掛け小屋までつくられた。賑々しくお祭りをくりひろげることで、このたびの討幕戦争が新政府にとって正義の戦いであり、戦没者は国家のために死んだ名誉の戦死者であることを文句なしに印象づけ確定づける。

華やかで賑やかな招魂祭の楽しさはよっぽど江戸っ子の胸に食いいったらしく、のちに靖国神社と改称されてからも招魂社とよばれていることは、夏目漱石の『吾輩は猫である』（明治三十八～九年）でもわかる。苦沙弥先生の次女のすん子が姉のとん子に向かって珍妙な相談をもちかける場面。

「御ねえ様も招魂社がすき？　わたしも大すき。一所に招魂社へ御嫁に行きましょう。ね？……」

戊辰の役では敗けた方の江戸ッ子の漱石らしい皮肉が見事に利いている。

まったくの話、国民意思統合の手段としてお祭りほど有効なものはないようである。

その四　靖国神社へと昇格の事

しかし、国民の意思統合は一直線に、というわけにはいかず、それからもがさつな権力争いなどのあおりをうけての、佐賀の乱（明治七年）、熊本の神風連の乱（明治九年）といくつかの内乱があって、その大詰めは西南戦争（明治十年）。結果として、「国のために」「天皇のために」死んだという東京招魂社への合祀者は年々にふえ、これからもふえることであろう、とすれば、維新の犠牲者だけの招魂社というわけにはいかなくなる。もっときちんとしたものにしなくては、ということで、これが靖国神社になったのが明治十二年六月四日で、社格を別格官幣社に列せられた。

　ここで気づかされるのは、この明治十二年という年で、探偵眼をねんごろに働かせてみればすこぶる面白いことに突き当たる。若干くどい説明になるが、はずすわけにはいかない。すなわち前年八月に近衛砲兵大隊による反乱の竹橋事件なるものが起こっている。これがせっかくまとまった明治新政府を驚かし、徴兵制を基盤として目鼻のつきかけた日本陸軍の根もとをぐらぐらと揺すぶった。反乱の理由が西南戦争での論功行賞が遅れ、なぜか給料が減らされたことにあった。人間は何か応分の報酬がなければ不満たらたらとなる。軍隊もまたおなじことで、報酬ということをおろそかにはできない。

　当時、軍のトップに立っていた陸軍卿山県有朋がとくにこれを憂えた。この男は、近代日本が生んだ最高に不気味な怪物である。彼なくしては為しえなかったような建設的な業績を残す代わりに、いくらか狂気に近い所産を置きミヤゲにした軍人政治家であった。折からこの怪物は「天皇みずから大元帥の地位に立ちたまい、兵馬の大権を親裁したまう」ことを政府のお偉方に熱狂的に、かつ依怙地になって説いている真ッ最中であった。西南戦争での作戦に政府介入という苦い経験もいくつかあり、政府から分離して天皇に直属せしむることによって帝国の軍隊を独立させねばならぬ。そうすることで、大元帥陛下の命令に絶対服従する強い軍隊がつくり上げられる。そのために、軍人は忠実、勇敢、服従をゼッタイとすべし、という『軍人訓誡』を作成、「天皇の軍隊」を完成させるべく躍起となっていたのである。

ところがそこに竹橋事件である。なんらの報酬なしに大元帥陛下の命令という言葉だけで、軍隊を、ひいては日本国民を、絶対服従させ敵と戦わせ死んでもらうことは至難であることを山県は思い知った。さらば、勇戦力闘の殊勲功には位階と勲章と思い切った俸給を。そして大元帥の命令の下の戦場での勇敢なる死にたいしては……、左様、この怪物はここで東京招魂社に思い当たったのであろう。これを国家が保護する神社に昇格せしめ、すでに祀られている維新の英傑たちと伍して、内外の戦さにおける戦死者を神として祀ることによって軍隊の強固なる骨格をつくりあげ、〝天皇第一〟の思想を徹底することができる。渡りに船というが、そうすることで大元帥陛下の兵士として、その精神にいっそう堅忍なる筋金を通すことが可能になろう。

靖国の社号はこのときに決まる。大冊の第一巻の序文によると、六月二十五日の「社号改称、社格制定ノ祭文」にこうあるのである。

「汝命等ノ明キ直キ心ヲ以テ家ヲ忘レ身ヲ擲テ各モ各モ身亡リニシ其大キ高キ勲功ニ依リテ大皇国ヲバ安国ト知食スコトゾト思ホシ食スガ故ニ靖国神社ト改メ称ヘ……」

すなわち、家を忘れ身を擲てて国家のために死んだものはみな神となり、その魂は死後もなお天皇＝国家の安全をしっかりと護ってほしい。この日の本を安らかな国としてほしい。祭文はそういっている。裏返せば、天皇は国家のために死ぬことをいさぎよしとする精神を国民に要請しているのである。

くり返しとなるが、祀られるのは招魂社においては「官軍」の戦死者だけであった。そして靖国神社になってからは、家も忘れ身をなげうって国のために死んだ、すなわち「天皇の軍隊」の戦死者またはこれに準ずる者だけにかぎられた。当時においては敵の来襲やB29の空襲で一般民衆の戦争犠牲者がでるなんて露だに思えなかったから。

さらに明治十四年にはすでに祀られている頼三樹三郎、橋本左内、高杉晋作、平野国臣たち多くの志士に位階勲等が贈られている。これら不運の志士たち（かつての同志）を顕彰することで、維新の動乱で生き残った当時の政府の顕官たちが自分たちの権威を持ち上げる、自分たちも立派すぎる位階勲等をもらうことができる。よくある手なんである。同時に靖国神社の権威もぐんと高まった。

かく考えてみると、東京招魂社までは、日本文化の伝統にのっとったそもそもの鎮魂・慰霊のあり方が生きていた。しかし、そこに社格があたえられ靖国神社となってからはもう、九段坂上は国家防衛政策遂行のための、いいかえれば帝国軍隊のための強力な軍事的一支柱となったとしたほうがよいであろう。

そうであるから、臣下を祀る神社に天皇（大元帥）陛下が参拝するという例外的待遇が与えられているのである。「天皇の軍隊」を確立しないことには独立国家たりえない。しかもその組織も心身ともに強靱な兵士によって支えなければ、カタチだけきちんとつくったって烏合の衆となるだけ。天皇のためにその身をなげうつことのできる勇敢な兵士の養成が必要である。大君の辺にこそ死なめ、かへりみはせじ、天皇に帰一し奉る心を軍人精神と称し、武事を神事へと昇華することで、彼等は死んで「護国の英霊」となって神として祀られ顕彰される。そうすることでまた「護国の鬼」となる。

戦後も六十年もたつと、記憶もすっかり薄れておぼつかなくなる。五巻の大冊を読みながら、それでもなお鮮明に蘇る記憶もある。終戦までの靖国神社の春秋の例大祭は、天皇が社前に恭しく礼拝する数少ない祭りであった。伊勢皇大神宮と祖先の御陵のほか、天子さまが礼拝するところは本来ないはずなのである。それなのに現人神である天皇陛下が礼拝される。戦前の靖国神社はいかに〝特別の国家神道〟の具現たる大事な社であったことか。ということは、靖国神社は古来の神道とはまったく異なる日の浅い新しい宗教の社であることになる。

それにラジオが合祀祭のたびに、英霊が靖国神社に到着するときのさまを、古式豊かに放送したものであったことも想いだせる。何百、何千の『御魂』が招魂斎庭に招かれその名が呼びあげられ、ラジオからその荘厳な儀式の実況が流されてくる。ショウ・ヒチリキがおごそかに奏でられるなか、かならず国民全員の一分間の黙禱のうながしがあり、南溟に北洋に散った兵士の魂が御魂箱におさめられてしずしずと本殿に移される。遺族はそれを最高に名誉なことと思うのである。戦前の日本人にとって、戦死こそ忠孝両方を全うできる唯一の華々しい生き方（?）なのであった。

国民はまた、英霊を祀る社前にうやうやしくカシワデをうち、朝な夕なにノリトのようなものを唸る行事に、積極的に参加する。市内電車がこの神社のわきを通るたびに、軍国オヤジが率先して号令をかけわれらは直立して最敬礼。たしか、宮城前とここだけではなかったかな。ただし、私はそれらに閉口し、極力この二カ所を通らないように苦心し、人の尻を拝まずにすましたものであったが。いまになるとウソみたいな話である。本当だから、尚、情けない。

かくて遺族は美化された英霊の物語を誇りと思うことで、そして、「その御名を万代に顕彰する」祭祀に出席することで、戦争指導者や軍部の作戦決定者の責任追及について語る口を封じられてしまう。ましてや、靖国の神々になれない不名誉な死をとげた者の遺族が、余計な発言をすることなんかできるはずもない。

と、改めてそんなことを考えてみると、やっぱりどこということなく釈然としないところが残るようである。

数日後、かの半藤探偵がまた長い顎を突んだして訪ねてきた。私が五冊の大著を相手に「歴史」と格闘していたものと、編集者らしいカンで察すると、たちまち相好を崩した。本日は天気すこぶる晴朗にして波高からず、散策にはまたとない好日であります。ゆえに机上だけではなく実地に靖国神社探索にはなはだ適当なときと存じます。一つ、奮発して出かけませんか、お供いたしますと、半ば誘惑するように、半ば強制するようにいう。こやつのコンタンいよいよ明らかとなり、ものの見事に乗せられたようないまいましい気分もあってあまり気もすすまぬが、ヨッコラショと重い腰をあげることとした。

その五　憲兵の碑と鳩ポッポの塔の事

天気晴朗にして風はそよ風。青葉若葉に日の光り。なるほど散策にはもってこいのとある日、探偵のお供をして散策に出かけることにした。

九段坂にさしかかったあたりから、こちらがフウフウいいだすのをよそに、命短し恋せよ乙女、と探偵が足を速めながら、鼻唄をうなっているのが耳に入る。

「オイオイ、それほど人生を急がんでもいい。それにもう恋に身を焦がす年でもあるまい」

「いやいや、まだまだ」

「それと君は勝手にオレの弟子を称しているが、作品を書いたことがあるのかね」

「作品なんか、どうでもいいんです。精神の弟子なんですから」

そんな会話をかわしながら靖国神社にたどりつく。入口あたりに立看板があって、「英霊及び靖国神社を誹謗（ひぼう）・中傷（ちゆうしよう）する者の境内（けいだい）への立ち入り……禁止します」との警告がある。思わず、「われらはもしかしたら、立ち入り禁止組と違うかい？」と探偵と顔を見合わせる。

大鳥居をくぐるもの、出てくるもの、かなりの人波が寄せては返している。これを民草（たみくさ）というのであるそうな。人民の雑草的な逞（たくま）しさを指すのであろう、うまいことをいうものだなと感心している間に、一ノ鳥居をくぐる。

わが記憶によれば、昔は一ノ鳥居は青銅の大鳥居であった。靖国神社とくれば桜の花にかこまれた一ノ鳥居がシンボルで、たしか戦前の流行歌「九段の母」にもあった。

〽空を突くよな大鳥居……

ではなかったか、文句はウロ覚えである。ともかく、バカでかくそびえていて、東京じゅうから眺められるくらいであったが、戦争中の金属回収でとり去られ、いまはここに木造の鳥居が立っている。篤志家二万七千名による浄財一億六千万円也で、昭和四十九年十月に完成。高さ二十五メートル。たしかに空を突いている。

その金属の、戦前の威容の名残は二ノ鳥居にある。昔ながらの青銅で昔ながらの風情のなさでそれは立っている。しかも、かなり小さい。片方の柱に明治十九年十二月建立の日付が残る。東京招魂社が靖国神社に昇格してからわずか七年後のことである。それからもう百二十余年もの間、無事にこれは立っていたことになる。探偵の鼻唄ではないが、「命短し」のこの世にあって、痛快きわまるほど悠々たる立ちっぷりではある。

参道入口の社号標を眺める。これまたわが記憶によれば昔は、「別格官幣靖国神社」と彫りこんであったのであるが、いまはその頭の部分つまり「別格官幣」の部分をガサツにちょん切って、てっぺんが寸づまりの「靖国神社」だけが立っている。敗戦日本の哀れさの象徴ならんか。国家の保護を受けられなくなり、社格もとっぱらわれた。さりとて新たに、豪勢な社号標の碑も建てられない。背に腹はかえられないから、てっぺんの部分を削りとった。お蔭で、張った肩肘をもがれたようないかにも落ち着かない字配りの碑となっている。

つぎはゲジゲジのように太い眉をした大村益次郎の銅像とのご対面である。大熊氏広の作。正面を向かず、ちょっと斜に構えて、双眼鏡を片手に、上野の山のほうをはるかに望んでしかつめらしく立っている。あちらの犬ころをつれた西郷隆盛ドンと睨めっこしているという説を聞いたことがあるが、真偽のほどは知らぬ。もしそうなら、この銅像は「お前は賊軍の大将なり、金輪際ここには入れてやらんぞ」と威嚇しているのに相違ない。

民草は「大村エキジロウ、たぁ、どこのどなたでがしょうな」「エロウ両脚を踏んばってござるでねえか」と見上げながら尋ねあっているが、答えるものとてない。こっちも余計なお節介はしたくない。決して好ましい人物とはいえないが、大村は徴兵制の創案者、つまり日本陸軍の創始者である。ということは長州軍閥の大ボスということである。民草と母国の歴史とがかくも無縁となることすでに幾星霜。歴史好きとしては少なからず情けないかぎりである。

また、大村像のまわりはかつてはいくつかの旧式大砲がベンチ代わりにぐるりと置かれ、昔は家族づれがそれにまたがって白いにぎり飯をパクついていたり、老夫婦がならんで座ってそろって大アクビをしている光景が眺められていたものであった。いまは全部とり払われている。戦争に敗けた国が原形をとどめないのは、やむをえないことと思うが、それを無念残念と歯ぎしりする輩もさぞや多数いることであろう。

拝殿付近には民草が重なるようにして入れ替わるようにして礼拝している。タンテイはいとも厳粛なる顔をして、僕は型どおりの拝礼をしてくるからという。神社のほうが百年以上前から死者を差別しているのだから、こっちも拝みたくないやつは外して拝む、とにかく今回はかの日露戦争で戦死した半藤二神にたいしてだけはねんごろにやってくる、と珍なる理屈をこねて拝殿のほうへ風のように去ってしまった。

そもそも死は無なりと考える。死ねば私は終わる。私と共にわが文学も終わる。それが動かすべからざる事実ですよ。死者が浮かばれるの浮かばれないのということは、生きているものの思いであって、であるからなおのこと、死者を弔うのは生きているもののツトメと申していい。それを政治的なプロパガンダに使うのはよろしくない。選挙のための手段として利用するのはもってのほかである。ＰＲよろしく他人様に見せてやることでない。ひっそりと心の底で祈る。それでいい。死者は思い出すかぎり生きているのである。

で、拝殿の前でウロウロしているのは目障りでよくあるまいと、私は中門鳥居の前で失礼し向かって左背後の奥に立つ碑を検分せんとそっちに向かう。

桜の樹にいちいち名札がぶらさがっている。「肝櫻　南支派遣軍肝兵団独立歩兵第二百二十大隊」「鉄兵の櫻　支那駐屯歩兵第一連隊戦友会」などなど。もちろんいまは葉桜の季節であるが、これらがいっせいに咲きそろった「桜の森の満開の下」の様が私には容易に想像できる。

花は咲き、散り、また蘇る。それを想うとき、かつてエッセイ集『明日は天気になれ』に書いたわが拙文がふーっと脳裏に浮かんでくる。

《三月十日の初の大空襲に十万ちかい人が死んで、その死者を一時上野の山に集めて焼いたりした。

まもなくその上野の山にやっぱり桜の花がさいて、しかしそこには緋のモーセンも茶店もなければ、人通りもありゃしない。ただもう桜の花ざかりを野ッ原と同じように風がヒョウヒョウと吹いていただけである。そして花ビラが散っていた》(「桜の花ざかり」)

毎年、春がくれば、桜は屍体を養分にして美しい花を咲かせている、というわが妄想がまたはげしく力をもつ。

《あのころ、焼死者と焼鳥とに区別をつけがたいほど無関心な悟りにおちこんでいた私の心に今もしみついている風景である》

靖国の桜の森も、また然らんか。これら一本一本の桜の下にどれほどの無念の死を死ななければならなかった兵士の魂魄が埋まっていることか。桜はそれを養分にして来年もまた花を咲かせることであろう。

さて、本殿の横道をたどってしばらくいくと、その先に立つ「守護憲兵之碑」にたどりつく。丸い石をのせたこぢんまりとしたシャレた碑である。

そういえば昔は靖国神社の警護は年じゅう憲兵がやっていた。明治十二年(一八七九)に、内務省の管轄の上に、神社は陸海軍省所管となったときからで、神社を守護していた憲兵の碑がそこに建てられていてもあながちおかしな話ではない。それだけでなく、三月十日の東京大空襲の夜、「神殿を挺身護持したのも憲兵であった」と案内板にある。

ただこの憲兵という存在そのものは、戦中は「東条憲兵政治」などといい、その超権力を駆使して軍はもとよりわれら民草の上にも猛威をふるった。憲兵に生活の端々まで監視され、それゆえ昼夜をおかずビクビクとさせられた当方としては、突然閻魔大王にでも出くわしたように激しい動悸を感じてしまう。道理で民草がこの碑のそばに寄ってこないわけである。

ことのついでと境内をぶらぶらしていると、もう一つ思いもかけない碑に出くわした。頂上に鳩が大きく羽をひろげている碑というより塔で、鳩魂塔と名づけられている。昭和五十七年に建立されたとある。お国のためにつくして戦死した伝書鳩の功績を讃え、鳩魂を慰めるために、日本全国の愛鳩家有志が資金を出し合ってつくったものであるらしい。なるほど、国家総動員の大戦争、参加したのは愛馬、愛犬、そして愛鳩もあったのか。

これをポカンとして眺めていると、かの探偵が礼拝を無事にすましたのであろう、いずこからともなく飄然と姿を現した。

「師匠、うるわしいものをご覧になっておりますな。伝書鳩だって立派に御国のお役にたったんですから、弾丸に撃たれて死んだ鳩の顕彰碑がここにあるのはまことにふさわしい、というもんですな」

と、さっそく厳かにのたまわく。

「昔の帝国陸軍では、主幹兵科は歩・騎・砲・工といいまして、歩兵、騎兵、砲兵、工兵が大手を振っておりました。しかも、その順に威張っていました。そしてのちに航空隊や戦車隊がいくらか花形になりましたけれども。ともかく歩・騎・砲・工で、靖国神社に祀られるのもこの順番であったかもしれません。このほかのものたち、つまり主計とか輜重とか衛生とかの兵科は無茶苦茶に軽くみられてましてね。衛生兵なんかに至っては俗にヨーチンと軽蔑されてました。ぬり薬のヨードチンキのヨーチンです。〽一にヨーチン、二に担架、三にラッパのオッペケペー。すなわち弱兵三羽ガラスであります」

と、こっちが聞きもしないのに偉そうに解説をしてくれる。

そうなるとどうしても自然に思い出されることがこっちにもある。戦前にはやったザレ唄で〽輜重輸卒が兵隊ならば蝶々トンボも鳥のうち。すると探偵は即応してまたまたいうではないか。

「それよりも馬鹿にされたのが軍鳩兵で、別の歌で、〽一にヨーチン、二にラッパ、それより弱いがハト兵で、鉄砲撃てず馬乗れず、ポッポと遊んで日が暮れる、という次第でして」

まったく、軍隊経験もないくせに、何でも知っている男である。

ともあれ、ハト兵が愛する鳩ポッポのために建てたこの塔にはすこぶる感服した。鳩のほかに軍犬慰霊像、戦歿馬慰霊像もあり、こっちにも敬意を表し、いいものを見せてもらったの想いであり、これで見るべきものはすべて見た気分になった。本日の探索は無事に終了だな、とわたくしはいった。

その六　境内の二つの秘境の事

ところがヤッコさんは悠然(ゆうぜん)と答えた。

「まだ、まだ。見るべきものはこれからです。師匠は昭和四十年（一九六五）に造られた鎮霊社を見すごされております」

ハテ、そんな面妖なものが境内にあるとはついぞ聞かなかった。聞けば、本殿の左奥のほうにひっそりと目立たないように建っているという。

「そこはですな、ペルリ提督の黒船来航いらい、戦争・事変に関係して死んだ数多くの霊、それも〝本殿に祀られざる日本人の御霊〟、さらには〝世界各国すべての戦没者〟を全員祀っているところ、とされております」

「ナニ⁉ では河井継之助も、佐久間象山も、西郷さんもそこに祀られているというのか」

「西郷さんはおろか、いやさ、ヒトラーも祀られているはずであります」

「何でまた、奇妙奇天烈なものを新しく造ったもんだな」

じつは、靖国神社の元宮司の筑波ナニガシの遠謀深慮、思慮綿密、苦心サンタンのほどがあったのであるという。厚生省（当時）から東京裁判のA級戦犯の刑死者ほかを靖国の社に祀るようにという祭神名票が送られてきたとき、筑波ナニガシ宮司はさもその言うことをきくようなふりをして、すべてを鎮霊社にお祀りして急場をしのいだ。

「それでこの鎮霊社は、ついこの間まで押しこめられたような形で、柵があってそばに寄れないようになっていました。目立たぬようにA級戦犯十四名も祀っていたのです。ところが、筑波さん亡きあと、後継の宮司が、何だ、こんな余計なものを造りやがって、と邪魔にしたのでしょう。そして十四名も本殿にお祀りしてしまった。今日、久しぶりで来てみたら、なんと、鎮霊社は柵がとっぱずされて、社前でお参りできるようになっているじゃありませんか。師匠も、いい機会ですから、お参りなすったらどんなものか……と」（注・二〇二三年現

在、非公開）

探偵はじつに何でもよく知っているヤツと感服したが、ミソもクソも一緒に祀った社のほうのお参りのほうは辞退することにした。

すると探偵はそれではもう一つの、面白い秘境に案内するという。仕方なしにノロノロついていくと、連れていかれたのが神門のずっと北側にあるなんの変哲もない月極有料駐車場である。探偵は長い顎を撫でながら、ここがなぜ秘境かわからんでしょうと得意げである。

ここはですな、明治三十八年（一九〇五）五月いらい、招魂祭にさいしては黒木造りの仮殿がこの場にとくに建てられ、ウオーと神主が叫んで、何千何万という英霊の御魂を呼び寄せた「招魂斎庭」の跡なんですぞ。そこの案内板をご覧になるとよろしい。敗戦後、国家神道からつき離された神社が、それこそもう以後は日本政府なんか相手にしないと悲痛な覚悟をした。さればここを貸して神社の運営資金を稼ぐ、余計なお世話にはならぬ、独歩独往でいく、という神社側の壮烈なる決意の表明の場所なんですな。

探偵は東京は向島生まれのオッチョコチョイのところが多分にあるから、この神社側の決意のほどのとっときの話にはマユツバ部分があるやもしれない。本人は靖国神社に関する権威なりと豪語しているが、大言壮語は愚者の寝言と、昔からいわれている。

ちなみに「浄域のみを縮小保存し」あとは貸駐車場になった日付は、案内板によると昭和六十年（一九八五）十二月二十五日とある。そのころ政府と神社との間に何事かがあったのか。もう一つ、ちなみに鎮霊社に祀られていたA級戦犯が、本殿のほうに合祀されたのが昭和五十三年（一九七八）十月のことであったけれども、さすがの探偵もカンジンなところまでは調べてこなかったらしい。

それにしてもかつての日、古式豊かに戦場で死んだ人々の魂がよび集められ、ラジオがその荘厳な本殿合祀の儀式を実況した場所がここであったかと、いささかの感なきにしもあらず。さもあらばあれ、いまは高価そうな自動車がならんでいるだけである。お天気もうららかで、太陽がさんさんと自動車の天井を温めている。そして雑草だけが青々としている。輝く高級車と雑草と、それが現代というものである。

その七　天皇がお参りしないという事

その帰り途にある遊就館にもちょっとだけ寄ってみる。とかくの風聞を耳にしていないわけでもなく、まったく気がすすまなかったが、物事にはついでにということもある。

ところが、ここもまた一大変貌をとげ、陰々滅々であった戦前の昔とはかなり違って、建物の新装もなって、いやに明るいのに一驚する。ガイジン見物客がいる。幼い子供づれの民草や、恋人らしい旬の民草や、相当に年をくった民草と、なかなかの賑わいである。団体民草がゾロゾロと一定方向へ動いたり、嬉々として並んで写真を撮ったりしているのをみると、わが日本国の民草は雑草以上に強くしたたかであり、伝統というものは独自の威力のあるものだ、と感嘆を久しうする。

「戦後しばらく、富国生命の社屋だったんですよ、ここは。……国家補助がおりなくなり、参拝者も激減、まさか神様の使徒が闇屋で稼ぐこともできないので、生命保険会社に家賃五十万円で貸していたんですな。その名残は、ホレ、そこのベンチにあります。富国生命と名が書いてあるでしょう」

探偵は例によって有難迷惑なつまらぬことまで講釈してくれる。見るもの聞くこと吃驚仰天のしどおしである。ともあれ今は昔、夢の中の物語である。

一階の零式戦闘機（ゼロ戦）には初見参。想像より大型でスマートな機体である。かつての日に、「見たところのスマートだけでは、真に美なる物とはなり得ない。すべては、実質の問題だ」（「日本文化私観」）と書いたことを思い出した。ゼロ戦は総重量をできるだけ減らすため、人命保護にたいする配慮など余分なところをすべて削って、戦闘力だけ重視の名機となったが、天下無敵も時の流れには勝てなかった。人命軽視のツケが回ってきて、パイロットがつぎつぎに戦死し、さらに米軍にその上をゆく名機がぞくぞく完成し、最後はスマートな特攻機として悲劇の生涯を終えた。

人間サマの一生もそれと同じで、有為転変は世の常、老人はただ消え去るのみか、とまたまたいくばくかの感慨にふけっていると、一階奥のほうの売店から急ぎ足で戻ってきた探偵があたり構わず胴間声を張り上げた。

「いやぁ、オドロキました。あの売店に並んで売られている本。すべてが首相参拝推進派のいまをトキメク先生のものばかり。この方たちはまた第九条を改正して戦争のできる軍隊をつくろうと主張されている方たちでありまして。その他の本はいっさいありません。もちろん師匠の書かれた『堕落論』や『信長』などあるべくはずはありません。昨今ワイワイと論議されている靖国問題は第九条と完全にリンクしているのであります」

何で拙著のことが持ちだされるのか理解不能だが、要するに、靖国神社は過去の英霊のための、実に日本的な創作物であったばかりでなく、いまや、未来の戦争による英霊を待ち受けるためにもまたとない施設ともなろうとしていると、それを探偵はいいたいらしいことはわかった。まことに早とちりのいけぞんざいな見解ながら、老骨の私なんかにはてんで気がついていなかったから、弟子の独創的いや独想的眼力にド肝をぬかれた。

「歴代首相がやたら参拝にこだわるのは、はたまた日本防衛の総指揮官として、やがて出るかもしれない戦死者のために、といいたいわけかい?」

「とも受けとれる、というわけでして……へへへへ」

とかく現代は、評論家もマスコミも予言狂時代である。平和なんか退屈そのもの、くそ食らえという連中は、くだらぬ戦争ごっこに熱中している。未来のことを心配するのは結構なことだが、ふたたび様々な神々の御神託が復活しないよう祈るや切(せつ)である。

「近ごろの改憲の流れは自衛隊を国軍としようという方向へ向かっております。そうなった場合、戦場で犠牲になった兵士を、そもそも国家がどう処遇するかという問題は避けてとおれませんな。もはや〝天皇の軍隊〟ではないのですから。そんなとき、いつの時代にあっても、これぞ日本的なうまいシステムがあって、それがまたみずからの国民支配のためにまことに好都合という存在であれば、それを利用するのが権力者というものでして」

とわが心配をよそに、探偵はうやうやしくご託宣をたれて、また、曰く、

「しかも、それが世界に二つとない施設であり、独創的ならばなおさらに結構なのです」

たしかに、マスコミには改憲論の声が強まり、世論調査では国民もまた大多数が改憲賛成であるという。なぜに大多数？と奇々怪々であるが、事実はまげられない。でも老骨には、言葉に躍らされた流行ではあるまいかと思われてならぬ。新聞も雑誌も書き立てるから、民草のタメになろうがなるまいが、かまわない。流行を楽しむ精神である。でもね、と思う。かつての朝な夕なのノリトとカシワデが国を亡ぼしたように、こんな宗教行事がまた国家的に行われるようになると、国はまた亡びるのとは違うかね。一つの観念が強烈なものとなり政治的になると自他の生命にかかわるものとなる。

そんな国民的後押しを受けてか（まさかそうではあるまいが）、いまの靖国神社は明治・大正・昭和戦前の三代ではたしてきた自分たちの歴史的性格も、歴史的役割もいっさい隠したりしない。とにかく堂々としている。アッパレである。ここでは「支那事変」「大東亜共栄圏」などという軍国日本の歴史解釈にもとづく昔の言葉が大手をふっている。

それにしても昭和の戦争を一から十まで自存自衛戦争として全面肯定する靖国神社の史観は、あまりにもアッパレすぎて言葉を見失う。満洲を領土にしようとした野望、世界から孤立することを国家の栄光とした考え方、東南アジアの資源欲しさに国力のほども無視して占領地を拡げた無知蒙昧さ、結果として世界中を敵として戦争をした無謀さなんかへの反省は

カケラもない。そしてまた、ここには無能な指揮官の無責任な戦争指導によって、悲惨な死を死ななければならなかった実に多くの兵士たちの無念、悲憤、絶望もいっさいない。ひとしく醜の御楯といでたった英雄なのである。神々なのである。人間のこころの問題には一顧だにくれようとしない。

場違いなところというよりも、まるで昭和戦前にいるようである。ここにくると過去の戦争についての国家責任も、日本人の責任もまったくなかったと思わせられてしまう。アジアの、ひいては世界の無辜の民にどのくらい迷惑をかけたか、そんなことを考える必要はなくなる。つまり、「歴史」というものがなくなっている。

しかし、その創建のいわれがどうであれ、また後に国に殉じてきた兵士の御魂をひたすら祀りに祀ってきた神社の歴史がどうであれ、独立宗教法人であるいまの靖国神社には、静かに立ち止まって考えてみられることをおすすめする。赤紙一枚で戦地におもむき戦没した「天皇の軍隊」の兵士と、市民として内地にあって爆弾や焼夷弾や機銃掃射や艦砲射撃や原爆で空しく死んでいったものと、どこがどう違うのか。サイパン・テニアン・グアムや沖縄で直接戦闘にまきこまれて殺されたり、自決したりした民間人と、同じ戦場で華々しく散った兵士と、戦争の犠牲者としてどう違うのか。祖国の力のつきはてるほどの大戦争に敗北し、生活の根底の大半が烏有に帰し、その荒涼たる焼け野原に立ってみたとき、それは私も実体験したことであるが、そこには戦場と内地の区別はなかった。つまり昭和十六年以前の国のために殉じた〝靖国の神々〟の時代の戦争と、以後の対米英戦争とでは、戦争の本質が一変しているのである。対米英戦争は、国のために、天皇のために、一億がみんな兵士となっての総力戦であった。そのことをしっかり認識してもらえないものか。

靖国神社は軍人の死とそれ以外の人びとの死との間に線を引いている。英霊という名の特権階級のみを祀る差別の象徴的存在となっている。そのゆがんだ現実をいちばん歎き悲しんでいるのは祀られている英霊であるな、きっと。

それに探偵の調査によれば、いま合祀については「戦傷病者戦没者遺族等援護法」と「恩給法」の該当者というのが基準になっているというではないか。そしてまた、何か別の判断で、米軍によって撃沈された対馬丸で疎開中の沖縄の小学生は祀られているが、B29の空襲のために日本内地で死んだ小中学生はダメ、なんておかしいというしかない。そこにどんな基準があるのか。厚生労働省のお墨付きをいただかんとお祀りできんというのでは、独立独歩の宗教法人の名がすたる。

戦後の、神社存立を維持していくための悪戦苦闘のご苦労はわかります。それゆえどこまでも「天皇の軍隊」の戦没者の慰霊と顕彰という大原則で一線を画し、その外へは踏み出さない巌のごときお覚悟らしいが、はて、相当に固陋にして頑冥にすぎないか。帝国陸海軍の終焉とともに、靖国神社の軍国日本時代の歴史的使命は終わっている。されば、門をいっぱいに開き、すべての戦争犠牲者を祀る、日本中のだれもが真の慰霊のために訪れられる社になったほうが、日本の明日のためになる。

終戦の詔書にもある。「戦陣ニ死シ職域ニ殉シ非命ニ斃レタル者及其ノ遺族ニ想ヲ致セハ五内為ニ裂ク」と。これあるかな、詔書すなわち天皇の御心には、犠牲者に線なんか引いていないのであります。

もっといえば、明治戊辰の折りの〝賊軍〟の死者も合祀してほしいとすら思える。会津藩、仙台藩、盛岡藩、鶴岡藩、長岡藩などの、薩長側西軍よりはるかに数多い東軍の戦死者たち。カッと活眼をひらいて吟味すれば、幕末ぎりぎりの段階で薩長はほとんど暴力であったのである。勤皇を旗印に自分の戦略によって、つごうのいい基準で正義と不正義をわけ、貧乏公卿をうまく利用して西軍諸藩は権力を奪取したのである。

「それにつけ加えて、三百年来の私怨と天下とりの野望によって、ですよ」

探偵は、われこそは越後長岡藩の末裔なりとばかり力んで、ひどくハッスルして剣呑なことをいう。

「左様、東軍ははたして〝賊〟と冠せられるような国家反逆者であったであろうかな」

と相槌をうつ。探偵は快調である。

「同じ釜の飯を食った会津藩出身のものが、いっぽうは戊辰戦役で賊軍であったゆえにアカン、いっぽうの蛤御門の戦いで倒れたものは、当時会津藩は朝廷方であったからオーケー、では、変ちくりんもいいところじゃありませんか。おおい、隣の半ちゃん、お前も来んかや、などと英霊たちが呼び合っているかも知れませんぞ」

「かも知れない」

「たしかに伝統は貫禄です。しかしながら、伝統の貫禄だけでは、永遠の生命を維持することはできません」

探偵どのは、アニ言い分を達せずんば止むべからずの勢いである。

「それにいまになれば勤皇も佐幕も茫乎として夢の如し、だしな。……でもなァ、当今は乱世だから看板どおりにはいかないぞ」

と、私はそれとなく探偵の勢いを鎮めようとするが、ヤッコさんの鼻息はおさまるべくもない。長い馬面をいっそう引きのばしていう。

「それにいまは、鎮魂の社ではなく、天皇が二代つづけてお参りできない政治の施設となっています。これはいけません。なぜか。それは靖国神社が本然の姿に戻らないからです。本然の姿とは何か。東京招魂社建立のとき、大村益次郎が皇居からみて西北（戌亥）の方向にある九段の杜に建てることに決めました。東北（丑寅）を鬼門とするのは中国の思想で、日本古来の思想は西北から悪鬼が入ってくると考えられていました。これを防ぐためには、非業の死をとげた人たちの霊を丁寧にお祀りすることによって、鬼神となった彼らが悪鬼をとどめてくれると考えられていたのです。西北の鬼門に鎮魂のための招魂社をお祀りして、むしろ逆に天皇家＝国家を守ってもらう。という日本古来の基本からみれば、天皇が靖国の社へいって丁寧に神々に感謝を捧げて、霊を鎮めなければ、本来の役目を果たせないんです。そうしないと魂の鎮まらざる鬼神は……」

「みんな怨霊になってしまう、か」

「そうです、数百万の怨霊にです。いまの日本の国が悪くなるいっぽうなのは、そのせいじやないかと……」

たしかに、昨今のわが日の本の民草は十年前とちがってかなり悪くなっている。探偵のいうとおりかもしれぬ。

われらの傍を大声で、〽勝ってくるぞと勇ましく……、〽海行かば水漬く屍、山行かば……、と歌い、いや、ガナリながら勇ましい民草がいく。ふたたび〝ふつうの国〟、戦争のできる国にしたがっているものが多いらしい。われら二人の浮世ばなれの非主流派的かつヘッピリ腰的論議を、そんなまわりの民草に聞かせたくはないといわんばかりに、小鳥の声々が木立の間にうるさくとびかっている。

〈付録二〉

「特攻隊に捧ぐ」　坂口安吾

数百万の血をさゝげたこの戦争に、我々の心を真に高めてくれるやうな本当の美談が少いといふことは、なんとしても切ないことだ。それは一に軍部の指導方針が、その根本に於て、たとへば「お母さん」と叫んで死ぬ兵隊に、是が非でも「天皇陛下万歳」と叫ばせやうといふやうな非人間的なものであるから、真に人間の魂に訴へる美しい話が乏しいのは仕方がないことであらう。

けれども敗戦のあげくが、軍の積悪があばかれるのは当然として、戦争にからまる何事をも悪い方へ悪い方へと解釈するのは決して健全なことではない。

たとへば戦争中は勇躍護国の花と散つた特攻隊員が、敗戦後は専ら「死にたくない」特攻隊員で、近頃では殉国の特攻隊員など一向にはやらなくなつてしまつたが、かう一方的にかたよるのは、いつの世にも排すべきで、自己自らを愚弄することにほかならない。もとより死にたくないのは人の本能で、自殺ですら多くは生きるためのあがきの変形であり、死にたくない兵隊のあらう筈はないけれども、若者の胸に殉国の情熱といふものが存在し、死にたくない本能と格闘しつゝ、至情に散つた尊厳を敬ひ愛す心を忘れてはならないだらう。我々はこの戦争の中から積悪の泥沼をあばき天日にさらし干し乾して正体を見破り自省と又明日の建設の足場とすることが必要であるが、同時に、戦争の中から真実の花をさがして、ひそかに我が部屋をかざり、明日の日により美しい花をもとめ花咲かせる努力と希望を失つてはならないだらう。

私はだいたい、戦法としても特攻隊といふものが好きであつた。人は特攻隊を残酷だといふが、残酷なのは戦争自体で、戦争となつた以上はあらゆる智能方策を傾けて戦ふ以外に仕方がない。特攻隊よりも遥にみぢめに、あの平野、あの海辺、あのヂャングルに、まるで泥人形のやうにバタ〱死んだ何百万の兵隊があるのだ。戦争は呪ふべし、憎むべし。再び犯すべからず。その戦争の中で、然し、特攻隊はともかく可憐な花であつたと私は思ふ。

戦法としても、日本としては上乗のものだつた。ケタの違ふ工業力でまともに戦へる筈はないので、追ひつめられて窮余の策でやるやうな無計画なことをせず、戦争の始めから、航空工業を特攻専門にきりかへ、重爆などは作らぬやり方で片道飛行機専門に組織を立て、立案すれば、工業力の劣勢を相当おぎなふことが出来たと思ふ。人の子を死へ馳りたてることは怖るべき罪悪であるが、これも戦争である以上は、死ぬるは同じ、やむを得ぬ。日本軍の作戦の幼稚さは言語同断で、工業力と作戦との結び方すら組織的に計量されてはをらず、有力なる新兵器もなく、ともかく最も独創的な新兵器といへば、それが特攻隊であつた。特攻隊は兵隊ではなく、兵器である。工業力をおぎなふための最も簡便な工程の操縦器であり計器であつた。

私は文学者であり、生れついての懐疑家であり、人間を人性を死に至るまで疑ひつゞける者であるが、然し、特攻隊員の心情だけは疑らぬ方がいゝと思つてゐる。なぜなら、疑つたところで、タカが知れてをり、分りきつてゐるからだ。要するに、死にたくない本能との格闘、それだけのことだ。疑るな。そッとしておけ。そして、卑怯だの女々しいだの、又はあべこべに人間的であつたなど、言ふなかれ。

彼等は自ら爆弾となつて敵艦にぶつかつた。否、その大部分が途中に射ち落されてしまつたであらうけれども、敵艦に突入したその何機かを彼等全部の栄誉ある姿と見てやりたい。母も思つたであらう。恋人のまぼろしも見たであらう。自ら飛び散る火の粉となり、火の粉の中に彼等の二十何歳かの悲しい歴史が花咲き消えた。彼等は基地では酒飲みで、ゴロツキで、バクチ打ちで、女たらしであつたかも知れぬ。やむを得ぬ。死へ向つて歩むのだもの、聖人ならぬ二十前後の若者が、酒をのまずにゐられやうか。せめても女と時のまの火を遊ばずにゐられやうか。ゴロツキで、バクチ打ちで、死を怖れ、生に恋々とし、世の誰よりも恋々とし、けれども彼等は愛国の詩人であつた。いのちを人にさゝげる者を詩人といふ。唄ふ必要はないのである。詩人純粋なりといへ、迷はずにいのちをさゝげ得る筈はない。そんな化物はあり得ない。その迷ふ姿をあばいて何になるのさ何かの役に立つのかね？

我々愚かな人間も、時にはかゝる至高の姿に達し得るといふこと、それを必死に愛し、まもらうではないか。軍部の偽瞞とカラクリにあやつられた人形の姿であつたとしても、死と必死に戦ひ、国にいのちをさゝげた苦悩と完結はなんで人形であるものか。

私は無償の行為といふものを最高の人の姿と見るのであるが、日本流にはまぎれもなく例の滅私奉公で、戦争中は合言葉に至極簡単に言ひすてゝゐたが、こんなことが百万人の一人もできるものではないのである。他のためにいのちをすてる、戦争は凡人を駈つて至極簡単に奇蹟を行はせた。

私は然しいさゝか美に惑溺してゐるのである。そして根柢的な過失を犯してゐる。私はそれに気付いてゐるのだ。戦争が奇蹟を行つたといふ表現は憎むべき偽濔の言葉で、奇蹟の正体は、国のためにいのちを捨てることを「強要した」といふところにある。奇蹟でもなんでもない。無理強ひに強要されたのだ。これは戦争の性格だ。その性格に自由はない。かりに作戦の許す最大限の自由を許したにしても、戦争に真実の自由はなく、所詮兵隊は人間ではなく人形なのだ。

人間が戦争を呪ふのは当然だ。呪はぬ者は人間ではない。否応なく、いのちを強要される。私は無償の行為と云つたが、それが至高の人の姿であるにしても多くの人はむしろ平凡を愛してをり、小さな家庭の小さな平和を愛してゐるのだ。かゝる人々を強要して体当りをさせる。暴力の極であり、私とて、最大の怒りをもつてこれを呪ふものである。そして恐らく大部分の兵隊が戦争を呪つたにきまつてゐる。

けれども私は「強要せられた」ことを一応忘れる考へ方も必要だと思つてゐる。なぜなら彼等は強要せられた、人間ではなく人形として否応なく強要せられた、だが、その次に始まつたのは彼個人の凄絶な死との格闘、人間の苦悩で、強要によつて起りはしたが、燃焼はそれ自体であり、強要と切り離して、それ自体として見ることも可能だといふ考へである。否、私はむしろ切り離して、それ自体として見ることが正当で、格闘のあげくの殉国の情熱を最大の讃美を以て敬愛したいと思ふのだ。

強要せられた結果とは云へ、凡人も亦かゝる崇高な偉業を成就しうるといふことは、大きな希望ではないか。大いなる光ではないか。平和なる時代に於て、かゝる人の子の至高の苦悩と情熱が花咲きうるといふ希望は日本を世界を明るくする。ことさらに無益なケチをつけ、悪い方へと解釈したがることは有害だ。美しいもの、真実の発芽は必死にまもり育てねばならぬ。

私は戦争を最も呪ふ。だが、特攻隊を永遠に讃美する。その人間の懊悩苦悶とかくて国のため人のためにさゝげられたいのちに対して。先ごろ浅草の本願寺だかで浮浪者の救護に挺身し、浮浪者の敬慕を一身にあつめて救護所の所長におされてゐた学生が発疹チフスのために殉職したといふ話をきいた。

私のごとく卑小な大人が蛇足する言葉は不要であらう。私の卑小さにも拘らず偉大なる魂は実在する。私はそれを信じうるだけで幸せだと思ふ。

青年諸君よ、この戦争は馬鹿げた茶番にすぎず、そして戦争は永遠に呪ふべきものであるが、かつて諸氏の胸に宿つた「愛国殉国の情熱」が決して間違つたものではないことに最大の自信を持つて欲しい。

要求せられた「殉国の情熱」を、自発的な、人間自らの生き方の中に見出すことが不可能であらうか。それを思ふ私が間違つてゐるのであらうか。

（一九四七（昭和二十二）年二月一日発行の『ホープ』第二巻第二号に発表される予定が、GHQの検閲によりゲラの段階で全文削除。二〇〇〇年四月、『坂口安吾全集 16』（筑摩書房）に収録）

本書は二〇〇九年二月ＰＨＰ研究所より『坂口安吾と太平洋戦争』として刊行され、二〇一三年、加筆・修正され、『安吾さんの太平洋戦争』と改題し、ＰＨＰ文庫に収録された。本書はＰＨＰ文庫版を底本とし、文庫化にあたり、坂口安吾「特攻隊に捧ぐ」を新たに収録した。

沖縄と私と娼婦　佐木隆三

アメリカ統治下の沖縄。ベトナム戦争が激化するなか、米兵相手に生きる風俗街の女たちの姿をヒリヒリと肌を刺す筆致で描いた傑作ルポ。（藤井誠二）

武士の娘　杉本鉞子　大岩美代訳

明治維新期に越後の家に生れ、厳格なしつけと礼儀作法を身につけた少女が開化期の息吹にふれて渡米、近代的女性となるまでの傑作自伝。

広島第二県女二年西組　関千枝子

8月6日、級友たちは勤労動員先で被爆した。突然に逝った39名それぞれの足跡をたどり、彼女らの生を鮮やかに切り取った鎮魂の書。（山中恒）

田中清玄自伝　田中清玄　大須賀瑞夫

戦前は武装共産党の指導者、戦後は国際石油戦争に関わるなど、激動の昭和を侍の末裔として多彩な人脈を操りながら駆け抜けた男の「夢と真実」。

週刊誌風雲録　高橋呉郎

昭和中頃、部数争いにしのぎを削った編集者・トップ屋たちの群像。週刊誌が一番熱かった時代を貴重な証言とゴシップたっぷりで描く。（中田建夫）

白い孤影　ヨコハマメリー　檀原照和

白の異装で港町に立ち続けた娼婦。老いるまで、そのスタイルを貫いた意味とは？　20年を超す取材をもとにメリーさん伝説の裏側に迫る！（都築響一）

日本の気配　増補版　武田砂鉄

「個人が物申せば社会の輪郭はボヤけない」。最新の出来事にも、解決されていない事件にも粘り強く憤る。その後の展開を大幅に増補。（中島京子）

原理運動の研究　茶本繁正

統一教会・原理研究会・勝共連合の実態、活動の背景など、今に続く問題を1970年代に取り上げいち早く警鐘を鳴らした歴史的名著。（有田芳生）

責任　ラバウルの将軍今村均　角田房子

ラバウルの軍司令官・今村均。軍部内の複雑な関係、戦地、そして戦犯としての服役。戦争の時代を生きた人間の苦悩を描き出す。（保阪正康）

一死、大罪を謝す　陸軍大臣阿南惟幾　角田房子

日本敗戦の八月一五日、自決を遂げた時の陸軍大臣。本土決戦を叫ぶ陸軍をまとめ、戦争終結に至るまでの息詰まるドラマと、軍人の姿を描く。（澤地久枝）

その後の慶喜　家近良樹

幕府瓦解から大正まで、若くして歴史の表舞台から姿を消した最後の将軍の〝長い余生〟を近しい人間の記録を元に明らかにする。（門井慶喜）

漢字とアジア　石川九楊

中国で生まれた漢字が、日本（平仮名）、朝鮮（ハングル）、越南（チューノム）を形づくった。鬼才の書家が巨視的な視点から語る二千年の歴史。

9条どうでしょう　内田樹／小田嶋隆／平川克美／町山智浩

「改憲論議」の閉塞状態を打ち破るには、「虎の尾を踏むのを恐れない」言葉の力が必要である。四人の書き手によるユニークな洞察が満載の憲法論！

武道的思考　内田樹

「いのちがけ」の事態を想定し、心身の感知能力を高める技法である武道には叡智が満ちている！　気持ちがシャキッとなる達見の武道論。（安田登）

弾左衛門と江戸の被差別民　浦本誉至史

浅草弾左衛門を頂点とした、花の大江戸の被差別民の世界に迫る。ごみ処理、野宿者の受け入れなど現代にも通じる都市問題が浮かび上がる。（外村大）

熊を殺すと雨が降る　遠藤ケイ

山で生きるには、自然についての知識を磨き、己れの技量を謙虚に見極めねばならない。山村に暮らす人びとの生業、猟法、川漁を克明に描く。

鉄に聴け　鍛冶屋列伝　遠藤ケイ

鍛冶がつくる鉄の道具は、人間に様々な営みを可能にする。包丁、鉈、刀。用途にあった刃物をつくる鍛冶屋を訪れ、技能の深奥と職人の執念に迫るルポ。

世界史の誕生　岡田英弘

世界史はモンゴル帝国と共に始まった。東洋史と西洋史の垣根を超えた世界史を可能にした、中央ユーラシアの草原の民の活動。

日本史の誕生　岡田英弘

「倭国」から「日本国」へ。そこには中国大陸の大きな政治のうねりがあった。日本国の成立過程を東洋史の視点から捉え直す刺激的論考。

倭国の時代　岡田英弘

世界史的視点から「魏志倭人伝」や「日本書紀」の成立事情を解明し、卑弥呼の出現、倭国王家の成立、日本国誕生の謎に迫る意欲作。

韓くに文化ノオト　小倉紀蔵

ハングル、料理、宗教、文学、街……韓国のさまざまな文化について知りたいひとは必読のエッセイ集。『韓国語はじめの一歩』を改題・大幅に増補。

「悪所」の民俗誌　沖浦和光

都市の盛り場は、遊女や役者の呪力が宿る場所だった。「遊」「色」「悪」の視座から日本文化の深層をえぐり、「悪所」の磁場を解明する。（松尾恒一）

神田神保町書肆街考　鹿島茂

世界に冠たる古書店街・神田神保町の誕生から現在までの栄枯盛衰を鮮やかに描き出し、刊行時多くの愛書家を唸らせた大著が遂に文庫化！（仲俣暁生）

仁義なきキリスト教史　架神恭介

イエスの活動、パウロの伝道から、叙任権闘争、十字軍、宗教改革まで――。キリスト教二千年の歴史が果てなきやくざ抗争史として蘇る！（石川明人）

座右の古典　鎌田浩毅

読むほどに教養が身につく！　古今東西の必読古典50冊を厳選し項目別に分かりやすく解説。京大人気教授が伝授する、忙しい現代人のための古典案内。

「幕末」に殺された女たち　菊地明

黒船来航で幕を開けた激動の時代に、心ならずも命を落としていった22人の女性たちを通して描く、もうひとつの幕末維新史。文庫オリジナル。

名画の言い分　木村泰司

「西洋絵画は感性で見るものではなく読むものだ」。斬新で具体的なメッセージを豊富な図版とともにわかりやすく解説した西洋美術史入門。（鴻巣友季子）

現代人の論語　呉智英

革命軍に参加⁉　王妃と不倫⁉　孔子とはいったい何者なのか？　論語を読み抜くことで浮かび上がる孔子の実像。現代人のための論語入門・決定版！

つぎはぎ仏教入門　呉智英

知ってるようで知らない仏教の、その歴史から思想的な核心までを、この上なく明快に説く。現代人のための最良の入門書。二篇の補論を新たに収録！

荘子と遊ぶ　玄侑宗久

『荘子』はすこぶる面白い。読んでいると「常識」という桎梏から解放される。魅力的な言語世界を味わいながら、現代的な解釈を試みる。（ドリアン助川）

考現学入門 今和次郎 藤森照信編

震災復興後の東京で、都市や風俗への観察・採集からはじまった〈考現学〉。その雑学の楽しさを満載し、新編集でここに再現。（藤森照信）

ジャンパーを着て四十年 今和次郎

世間に溢れる「正装」「礼儀」「エチケット」、形ばかりになってはいないか？「考現学」の提唱者によるユーモア炸裂の服装文化論集。（武田砂鉄）

日本異界絵巻 小松和彦／宮田登／鎌田東二／南伸坊

役小角、安倍晴明、酒呑童子、後醍醐天皇ら、妖怪変化、異界人たちの列伝。魑魅魍魎が跳梁跋扈する闇の世界へようこそ。挿画、異界用語集付き。

江藤淳と大江健三郎 小谷野敦

大江健三郎と江藤淳は、戦後文学史の宿命の敵同士として知られた。その足跡をたどりながら日本の文壇・論壇を浮き彫りにするダブル伝記。（大澤聡）

レトリックと詭弁 香西秀信

「沈黙を強いる問い」「論点のすり替え」など、議論に仕掛けられた巧妙な罠に陥ることなく、詐術に打ち勝つ方法を伝授する。

評伝 開高健 小玉武

行動的な作家だった開高健はジャンルを超えた優れた作品を遺し、企業文化のプロデューサーとしても活躍した。長年の交流をもとに、その素顔に迫る。

独特老人 後藤繁雄編著

埴谷雄高、山田風太郎、中村真一郎、淀川長治、水木しげる、吉本隆明、鶴見俊輔……独特の個性を放つ思想家28人の貴重なインタビュー集。

父が子に語る日本史 小島毅

歴史の見方に「唯一」なんてあり得ない。君にはそれを知ってほしい――。一国史的視点から解放される、ユーモア溢れる日本史ガイド！（保立道久）

父が子に語る近現代史 小島毅

日本の歴史は、日本だけでは語れない――。未来の世代に今だからこそ届けたい！ユーモア溢れる大人気日本史ガイド・待望の近現代史篇。（出口治明）

「日本人」力 九つの型 齋藤孝

個性重視と集団主義の融合は難問のままである。著名な九人の生き方をたどり、「少年力」や「座禅力」などの「力」の提言を通して解決への道を示す。

増補 転落の歴史に何を見るか　齋藤健
奉天会戦からノモンハン事件に至る34年間、日本は内発的改革を試みたが失敗し、敗戦に至った。近代史を様々な角度から見直し、その原因を追究する。

桜のいのち庭のこころ　佐野藤右衛門　塩野米松聞き書き
花は桜の最後の仕事なんですわ。花を散らして初めて芽が出て一年間の営みが始まるんです――桜守と呼ばれる男が語る、桜と庭の尽きない話。

学問の力　佐伯啓思
学問には普遍性と同時に「故郷」が必要だ。経済用語に支配され現実離れしてゆく学問の本質を問い直し、体験を交えながら再生への道を探る。（猪木武徳）

禅談　澤木興道
「絶対のめでたさ」とは何か。「自己に親しむ」とはどういうことか。俗に媚びず、語り口はあくまで平易。厳しい実践に裏打ちされた迫力の説法。

ニッポンの思想 増補新版　佐々木敦
浅田彰・中沢新一・柄谷行人・蓮實重彥から、福田和也・大塚英志・宮台真司をへて、東浩紀・國分功一郎・千葉雅也まで。現代の思想と批評を読む。

混浴と日本史　下川耿史
古くは常陸風土記にも記された混浴の様子。宗教や売春とのかかわりは？　太古から今につづく史上初の混浴文化史。図版多数。（ヤマザキマリ）

なぜ日本人は戒名をつけるのか　島田裕巳
多くの人にとって実態のわかりにくい〈戒名〉。宗教と葬儀の第一人者が、奇妙な風習の背景にある日本仏教と日本人の特殊な関係に迫る。（水野和夫）

木の教え　塩野米松
かつて日本人は木と共に生き、木に学んだ教訓を受け継いできた。効率主義に囚われた現代にこそ生かしたい「木の教え」を紹介。（丹羽宇一郎）

被差別部落の伝承と生活　柴田道子
半世紀前に五十余の被差別部落、百人を超える人々から行った聞き書き集。暮らしや民俗、差別との闘い。語りに込められた人々の思いとは。（横田雄一）

大江戸観光　杉浦日向子
はとバスにでも乗った気分で江戸旅行に出かけてみましょう。歌舞伎、浮世絵、狐狸妖怪、かげま……。名ガイドがご案内します。（井上章一）

春画のからくり　田中優子
春画では、女性の裸だけが描かれることはなく、男女の絡みが描かれる。男女が共に楽しんだであろう性表現に凝らされた趣向とは。図版多数。

江戸百夢　田中優子
世界の都市を含みこむ「るつぼ」江戸の百の図像（手拭いから彫刻まで）を縦横無尽に読み解く。平成12年度芸術選奨文部科学大臣賞、サントリー学芸賞受賞。

張形と江戸女　田中優子
江戸時代、張形は女たち自身が選び、楽しむものだった。江戸の大らかな性を春画から読み解く。図版追加。カラー口絵4頁。（白倉敬彦）

戦前の生活　武田知弘
軍国主義、封建的、質素倹約で貧乏だったなんてウソ。意外で驚きなトピックが満載。夢と希望に溢れ、ゴシップに満ちた戦前の日本へようこそ。

エーゲ　永遠回帰の海　立花隆
ギリシャ・ローマ文明の核心部を旅し、人類の思考の普遍性に立って、西欧文明がおこなった精神の活動を再構築する思索旅行記。カラー写真満載。

江戸の大道芸人　中尾健次
江戸の身分社会のなかで、芸人たちはどのような扱いを受け、どんな芸をみせていたのだろうか？　被差別民と芸能のつながりを探る。（村上紀夫）

証言集　関東大震災の直後
朝鮮人と日本人　西崎雅夫編
大震災の直後に多発した朝鮮人への暴行・殺害。芥川龍之介、竹久夢二、折口信夫ら文化人、子供や市井の人々が残した貴重な記録を集大成する。

昭和前期の青春　山田風太郎
名著『戦中派不戦日記』の著者が、その生い立ちと青春を時代背景と共につづる。「太平洋戦争私観」「私と昭和」等、著者の原点がわかるエッセイ集。

幕末維新のこと　司馬遼太郎
関川夏央編
「幕末」について司馬さんが考えて、書いて、語ったことの真髄を一冊に。小説以外の文章・対談・講演から、激動の時代をとらえた19篇を収録。

明治国家のこと　司馬遼太郎
関川夏央編
司馬さんにとって「明治国家」とは何だったのか。西郷と大久保の対立から日露戦争まで、明治の日本人への愛情と鋭い批評眼が交差する18篇を収録。

ちくま文庫

安吾（あんご）さんの太平洋戦争（たいへいようせんそう）

二〇二四年一月一〇日　第一刷発行

著　者　半藤一利（はんどう・かずとし）

発行者　喜入冬子

発行所　株式会社　筑摩書房
東京都台東区蔵前二―五―三　〒一一一―八七五五
電話番号　〇三―五六八七―二六〇一（代表）

装幀者　安野光雅

印刷所　中央精版印刷株式会社

製本所　中央精版印刷株式会社

ISBN978-4-480-43930-7　C0195